Nané Lénard
SchattenWolf

Bibliografische Information der Deutschen Nationalbibliothek
Die Deutsche Nationalbibliothek verzeichnet diese Publikation in der
Deutschen Nationalbibliografie; detaillierte bibliografische Daten sind im
Internet abrufbar über https://www.dnb.de

© 2011 CW Niemeyer Buchverlage GmbH, Hameln
www.niemeyer-buch.de
Umschlaggestaltung: Brigitte Mück, Carsten Riethmüller
Printed in Germany
ISBN 978-3-8271-9407-7

Nané Lénard

SchattenWolf

CW Niemeyer N

Der Roman spielt hauptsächlich in einer allseits bekannten Stadt des Weserberglands, doch bleiben die Geschehnisse reine Fiktion. Sämtliche Handlungen und Charaktere sind frei erfunden.

Über die Autorin:

Nané Lénard wurde 1965 in Bückeburg geboren und ist Mutter von zwei erwachsenen Kindern. Nach dem Abitur und einer Ausbildung im medizinischen Bereich studierte sie später Rechts- und Sozialwissenschaften sowie Neue deutsche Literaturwissenschaften.

Von 1998 an war sie als Freie Journalistin für die regionale Presse tätig. Ab 2009 arbeitete sie für unterschiedliche Firmen im Bereich Marketing und Redaktion. Seit 2014 ist Lénard als freiberufliche Schriftstellerin tätig.

Von ihr wurden neben den Romanen bereits mehrere Gedichte und Kurzgeschichten veröffentlicht.

Mehr über Nané Lénard und ihre Aktivitäten erfahren Sie unter www.nanelenard.de

Schatten der Schatten –
fliehende Nacht.
Das Dunkle im Dunklen
ersteht wieder auf.

Es kriecht durch die Häute
im Kopf bis zum Sein.
Es saugt sich aus Tiefen,
aus Flamme und Blut,
bis weit in das Denken hinein.

Doch lebt es, es lebt,
in den Schatten des Seins –
das Böse im Scheinschlaf
als lauernder Keim.
Es nährt sich vom Dunkel,
von heimlichem Schmerz
und wächst voller Gift
in ein leidendes Herz.

5. Juni 1907

Er war verwundert. Bis er begriff, dass er fiel. Die Sonne schien so schön an diesem Junitag. Sie schien auch auf die Paschenburg. Er fühlte ihre laue Luft im Flug, bis ihm plötzlich ein Schmerz die Sinne nahm. Sein Arm hing fest. Dann fiel er weiter ohne ihn.

Der Schrei verteilte sich über den Baumkronen des Weserberglandes, wurde von der Thermik nach oben getragen und fiel mit dem Wind. Ganz langsam, nach und nach, verhallte sein Klagelaut an der Kuppe des Mönchebergs in einem sterbenden Echo. Er war so jung und würde niemals älter werden.

Bewusstlos kam Heinrich auf dem Boden auf. Er überschlug sich mehrfach und blieb schließlich am Stamm einer Fichte liegen.

Vielleicht hätte er die Knochenbrüche überlebt, doch sein Blut war noch im Fallen aus dem Schulterstumpf pulsiert. Im Rhythmus des Herzschlags verkleinerte und verlangsamte sich die Fontäne im selben Maß, in dem sein Schrei verklang und das Leben ihn endgültig verließ. Mit dem letzten Rinnsal tränkte er den Baum, der ihn aufgefangen hatte.

Der Schnee war schon seit längerer Zeit getaut unter der Frankenburg. Noch bis ins neue Jahr hinein hatte er gelegen. Kommissar Wolf Hetzer wusste eine Zeit lang nicht, ob er sich das graue Grün schöndenken oder ob er sich den Schnee zurückwünschen sollte. Doch jetzt war es eindeutig Frühling geworden. Es dämmerte bereits. Auch gut, dachte Hetzer. Diesen Duft konnte auch das Dunkel nicht vertreiben. Er ließ der Phantasie freien Lauf und brachte ihm eine Ahnung von lauen Nächten

Gemütlich ließ er sich auf sein Biedermeiersofa nieder. Und als ob seine Kater schon immer auf diesen Moment lauerten, dauerte es nicht lange, bis Max und Moritz mit einem Sprung neben ihm landeten und einfach dort weiterschliefen. Er fragte sich, ob sie zwischendurch überhaupt wach wurden oder einfach nur schlafwandelten. Seine altdeutsche Schäferhündin Gaga kannte das Schauspiel. Sie hob nicht einmal den Kopf, sondern blinzelte nur müde mit den Augen.

Hetzer genoss diese herrlichen Abende, wenn alles getan war. Dann ließ es sich gut in die Zukunft planen. Einige seiner Träume hatte er schon in die Tat umgesetzt, andere hatten sich zerschlagen oder in Luft aufgelöst und manchmal hing das eine mit dem anderen zusammen. Wie bei ihr zum Beispiel und seiner Kate. Er hätte sie nicht, wenn es sie noch gäbe. Dass sie nicht mehr lebte, konnte er nicht ungeschehen machen. Sie hatten heiraten wollen in diesem Jahr. Ihr Tod schien jetzt schon so weit weg zu sein. Etwas war wahr an dieser Redewendung „Über den Berg sein", denn

9

genau das hatte er getan. Er war weggegangen aus Bückeburg und hatte in Todenmann eine alte Kate gekauft. Von dem Geld, das ihm aus ihrer Lebensversicherung ausbezahlt worden war, konnte er sie auch noch restaurieren lassen. Zum Teil hatte er selbst Hand angelegt, denn die körperliche Arbeit half ihm, wenn die Trauer übermächtig wurde. Inzwischen hatte er sich mit dem Schicksal arrangiert. In den viereinhalb Jahrzehnten seines Lebens hatte er gelernt, dass es besser war, Dinge anzunehmen, die sich nicht mehr ändern ließen. Auf eine Weise liebte er sie noch immer. Sie hatte einen Platz in seinem Herzen, wo sie für immer bleiben konnte. Das ließ ihm Raum für eine Zukunft, in der er wieder Liebe zulassen durfte, ohne sie zu verraten.

Er streichelte die Kater. Max und Moritz hatten ihr gehört. Sie waren ihm geblieben von ihr und er war froh, dass sie da waren.

Nun ist es Frühling, dachte er, und wenn er nach Feierabend etwas Ruhe hätte, dann könnte er einen Gartenteich anlegen. Er überlegte auch, was er mit dem Stallgebäude machen sollte, jetzt, wo Ganter Emil nicht mehr da war. Vielleicht ließe sich dort eine Sauna einrichten. Das hatte er ohnehin vorgehabt.

Über diesem Gedanken schlief er ein, bis ihn das Telefon abrupt aus dem Schlaf riss.

Iris war verliebt. Sie wusste auch nicht, wie das hatte geschehen können – nur durch das Schreiben am Computer. Er war einfach einzigartig. Noch nie hatte sich ein Mann so für sie interessiert. Noch nie hatte ihr jemand auf diese Art zugehört und ihre Sehnsüchte geteilt. Wenn er nur in der Realität ein bisschen so war, wie in seinen Worten, dann wäre sie der glücklichste Mensch der Welt. „Liebste" sagte er zu ihr und „Mein Herz". Sie badete in seinen Worten, wenn sie an ihn dachte und hoffte, dass er gleich online sein würde.

Das Schöne am Chatten war, dass man am Anfang anonym bleiben konnte. Sie lächelte innerlich, wenn sie an ihren Chatnamen dachte. Sie hatte ihn mit Bedacht gewählt. „Nebelbogen" – denn der war weniger grell als ein Regenbogen mit Farben aus Pastell und ein bisschen kleiner war er auch. Vor allem war er nur manchmal im Mondlicht zu sehen, wenn Dunst auf den Wiesen lag. So wollte sie sich darstellen: leise, leicht mystisch und dennoch bunt – und voller Hoffnung.

Jetzt war sie seit drei Wochen mit ihm in Kontakt. Er hatte die richtigen Fragen zu ihrem Pseudonym gestellt, war interessiert und aufmerksam gewesen. Sie schrieben sich mehrmals täglich. Sie versuchte online zu sein, wann immer sie konnte. Er war ihr „Wolfsmond". Einsam, ebenso die grelle Sonne scheuend wie sie, und völlig verkannt. Er war ein Rudeltier und lebte allein. Dabei wünschte er sich eine Familie, wollte Verantwortung übernehmen, aber bisher hatte ihn keine Frau wirklich verstanden. Die tiefe innere Verbundenheit hatte sich niemals eingestellt und er blieb allein, auch wenn er zu zweit gewesen war. Das machte sie traurig, denn sie konnte ihn so gut verstehen. Es war jetzt fast ein Jahr her, dass sie verlassen worden war. Gegangen war ihr Freund damals schon lange vorher, nur sie hatte es nicht merken wollen. Im Nachhinein wusste sie es besser.

Mit einem Mal poppte ein Fenster im Bildschirm auf:

„Guten Abend, schöne Frau!"

„Guten Abend, mein Herz! Ich hoffe, du hattest einen schönen Tag!"

„Danke, es war wie immer viel Arbeit zu erledigen, aber jetzt bin ich nur für dich da. Was hast du denn heute gemacht?"

„Ach, nichts Wichtiges, aber ich habe etwas für dich geschrieben."

„Was denn?"

„Ein Gedicht!"

„Und du hast es für mich geschrieben? Das hat noch nie jemand für mich getan. Darf ich es bitte lesen?"

„Ich weiß nicht."

„Was weißt du nicht?"

„Ich weiß nicht, ob es gut genug ist für dich."

„Das wirst du niemals selbst entscheiden können. Du musst es mich schon lesen lassen. Komm, schick es mir!"

„Gib mir noch ein paar Minuten. Ich möchte es dir gerne zeigen. Ich muss mich nur noch überwinden."

„Wovon handelt es denn?"

„Von dir und mir. Aber es ist ein Bild."

„Du machst es aber wirklich spannend. Ich mache dir einen Vorschlag: Du schreibst es hier ins Chatfenster und ich sage dir nicht, wie ich es finde. Ich kopiere es auch nicht. Wir lassen es im Netz vergehen. Einverstanden? Wir schreiben dann einfach so weiter, als ob nichts gewesen wäre."

„Okay, aber du musst dich daran halten! Warte …

Nebelbogen

Wie eine Decke liegt Dunst
auf dem Bett des nächtlichen Flusses.
Er atmet den Tag in das Wechsellicht des Mondes.

Dort, unter dem Käuzchenruf – der Nebelbogen.
Pastellerscheinung aus doppelter Täuschung.

Ein seltener Zauber ist der Nachtbruder
des durchsonnten Regens.

Die Stille im Wanderspiegel
des dunklen Flusses
lässt den Sekunden Zeit.
Sie tropfen nach eigenem Maß
in die Eile des Wassers.

Wo die gespannte Oberfläche
den Farbkreis durchmisst,
wird unter dem schützenden Halbrund
die Hoffnung des neuen Tages geboren.

So bin ich, in mir wird für dich neue Hoffnung geboren. Ich möchte für dich da sein."

„Und was hast du heute sonst noch so gemacht?"

Sie stutzte. Mit dieser Reaktion hatte sie nicht gerechnet. Wieso sagte er nichts?

„Ähm, eigentlich nichts. Hat dir mein Gedicht nicht gefallen? Du sagst gar nichts."

„Wir hatten doch vereinbart, dass ich nichts sage."

„Ja, aber vielleicht möchte ich, dass du etwas dazu sagst."

„Das kann schon sein, dass du das willst, aber ich kann nichts dazu sagen ..."

Die Verbindung war unterbrochen. Iris starrte auf den Bildschirm. Hatte sie etwas falsch gemacht? Sie wollte ihm doch nur zeigen, wie viel ihr an ihm lag. War sie ihm zu nahe gekommen?

An diesem Abend wartete sie noch bis Mitternacht in der Hoffnung, dass er wieder online gehen würde. Aber er kam nicht zurück. Der Monitor blieb so leer wie sie sich fühlte.

An einem lauen Sommertag in den späten 70er-Jahren

Es hieß, sie war nach der Linde benannt, die auch heute noch nach vierhundert Jahren vor dem Torhaus der Schaumburg stand. Sieglind. Ein schrecklicher Name für einen Teenager in einer Zeit, wo andere Kathrin oder Ingrid heißen durften.

Heute streckte sie dem Baum, der in der Mitte so aussah, als sei ein Blitz in ihn gefahren, die Zunge raus. Es war ihr egal, dass das junge Ding, das man damals als Hexe verbrannt hatte, zum Zeichen seiner Unschuld einen Ableger in die Erde gesteckt hatte. Und das blöde Reisig war tatsächlich angewachsen. Dieser Umstand hatte dazu geführt, dass sie später so heißen musste. Vielleicht war das aber alles auch nur eine alte Geschichte, die sich jemand ausgedacht hatte.

Sieglind war das heute egal. Auf der Schaumburg war eine Mittsommerparty. Eigentlich durfte sie nur bedienen und sollte sich dann zurückziehen, aber sie hatte eine andere Idee. Vater würde es sowieso nicht bemerken. Nach Mutters Tod vor drei Jahren trank er ganz gerne ein Gläschen mehr. Niemand würde auf sie achten, wenn sie sich später am Abend ein bisschen schick machte und irgendwo am Rand mitfeierte.

Gegen zehn Uhr sagte sie ihrem Vater „Gute Nacht" und verschwand in Richtung Vorburg. Schnell die Strumpfhose aus und rein in das Sommerkleid. Den Zopf bürstete sie aus und steckte sich zwei Spangen ins Haar. Irgendwo dahinten im Schrank war noch Schminke von Mutter. Sie trug ein bisschen Lidschatten auf und malte die Lippen rot. Ein Blick in den Spiegel sagte ihr, dass sie für ihre vierzehn Jahre schon ganz schön erwachsen aussah, wenn sie sich fertigmachte. Vielleicht hätte Vater sie so sowieso nicht erkannt. Aber Vorsicht war besser. Sie lugte aus der Tür und ging ganz dicht an der Mauer der Tordurchfahrt entlang. Als sie außer Sichtweite war, rannte sie zum Treffpunkt an der verhassten Linde.

Armin, Dieter, Uschi und Hella waren schon da und sie hatten ihren Gast aus Spanien dabei. Sieglind bekam weiche Knie.

„Mensch, da bist du ja endlich, Siggi! Ich dachte schon, wir würden hier Wurzeln schlagen, wie die Linde."

„Jetzt seid doch nicht so ungeduldig. Los, kommt mit."

Leise schlichen sie durch das Torhaus. Sieglind winkte sie auf die linke Seite und öffnete das Gartentor.

„Los, los, jetzt macht schon. Ich will nicht, dass wir erwischt werden. Und seid nicht so laut."

Die Nacht war lau und in diesem Moment schob der Wind auch noch die letzte Wolke vom fast vollen Mond. Dieter kicherte.

„Mensch, Siggi, du hast dich aber schön gemacht. Hast du heute noch was vor?"

Sieglind verdrehte die Augen und stieß ihn in die Seite.

„Schönen Dank auch, Dieter! Du bist ein Idiot."

Vom Burghof weiter oben konnten sie die Musik spielen hören. Die Lichterketten tanzten dazu. Jetzt, zu späterer Stunde, wurden die Titel langsamer und ruhiger. Zeit für Gefühle und Sehnsüchte, die durch den Alkohol an die Oberfläche drangen und wehmütig machten.

Dieter und Hella hatten es nicht lange ausgehalten und waren im Dunkel irgendwohin verschwunden. Armin und Uschi klebten aneinander, sodass zwischen Siggi und dem spanischen Gast, Jesus, eine peinliche Stille entstand. Als die Münder der Knutschenden endlich für einen Moment voneinander abließen, flüsterten sie nur kurz, dass sie bald wieder da sein würden, und liefen eilig davon, als ob sie ein dringendes Bedürfnis hätten.

Jesus ließ sich ins Gras auf den Rücken fallen und lachte leise. Seine schwarzen Locken glänzten im Mondlicht und umrahmten sein Gesicht.

„Was hast du?", fragte Siggi, löste mit einem Griff die Spangen aus ihrem Haar und legte sich neben ihn.

„Weil ich in einem fremden Land mit einer fremden Frau auf fremdem Boden liege."

„Aber der Mond ist derselbe!", flüsterte Siggi.

„Ist er nicht!"

„Wieso nicht?"

„Bei euch ist der Mond männlich, bei uns weiblich! Das ist ein großer Unterschied."

„Meinst du, das Licht ist dann ein anderes?"

„Ganz bestimmt. Eine spanische Mondfrau würde dich vor lauter Eifersucht blass und faltig machen, dein Mond küsst dir ein Lächeln ins Gesicht. So wie ich!"

Er hatte sich auf die Seite gedreht und ihr einen Kuss auf die Wange gegeben. Sie lächelte.

„Siehst du!"

„Und was kann unser Mond noch?"

„Er kann wie alle Männer sehr verschwiegen sein oder sich hinter einer Wolke zurückziehen."

Mit dem dunkler werdenden Nachtlicht verschwammen die Konturen der Gesichter, die sich gleichzeitig näherkamen.

„Du bist eine wunderschöne Frau!", sagte Jesus. „Noch nie habe ich Haar wie deines gefühlt. Dein Duft wird mich in meinen Träumen begleiten."

„Aber du bist kein Werwolf, oder?" Siggi kraulte schmunzelnd sein volles Haar, während sie ihn küsste und dabei mit der Zunge seine Zähne fühlte.

„Ich weiß nicht, was das ist, aber für dich kann ich auch ein Werwolf sein, wenn du es möchtest."

„Lieber nicht!", antwortete Siggi und zog ihn an sich.

Im Rausch der Sommernacht verschmolz die Musik mit den letzten Vogelstimmen. Alles entfernte sich, wurde unwichtig. Da waren auf einmal nur noch Düfte und leises Flüstern – und Hände, die auf Entdeckungsreise gingen. Die Kleidung, diese lästige Barriere, wurde geöffnet oder weggeschoben, weil sich Haut auf Haut sehnte.

Immer heißer wurden die Küsse, verlangendes Drängen nach mehr schien die Luft dünner zu machen. Siggi keuchte, es war so schön, das Gefühl, doch was machte er jetzt mit seinen Fingern. Waren es Finger? Es tat weh. Mit einem Mal kehrten die Geräusche zurück, sie zuckte vor Schmerz zusammen und vor ihm. Fühlte etwas Klebriges auf sich und an ihren Händen.

Dann rannte sie fort und wollte ihn niemals wieder sehen.

Sünde, alles Sünde. Sie zitterte, sie hatte Angst. Vater hatte ihr gesagt, sie solle sich von Männern fernhalten, vor allem jetzt, wo Mutter tot war. Sie mussten zusammenhalten, hatte er gesagt. Aber Jesus war doch noch kein Mann gewesen. Und nun? Was nun? Nun war sie befleckt. Sie roch an ihren Händen. Jetzt wusste sie, was damit gemeint war. Es war aus ihm herausgekommen, als es begann, plötzlich wehzutun, da unten.

Sie war befleckt, war gezeichnet von der Sünde. Es roch an ihr, sie stank nach Sünde. Tränen liefen über ihre Wangen, als sie versuchte, sich unbemerkt zurückzuschleichen. Leise drückte sie sich an der Burgmauer entlang. Die Gäste waren längst fort. Sie hatte die Zeit vergessen. Und doch hatte sie das Gefühl, als ob tausend Augen sie sehen konnten und das, was sie getan hatte. Der Wind kreischte in den hohen Bäumen und die Grillen lachten dazu. Sie liebte die Burg, doch heute wollten die Schatten von Haupthaus und Bergfried sie erdrücken.

Sie erreichte den Eingang der Vorburg und hoffte, dass die Tür wenigstens heute nicht knarrte. Sie war viel zu spät. Alle Lichter waren aus, die Gaststätte oben war längst geschlossen.

Vater würde schon in ihrer Wohnung im Torhaus sein. Gut, dass er sie im Garten nicht gesehen hatte. Hoffentlich schlief er schon und hatte nicht bemerkt, dass sie nicht da war.

Gott sei Dank, der Riegel ließ sich fast geräuschlos öffnen. Innen war alles ruhig. Schnell in die Küche, dachte sie. Da konnte sie sich das Gesicht abwaschen, die Schminke war eh vom Heulen verlaufen – und den Körper, der ihr plötzlich fremd war, der nicht mehr nur ihr gehörte und der nach ihm roch. Sie wollte sauber sein, sich reinigen von den letzten Stunden, als ob es sie nie gegeben hätte. Dann würde sie vielleicht vergessen können, worauf sie sich eingelassen hatte.

Schnell und lautlos streifte sie das Kleid und die Unterwäsche ab – die Strumpfhose hatte sie vorhin schon ausgezogen – und warf alles in den Wäschekorb im Hauswirtschaftsraum. Hier konnte sie niemand hören, das Bad war zu dicht an Vaters Schlafzimmer. Sie band die Haare zu einem Zopf zusammen, ließ das Wasser laufen und wartete, bis es langsam warm wurde.

„Wo kommst du jetzt her?"

Vater hatte mit einem Ruck die Küchentür aufgerissen. Er stand wütend im Rahmen. Sie konnte riechen, dass er getrunken hatte.

„Ich bin noch ein bisschen spazieren gegangen."

„Nackt?"

„Nein, ich habe mich gerade ausgezogen. Die Sachen sind in der Wäschetruhe."

Vater öffnete die Tür zum Wirtschaftsraum und hob den Deckel.

„Ah, das Fräulein hatte sich schick gemacht! Hat es etwa einen Verehrer?" Er rümpfte die Nase, hob das Kleid und roch daran. „Was ist das für ein Gestank?"

„Keine Ahnung. Woher soll ich das wissen? Ich bin nur ein bisschen in der Nachtluft spazieren gegangen."

„Dann will ich es dir sagen. Das ist der Geruch einer geilen Nutte, die es mit jedem treibt. Bist du so ein verhurtes Dreckstück, das einfach die Beine breit macht? Für jeden? Wie viele meiner Gäste hast du schon rangelassen?"

Siggi war entsetzt.

Sie begann zu weinen. Es war falsch gewesen. Sie war schuldig, das wusste sie. Sie hätte sich nicht

20

mit ihm einlassen dürfen, aber sie konnte kein Wort herausbringen.

„Sag endlich was, du verlogenes Stück. Wie lange treibst du es schon hinter meinem Rücken?"

Siggi schluchzte. „Es war nicht so. Ich wollte doch nur …" Die Worte blieben ihr weg. Vater wurde immer ungehaltener.

„Was wolltest du? Spaß haben? Es dir ordentlich besorgen lassen? Das kannst du haben!"

Mit diesen Worten packte er sie am Pferdeschwanz und schob sie in die Küche zurück. Siggi geriet in Panik.

„Papa, aua, das ziept, was machst du?"

„Das wirst du gleich sehen."

Mit einem Schwung fegte er alles vom Tisch, was dort lag. Tassen klirrten, ein Werbezettel flog noch eine Pirouette, bevor auch er auf dem Boden liegenblieb. Siggi war wie erstarrt, doch er war stärker. Er beugte sie über die Tischkante, drückte ihre Brüste, ihren Bauch auf die Platte und ließ die Schlafanzughose zu Boden rutschen. Die Wut, der Alkohol und der nackte Körper dieser Schlampe hatten ihn erregt. Wie damals, als seine Alte ihn betrogen hatte. Genauso ein Miststück. Sie waren alle gleich, diese Weiber.

„Nein, lass mich!", schrie Siggi. „Was machst du da?" Mit einer Hand drückte er auf ihren Rücken, damit sie nicht vom Tisch hochkam. Mit der anderen schlug er ihr ins Gesicht. Ihre Lippe begann zu bluten, sie heulte auf.

„Halt jetzt die Klappe. Ich werde dir geben, was du so sehr brauchst. Wenn du dich wehrst, prügele ich dich grün und blau. Besser, du hältst jetzt still."

Es war wie damals. Vor ihm lag sie, wie an jenem unseligen Abend vor vielen Jahren, als er sie mit dem

Lehrer aus Hessisch Oldendorf erwischt hatte. Er musste sie bestrafen. Sie war ihm untreu gewesen.

Er war jetzt ganz scharf. Er würde es ihr richtig besorgen, wie es noch kein Kerl getan hatte. Sie wimmerte nur noch, als er ihre Beine auseinanderspreizte und versuchte, in sie einzudringen. Es ging trotzdem nicht so einfach. Wieder und wieder stieß er zu, bis er endlich hineinkam. Sie schrie jetzt wieder und heulte auf. Doch niemand konnte sie hören hier oben im Torhaus unter der Schaumburg. Es war niemand hier außer ihnen. Die Mauern und Bäume würden schweigen.

Der Schmerz, den sie fühlte, war grenzenlos. Sie hätte nicht beschreiben können, wo er begann oder ob er aufhörte, als sie bewusstlos wurde. Er war berauscht, wie von Sinnen. Die Wut hatte seine Erregung so stark werden lassen und der Alkohol sorgte dafür, dass sie lange anhielt. Er bemerkte gar nicht, dass sie ohnmächtig geworden war, als er sich in ihr erleichterte. Erst da wachte er auf, schauderte und sah, wer da eigentlich vor ihm lag. Er schüttelte sie, aber sie lag da und bewegte sich nicht. Panik ergriff ihn. So doll hatte er sie doch nicht geschlagen. Er legte sein Ohr auf ihren Rücken. Gott sei Dank, das Herz schlug noch. Sie war nur ohne Bewusstsein. Das war vielleicht gut so. Er würde sie ins Bett tragen.

An ihren Beinen lief blutig-flüssiges Sekret herab. Er holte das Kleid aus dem Wäschekorb, wischte sie damit ab und warf es in den Mülleimer. Dann trug er sie in ihr Bett, ohne dass sie wach wurde, deckte sie zu und schloss die Tür ab. Das Fenster lag zu hoch über der Tordurchfahrt auf dem Möncheberg. Es hatte nur ein kleines Element zum Lüften.

Iris hatte auch die nächsten beiden Tage nichts von ihrem Wolfsmond gehört. Ständig rannte sie zum Computer und schaute nach neuen Nachrichten. Aber es tat sich nichts. Sie war nicht nur unglücklich, sie machte sich auch Sorgen. Es war ungewöhnlich, dass er sich nicht meldete, und ihr Gedicht konnte doch nicht der Grund dafür gewesen sein, dachte sie. Aber sie wusste nicht, wie sie ihn sonst erreichen konnte. Sie hatte ja nur seinen Chatnamen. Auf so eine vage Vermutung hin konnte sie auch keine Behörden einschalten. Die würden denken, sie sei durchgeknallt. Vielleicht musste sie sich auch einfach mit dem Gedanken anfreunden, dass er nichts mehr von ihr wollte. Aus, vorbei. Wieder einmal Schall und Rauch. Die Hoffnung verpuffte bei diesen Grübeleien und machte der Resignation Platz. Dann eben nicht. Es hatte nicht sein sollen.

Pling! Gerade als sie den Computer herunterfahren wollte, um vor sich selbst Ruhe zu haben, ging das Chatfenster auf.

„Liebste, bist du noch da?"

Aufgeregt ließ sie das Buch fallen, mit dem sie sich eigentlich ablenken wollte.

„Ja!"

„Entschuldige, dass ich nicht schreiben konnte."

Stille.

„Ich bin von einem Auto angefahren worden."

„Um Himmels willen, ist dir was passiert?"

„Zum Glück nicht, aber ich musste zur Beobachtung im Krankenhaus bleiben – bis heute."

„Und ich dachte schon, du hättest wegen des Gedichtes Abstand von mir genommen."

„Wie kommst du denn darauf? Ich breche jetzt mein Versprechen und sage dir, es war wunderschön, so wie du."

„Das weißt du doch nicht. Du hast mich noch nie gesehen. Das Bild im Chat könnte ein Fake sein."

„Könnte es, aber so wie ich dich kennengelernt habe, glaube ich das nicht. Du bist ein ehrlicher Mensch."

„Und du? Bist du auch ehrlich zu mir? Das wäre mir wichtig. Ich habe keine Zeit zu verschenken an jemanden, der es nicht wert ist."

„Ich möchte es dir gerne beweisen, dass du dich auf mich verlassen kannst. Aber dazu müssten wir uns schon treffen. So via Chat ist das schön, doch es kann ein persönliches Gespräch nicht ersetzen."

Iris zitterte innerlich. Das war genau das, was sie sich gewünscht hatte, dass er endlich fragte, dass er sie sehen wollte. Aber es war ungeschickt, jetzt gleich „Ja" zu sagen. Sie beschloss, sich noch etwas zögerlich zu verhalten, damit sein Interesse nicht erlahmte.

„Ein Treffen? Meinst du, dass jetzt schon der richtige Zeitpunkt gekommen ist? Sollten wir uns nicht erst noch besser kennenlernen?"

„Ich habe das Gefühl, wir kennen uns schon seit Ewigkeiten. Und ich sehne mich danach, in deine Augen zu sehen, deine Hand zu halten, deine Nähe zu spüren. Ich glaube nicht an einen besonderen Zeitpunkt."

Iris wusste genau, was er meinte. Auch sie fühlte diese Sehnsucht, die Worte wahr werden zu lassen. Was hatte sie zu verlieren? Im schlimmsten Fall bliebe sie weiter allein. Das war sie jetzt auch. Sie konnte also nur gewinnen.

„Wie wäre es, wenn wir einen Spaziergang machten, erst mal so ganz locker zum Beschnuppern. Dabei könnten wir überlegen, wie wir den Tag dann weiter gestalten."

„Das ist eine gute Idee. Und wo wollen wir uns treffen?"

Ein frohes Gefühl machte sich in Iris' Magengegend breit und verteilte sich in ihrem Körper, fast wie ein Adrenalinstoß. Gerade als Iris antworten wollte, zeigte ihr Computer, dass sie offline war. Mist! Fieberhaft versuchte sie, eine neue Internetverbindung herzustellen. Aber es klappte nicht. Sie blieb offline. Erst Stunden später konnte sie den Chat wieder aufrufen, aber da war er fort.

Als das Telefon in sein Bewusstsein klingelte, sah sich Wolf Hetzer gerade noch nackt in einem Bottich sitzen. Mehr Erinnerungen hatte er nicht an den Traum. Er streckte sich, grinste bei dem Gedanken an diesen zweifelhaften Anblick und war froh, dass er nicht mehr darüber wusste. Auf dem Weg zum Telefon, das natürlich mal wieder nicht direkt neben ihm lag, sondern in der Ladeschale steckte, ließ er Gaga in den Garten und warf einen Blick auf die Uhr. Kurz nach halb elf, brummte er in sich hinein, fand, dass es draußen schon nach Frühling roch, und nahm den Hörer in die Hand.

„Hetzer!"

„Ich weiß, wie du heißt", knurrte Peter Kruse in den Apparat.

„Ja, aber ich kann doch nicht wissen, dass du so spät noch anrufst."

„Wer soll denn sonst um diese Uhrzeit noch anrufen? Oder hast du näheren Kontakt zu einer Dame, die ich noch nicht kenne?"

Seit Peter seinen Kalorienverbrauch eingeschränkt hatte, war er nicht mehr auszuhalten. Sein Kollege, der von sich behauptete, dass er morgens 1,99 und abends 1,95 m groß war, war ein Mittdreißiger mit Rettungsring. Eigentlich ein ganz gemütlicher Bursche, solange er genug Nahrung bekam. Jetzt hingegen ein echtes Ekel.

Hetzer stöhnte in die Leitung.

„Nein, hab ich nicht. Mir reicht eine Frau im Haus und die steht schon wieder vor der Terrassentür.

Warte bitte einen Moment, ich lasse sie eben rein. So. Was willst du eigentlich?"

Gaga trabte ins Haus und legte sich wieder schlafen.

„Glaubst du, ich riefe dich freiwillig an? Mitten in der Nacht? Du kannst deinen Schlafanzug ausziehen und einen Schnaps trinken. Letzteres nur im Geiste, denn du bist jetzt im Dienst. Und es wäre sehr nett, wenn du die Hufe schwingen würdest, weil ich gleich da bin. Wir haben eine Tote auf dem Gelände der alten Hünenburg. Die soll nicht sehr lecker aussehen."

„Wie? Hier direkt bei mir um die Ecke? Vor meiner Haustür sozusagen?"

Hetzer ließ sich zurück aufs Sofa fallen und klemmte sich die Haare hinters Ohr. Dabei hätte er sich fast auf einen der Kater gesetzt. Sein Ausweichmanöver führte dazu, dass er sich das Kreuz verdrehte. „Autsch!"

„Nix Autsch. Ja glaubst du, ein Täter fragt danach, ob du da zufällig wohnst? Willst du jetzt lange diskutieren, ob ein Mord in deinem Umfeld erlaubt ist, oder würdest du dich freundlicherweise fertig machen?"

„Ich bin schon fertig, du Meckerfritze. Hauptsache, du isst bald mal wieder was Ordentliches. Ich bin auf dem Sofa eingeschlafen in voller Montur. Wo bist du denn? Ich komme gleich raus."

Kruse überhörte den Satz, in dem „Essen" vorkam.

„Schon in der Kirschenallee. Avanti! Rein in die Schuhe!"

Er legte auf und gähnte.

Es war absolut nicht seine Traumvorstellung, jetzt noch raus zu müssen. Aber er hatte keine Wahl. Wolf Hetzer stieg in seine Lieblingsschuhe, aber in ein älteres Paar, denn im Wald war es bestimmt feucht. Er hatte diese Schuhe von „Grübel?!" in allen möglichen Farben und Formen. Peter lachte darüber, wenn er satt war, und führte eine Strichliste, wie oft er welche Farbe anhatte. Er hatte noch kein Paar in dunkelrot, fiel ihm ein. Dabei dachte er daran, was sie wohl gleich erwarten würde.

Schon verrückt, dass sich ein Mörder traute, hier so direkt vor seiner Nase jemanden umzubringen oder zumindest eine Leiche abzulegen.

Lady Gaga, seine Schäferhündin, hob erwartungsvoll den Kopf, als Hetzer in Richtung Tür ging. Sie hatte ihn schon auf seinem Weg in den Hauswirtschaftsraum begleitet und nicht mehr aus den Augen gelassen, seitdem er die Schuhe anhatte.

„Nein Gaga, du kannst nicht mitkommen! Es ist dienstlich", sagte er zu ihr. Sie legte den Kopf schief, ließ die Ohren hängen und rollte sich in ihrem Körbchen ein. Hetzer wusste, dass sie jetzt beleidigt war, aber er konnte es nicht ändern.

Müde schnappte er sein Handy, steckte es in die Jackentasche, dachte über einen Schal nach und merkte beim Zuziehen des Reißverschlusses, dass sein Rücken wehtat. Den Haustürschlüssel ließ er in die andere Tasche gleiten zu den Hundeleckerchen. Dann bückte er sich unter Schmerzen nach der Taschenlampe und verließ das Haus. Vor dem Tor stand schon Peter und trommelte ungeduldig mit seinen Fingern auf das Lenkrad.

„Mann, Mann, Mann, bist du eine lahme Schnecke. Da hätte ich hier zu Fuß hochkommen können und wäre noch schneller gewesen."

„Das halte ich für ein Gerücht und nur, weil du jetzt ab und zu joggen gehst, heißt das noch lange nicht, dass du mich in punkto Schnelligkeit schlagen würdest. Aber Schluss jetzt mit den Spielchen, erzähl mal, was los ist."

„Weibliche Leiche, Mitte dreißig, Verletzungen am Hals – wahrscheinlich letal, Schnittwunden am Körper, noch leicht warm, reicht das?"

„Danke, bemüh dich nicht. Den Rest gucke ich mir selbst an. Ich will dich ja nicht über Gebühr beanspruchen in dieser schweren Zeit des Fastens. Bin gespannt, ob du das bis Ostern durchhältst."

Hetzer grinste und ging den Weg in den Wald voran. Peter knurrte nur. Ohne Taschenlampe hätten sie hier nichts gesehen. Doch weiter hinten auf dem Gelände der alten Burgruine war alles hell erleuchtet. In Gedanken seufzte Hetzer. Er hatte sich seinen Abend anders vorgestellt, aber das ging den Kollegen sicher auch so. Sie hatten den Fundort bereits abgesperrt und nickten Hetzer und Kruse zu, als sie über das Flatterband stiegen. Das war ein Vorteil kleiner Orte, man kannte sich irgendwie.

Über die Tote beugte sich eine lange Gestalt mit wirrem blonden Haar. Wolf hatte noch nie so eine Frisur gesehen, wenn man denn von einer Frisur sprechen konnte. Nadjas Haare sahen immer so aus, als ob sie gerade aus dem Bett kam. Er vermutete, dass sie sie sich selbst schnitt. Oder es war Absicht, vielleicht der neueste Schrei. Davon verstand er nichts.

„Moin, ihr zwei!", sagte sie und richtete sich auf. Für Hetzer war es immer noch komisch, dass er dann zu ihr hochschauen musste.

„Mensch Nadja, du hier? Ich wusste gar nicht, dass du jetzt schon für die Rechtsmedizin ausrücken darfst."

„Dr. Althaus liegt mit einer Frühjahrsgrippe im Bett, Dr. Werner ist im Urlaub. Auf die Abordnung aus Hannover wollten wir nicht warten. Die Frau ist noch nicht lange tot. Es sind außerdem nur noch drei Wochen bis zu meinem offiziellen Start in der Stadthäger Abteilung. Der Chef meinte, ich könne mich hier schon mal bewähren."

„Was kannst du uns denn schon sagen?", fragte Kruse mit dem freundlichsten Lächeln der Welt. Er war wie ausgewechselt. Wolf fragte sich, ob er zwischendurch heimlich einen Keks gegessen hatte.

Nadja bückte sich wieder, Hetzer und Kruse gingen in die Hocke. Das Flutlicht der Scheinwerfer zeigte schonungslos, dass das Opfer einmal hübsch gewesen war. Lange rotbraune Locken umrahmten das Gesicht der Frau, deren Augen leer zum Himmel starrten. Ihre Haarfarbe schmeichelte dem Rostton des Blutes, das sie umgab. Ein Stillleben.

„Ich habe ihr die Augen noch nicht geschlossen, weil sie so besonders sind", erklärte Nadja. „Schaut mal genauer hin. Sie hat ein grau-grünes und ein braunes Auge. Das ist eine Eigenwilligkeit der Natur, die nicht allzu häufig vorkommt. Man nennt dies Phänomen Heterochromie der Iris. So müsstet ihr sie relativ schnell identifizieren können."

Peter und Wolf beugten sich noch etwas dichter über das Gesicht der Toten.

„Das sieht ja wirklich irre aus. Da weiß man überhaupt nicht, wo man hingucken soll." Kruse hatte Probleme, das Gleichgewicht in der Hocke zu behalten.

„Sie guckt jedenfalls nirgendwo mehr hin. Ich schließe ihr jetzt die Augen, wenn ihr erlaubt."

„Nur zu!", sagte Hetzer. „Die Schnitte auf den Wangen finde ich viel interessanter."

„Ja, sie sind kreuzförmig angelegt und sehr symmetrisch. Jeder Schnitt ist fast exakt zwei Zentimeter lang. Sie ist aber wahrscheinlich nach dem Exitus erst verziert worden. Tödlich war diese lange Schnittwunde am Hals. Und wie ihr seht, hat sie dadurch sehr viel Blut verloren. Der Boden ist voll davon. Immerhin muss es schnell gegangen sein, denn es sind beide Halsarterien durchtrennt worden. Ich nehme mal an, das meiste ist nur leicht pulsierend versickert, weil der Blutdruck so schnell abfiel. Trotzdem müsste der Täter beschmiert gewesen sein. Die glatten Wundränder sprechen dafür, dass das Messer sehr scharf war, vielleicht sogar ein Skalpell oder eine Rasierklinge. Dazu kann ich euch später erst mehr sagen."

„Aber ich verstehe diesen Bauchschnitt nicht." Kruse schüttelte den Kopf. „Wozu war der denn noch nötig, wenn er schon oben so rabiat und endgültig vorging. Er muss doch gemerkt haben, dass sie das nicht überleben würde."

„Hmm, vielleicht auch eine Art von Verzierung oder Kennzeichnung. Obwohl der Schnitt am Bauch tiefer ist. Er geht vom oberen Rippenbogen fast bis zum Schambereich."

„Immerhin kein offener Bauch, es reicht auch so schon." Hetzer erhob sich. „Also, wenn ich jetzt so vor ihr stehe und mir die Augen noch mal vorstelle, dieser erstaunte leere Blick, dann die Kreuze auf den Wangen und der längliche über den Nabel hinweg, dann habe ich das Gefühl, vor etwas Unvollendetem zu stehen."

Kruse wechselte von einem Bein auf das andere. Seine Knie taten ihm vom Hocken weh.

„Du meinst, er war noch nicht fertig?"

„Sieh mal hier. Mütze und Handtasche sind dort ordentlich am Mauerrest abgelegt. Jacke und Hose liegen schluderig neben der Leiche.

Meiner Meinung nach hat er ihr die Kehle durchgeschnitten, sie dann hingelegt und die Kreuze gezeichnet. Ich denke, er hat Tasche und Mütze drapiert, als sie ausblutete. Dann erst hat er die Kreuze geritzt. Das muss ihm aber nicht gereicht haben, denn er hat weitergemacht, hat sie ausgezogen, die Klamotten hingeschmissen und den langen Schnitt gemacht. Vielleicht ist er dabei gestört worden. Wie warm war sie denn noch?"

„34,6 °C rektal. Es kann nicht lange hergewesen sein."

„Wer hat sie denn gefunden?"

„Der Jagdpächter. Er sitzt dort drüben mit seinem Hund. Na ja, eigentlich war es der Hund, der sie gefunden hat. Er rannte weg und bellte. Da ist der Pächter hinterher und fand die Tote. Jetzt ist ihm schlecht. Ich hab ihm was gegeben für die Magennerven."

„Der dürfte doch eigentlich nicht so zartbesaitet sein", schmunzelte Kruse. „Ich möchte nicht wissen, was er mit einem Reh macht." Dabei dachte er an eine herrliche Rehkeule, am besten von Hetzer zubereitet, und seine Laune sank.

„Na, na, na, Peter, es ist doch schon ein Unterschied, ob du ein Tier oder einen Menschen vor dir hast." Nadja tippte ihm auf die Brust. Sie war nur wenig kleiner als er. Kruse stieg das Blut zu Kopf. Er wurde rot – wie peinlich. Hoffentlich sah sie das nicht. Er wandte sich ab und brummte.

„Sei nicht so streng zu ihm, Nadja, er ..."

Wenn Blicke töten könnten, läge jetzt Hetzers Körper neben der Toten.

„Untersteh dich!"

Nadja lachte und schüttelte den Kopf. „Wie Kindsköppe seid ihr manchmal oder wie ein altes Ehepaar. Aber keine Sorge, ich will es doch gar nicht wissen. Ich hab jetzt andere Dinge zu tun. Ihr könnt schon mal einen Strohhalm ziehen, wer von euch morgen mit dabei ist. Sagen wir um halb neun?"

„Eine so charmante Einladung können wir doch nicht ausschlagen."

„Bis morgen also!"

Nadja nahm ihr Köfferchen und kämpfte sich in Richtung Parkplatz. Hetzer rief ihr hinterher, sie solle warten.

„Peter, geh du schon mal zum Jagdpächter, ich komme gleich. Wir können Nadja doch nicht alleine zum Auto gehen lassen, wo hier ein Mörder rumläuft. Gib mir mal die Taschenlampe wieder."

„Lass mal, ich mach das!"

Und noch bevor Wolf reagieren konnte, lief Kruse hinter Nadja her. Hetzer war erstaunt, wie schnell er sich auf einmal bewegen konnte. Oh weh, dachte er: Hungrig und verliebt – wer konnte ahnen, wie sich das gegenseitig beeinflussen würde.

Wilfried war ein guter Junge. Das war er schon seit über fünfzig Jahren. Jeder wusste das, nur Mutter nicht. Gemeinsam lebten sie in einer Drei-Zimmer-Wohnung in Hessisch Oldendorf, weil es sich so ergeben hatte. Mutter konnte nicht allein sein. Dann ging es ihr schlecht, wenn niemand im Haus war, besonders nachts. Wilfried konnte im Dunklen nur weg, wenn mindestens ein anderer Mieter aus dem Sechs-Parteien-Haus da war. Das nervte ihn, aber es war nicht zu ändern. Er war froh, wenn er seine Ruhe hatte. Wenn er nicht unterrichtete, schloss er sich gerne in seinem Zimmer ein. Mutter zeterte jeden Tag darüber und er erklärte ihr immer wieder, dass er zum Arbeiten seine Ruhe brauchte.

„Was du da schon arbeitest ...", sagte sie verächtlich. „Das kann ja nicht so doll sein. Nach den vielen Jahren als Lehrer müsstest du doch alles im Kopf haben! Oben drauf ist ja alles weg. Oder kannst du dir nichts merken?"

Es hatte keinen Sinn, mit ihr zu diskutieren. Es brachte nichts.

„Und wie du heute wieder aussiehst! Hast du nichts anderes zum Anziehen? So wirst du nie eine Frau finden."

Eine Frau? Was sollte er schon mit einer Frau, die das Leben mit ihm teilte. Seine Mutter reichte ihm vollkommen. Und er hätte wer weiß was getan, aber bestimmt niemanden mit hierhergenommen. Zu dieser Hexe. Den richtigen Zeitpunkt auszuziehen, hatte er verpasst – aus Mitleid und aus Verantwortungsgefühl.

Doch seitdem Vater gestorben war, war es mit ihr nur noch schlimmer geworden. Sie war derartig auf sich selbst fixiert, dass alles andere nebensächlich war, auch er. Einen geregelten Tagesablauf hatte sie nicht. Nachts rannte sie in der Wohnung herum, sah fern und raubte ihm den Schlaf. Wenn überhaupt, schlief sie selbst nur auf dem Sofa. Das Ehebett war seit Jahrzehnten unberührt. Der Raum war zu einem Aufbewahrungsort für Blusen und Jacken geworden. Sie hingen überall. Wenn andere Frauen einen Schuh- oder Handtaschentick hatten, dann hatte seine Mutter einen Blusentick. Sie hatte längst den Überblick verloren, und er war überzeugt, dass sie etliche niemals anzog oder sich überhaupt nicht an sie erinnern konnte. Gerne hätte er den Raum noch für sich gehabt, aber das war aussichtslos. Schon die Frage war tabu.

Wenn er mittags aus der Schule nach Hause kam, wünschte er sich, dass sie ihm wenigstens manchmal etwas kochte. Aber das tat sie schon seit Jahren nicht mehr. Es ginge ihr nicht so gut, sagte sie und schnappte sich das Auto, um Freundinnen, Blusengeschäfte oder Ärzte in der Umgebung heimzusuchen. Sie war jetzt 84. Wo nahm sie bloß ihre Energie her? Manchmal fühlte er sich älter als sie.

Man konnte nicht sagen, dass es ihm unrecht war, wenn sie weg war. Im Gegenteil, da hatte er endlich Ruhe, konnte die Türen offen stehen lassen und telefonieren, ohne gehört zu werden, oder im Internet chatten.

Gegen drei ging er einkaufen und kochte dann für zwei, obwohl er nie sicher war, wann sie zurückkommen würde oder ob sie mit ihm essen wollte.

„Hast du da etwa wieder Knoblauch drangetan? Du weißt doch, dass ich sowas nicht esse!"

Da halfen auch alle Beteuerungen nichts, dass an der Hühnersuppe bestimmt kein Knoblauch war. Sie hatte gemeint, ihn zu riechen und für sich beschlossen, dass er da war. Also aß sie nichts davon und machte sich ein Brot.

Als sie heute endlich das Haus verlassen hatte, war es fast zwei. Er hörte sie noch klack, klack, klack die Stufen im Treppenhaus heruntergehen. Von Schwäche keine Spur. Die zeigte sie nur, wenn sie mit ihm zusammen war. War sie unbeobachtet, musste er neidlos zugeben, dass es um ihre Gesundheit wahrscheinlich besser bestellt war als um seine. Auch wenn sie Zucker hatte, irgendwie schaffte sie es, ihn mit dem Insulin im Griff zu halten, obwohl sie nicht danach lebte.

Für Wilfried war sie ein Phänomen. Er schwankte zwischen Bewunderung und Abneigung, wenn er an sie dachte, und riss erst einmal die Fenster weit auf. Ah, frische Luft! Raus mit dem alten Tagesmief. Sie lüftete nie freiwillig. Sie könnte ja Zug bekommen. Wohlig genoss Wilfried die frische Brise, die seine letzten Haare kreuz und quer durcheinanderwehte. Tja, da war nicht mehr viel. Dass er alt geworden war, wusste er auch, ohne dass Mutter es ihm ständig sagte. Auf Frauen hatte er ohnehin nie anziehend gewirkt. Auch im Lehrerkollegium galt er als Außenseiter, als komischer Kauz, was er nicht verstand, denn er war immer nett zu allen.

Die modernen Zeiten waren für ihn Fluch und Glück zugleich. Er als Person konnte selbst nicht mithalten, aber er wusste, wie er sich darstellen musste, um den Frauen zu gefallen. Sie waren so oberflächlich und visuell fixiert, wollten nicht den Menschen im Mann kennenlernen, wenn sie ihn erst gesehen hatten.

Im Internet konnte er sein wie er wollte oder – besser gesagt – so aussehen, wie sie ihn haben wollten. Er konnte sein Äußeres auch im Dunklen lassen und hoffen, dass ihn jemand um seines Wesens willen treffen wollte. Dann hätte er einen Vorschuss, eine Art Bonus, ein Gegengewicht zu dem kleinen Mann mit der Halbglatze, der durch seinen Anblick nicht überzeugen konnte.

Das waren ganz neue Gedanken, der Frühlingswind hatte sie hereingeweht. Bisher war er immer ehrlich gewesen. Jetzt nahm er sich vor, zu seinem Ich ein passendes Äußeres zu erschaffen.

Sieglind erwachte in einem diffusen Meer aus Geräuschen. Sie kamen von irgendwo. Es war nicht der Wind in den Baumkronen oder das Zwitschern der Vögel. Es war eine Art Rauschen und Pfeifen, das sie nicht verstand. Sie hielt sich die Ohren zu, aber es war noch da. Es war in ihrem Kopf.

Und da war noch etwas. Da war ein Schmerz tief in ihr. Ein stechender, pochender Schmerz. Er war in der Mitte des Körpers und breitete sich aus. Von wo er genau ausging, konnte sie nicht sagen, aber er wurde stärker, wenn sie sich bewegte.

Ich bin krank, dachte sie, und fühlte ihre Stirn. Ja, die war heiß. Ihr war auch schlecht. Vielleicht eine Magen-Darm-Grippe. Oder das Fleisch gestern Abend war nicht in Ordnung gewesen. Mühsam setzte sie sich im Bett auf. Ihr war schwindelig und schlecht. Sie legte sich gleich wieder hin. Da ging die Tür auf.

„Hallo, mein Schatz, wie geht es dir?" Vater steckte den Kopf vorsichtig durch die Tür. „Willst du nicht aufstehen?"

„Mir ist schlecht!"

„Soll ich dir einen Tee bringen?"

„Ja, bitte."

Als Vater wieder aus der Tür war, versuchte sie erneut, sich aufzurichten. Sie musste mal. Aber der Schmerz war so groß, dass sie die Zähne zusammenbeißen musste, um vom Bett aufzustehen. Es zerriss sie innerlich. Als sie endlich stand, sah sie, dass sie einen rostbraunen Fleck auf dem Laken hinterlassen hatte. So ein Mist, dachte sie, jetzt hatte sie auch noch ihre

Blutungen. Das erklärte natürlich auch die Bauchschmerzen. Beschämt zog sie die Decke darüber, damit Vater es nicht sah.

Nur mit Mühe schaffte sie den Weg zur Toilette und zurück und ließ sich wieder aufs Bett fallen. Es war am besten, wenn sie heute so wenig wie möglich aufstand. Kurze Zeit später kam ihr Vater mit einer Tasse Tee wieder.

„Guck mal, mein Spatz, hier habe ich etwas Warmes für dich! Ist es immer noch so schlimm?"

„Toll ist es nicht. Ich glaube, ich will heute im Bett bleiben."

Vater musterte sie neugierig.

„Was hast du denn?"

„Bauchschmerzen!"

„Sonst nichts?"

Was meinte er? Ob er wohl doch das Blut auf dem Laken gesehen hatte? Oder hatte er was mitgekriegt? Wusste er, dass sie sich gestern Abend heimlich mit Freunden getroffen hatte? Da fiel ihr das mit Jesus wieder ein … Sie wurde rot.

„Nee, sonst nichts. Ein bisschen schlecht ist mir. Was guckst du mich so an?"

„Nur so, dann lasse ich dich jetzt besser allein, vielleicht kannst du noch schlafen. Willst du noch einen Zwieback oder etwas anderes?"

„Nein, danke."

„Okay, dann schaue ich später wieder nach dir."

„Ist gut!"

Sie war froh, als er endlich weg war. Er nervte. Ihr ging es wirklich nicht gut und jetzt wusste sie auch warum. Jesus hatte da gestern Dinge mit ihr gemacht, die sie nicht wirklich gewollt hatte. Sie fühlte sich schuldig und hatte ein schlechtes Gewissen. Von Jungs hatte sie erstmal die Schnauze voll. Die konnten ihr gestohlen bleiben. Sie wusste jetzt nur zu gut, warum sie sich von ihnen fernhalten sollte.

Er wollte es wieder spüren – diesen Duft, diesen Geschmack, dieses Pochen unter der Haut. Alles gehorchte ihm, lief nach seinem Drehbuch. Er war der Regisseur. Es war sein Spiel.

Jetzt saß er zu Hause, schloss die Augen und versuchte nachzuspüren, aber es fühlte sich nicht mehr so an wie damals. Das Fühlen ließ nach, er konnte sich nicht mehr recht erinnern, wie sie geschmeckt hatte. Nur an ihre Augen, die sah er noch vor sich. Die Pupillen mit den zwei unterschiedlichen Farben. Damit hatte sie ihn in die Irre führen wollen. Kein Wort hatte sie davon im Chat erwähnt. Anfangs wusste er nicht, wo er hinstarren sollte, auf die großen Brüste oder diese Augen – eins grau, eins braun. Doch er hatte sich schnell wieder im Griff, denn er war auch Schauspieler in seinem eigenen Stück. Sie merkte nichts von seiner Verwirrung, tat so, als sei sie völlig normal. Aber das war sie nicht. Sie war obendrein rothaarig mit fast schneeweißer Haut.

Elfenprinzessin hatte sie sich im Chat genannt, als Avatar eine blonde Lichtgestalt, doch sie war wohl eher das Gegenteil. Sie hatte sich verstellt, hatte ihm so liebevoll geschrieben, dass er sich getraut hatte, sie zu sehen.

Endlich nach Jahren wieder einmal eine Frau zu treffen, war aufregend, aber gefährlich. Er wollte es ganz allein für sich, dieses sanfte Wesen, wollte es besitzen. So wie damals seine Fee – bis sie sich verwandelt hatte. Doch das war lange her. Aber als er die Rote sah, hatte er von Anfang an gewusst, dass sie ihn beherrschen wollte. Und das ließ er niemals zu. Jetzt so wenig wie damals.

Schade, dass sie erst im Moment des Sterbens so waren, wie sie sein sollten: Flehend, anschmiegsam und ehrfürchtig.

Ulrich Grabowski hatte sich noch nicht ganz von dem Schreck erholt. Es war etwas anderes, ob ein Reh oder Wildschwein vor einem lag oder eine tote Frau. Seine Gebirgsschweißhündin Beta war zuverlässig. Sie roch Blut über große Entfernungen und hatte ihn zu der Leiche geführt. Er hatte gedacht, dort läge die angeschossene Ricke, wegen der er so spät noch unterwegs war. Doch dann stand er vor der Toten mit den weit aufgerissenen Augen und zuckte zusammen. Sie war nackt mit Schnitten auf Bauch und Gesicht, und er meinte gesehen zu haben, dass die Kehle durchtrennt war. Dieser Schnitt war tiefer als die anderen. Seinem Magen kam zugute, dass er lange Zeit auf der Intensivstation gearbeitet hatte. Da hatte er schon so manches gesehen.

Mit leicht flauem Gefühl zog er es vor, sich mit Beta in einiger Entfernung auf einen Baumstamm zu setzen und mit dem Handy 112 anzurufen.

Es war recht schnell gegangen, bis die Polizei vor Ort war, aber dann hieß es warten, bis die Kommissare eintrafen. Ulrich spielte mit den Füßen im Laub und beobachtete, was die Spurensicherung so alles mitnahm in ihren Tüten. Die Frau, die über dem Leichnam kniete, identifizierte er im Geiste als Pathologin. Nichts anderes machte Sinn. Als Kommissar Wolf Hetzer endlich zu ihm kam, hatte er den Boden bereits kreisförmig vom Laub befreit. Jetzt wischte er es wieder durcheinander.

„Guten Abend, Kripo Rinteln, mein Name ist Wolf Hetzer." Er grub in seiner Jackentasche und stellte fest, dass er den Dienstausweis vergessen hatte. „Sie sind der Jagdpächter, der die Frau gefunden hat?"

„Ja, ich bekam einen Anruf, dass sich hier auf meinem Gebiet eine angeschossene Ricke befinden soll und bin dann gleich mit meiner Hündin losgefahren."

„Sie sind Herr Grabowski?" Hetzer hielt sich den Zettel dicht vor die Augen, den ihm der Beamte gegeben hatte. Hier hatte das Flutlicht nicht mehr viel Leuchtkraft, die Taschenlampe hatte Peter.

„Ulrich Grabowski aus Obernkirchen, möchten Sie meine Lampe?"

„Nein, vielen Dank, ich wollte nur eben Ihren Namen ablesen. Sie haben hier eine Jagd gepachtet?" Hetzer stutzte, irgendwie kam ihm der Mann bekannt vor.

„Ja, meine Frau Gertin und ich teilen uns diese Jagd. Wir lieben die Natur und sind gerne draußen."

„Und wer hatte Sie wegen des Rehs angerufen?"

„Das war Edwin Kranz. Er hat die Jagd neben unserer. Die Ricke wurde von ihm nur angeschossen und ist in unser Gebiet gelaufen. Er hat mich um Unterstützung gebeten. Das machen wir gegenseitig immer so, damit sich kein Tier quälen muss. Die kennen nun mal keine Reviergrenzen."

Peter keuchte, als er Hetzer und Grabowski endlich erreicht hatte.

„Meine Güte, dass man so spät in der Nacht noch Leistungssport treiben muss!" Dabei grinste er und lehnte sich an einen Baum.

„Darf ich vorstellen, das ist mein Kollege, Kommissar Kruse. Herr Grabowski, besser gesagt seine Hündin, hat die Frau gefunden."

„Ah, na, das war ja kein schöner Anblick an einem kalten Frühlingsabend."

„Bestimmt nicht. Was ist denn mit der Frau passiert? Sie ist bestimmt ermordet worden, oder?"

„Bitte verstehen Sie, wenn wir dazu nichts sagen können. Beschreiben Sie uns doch, wie Sie die Tote vorgefunden haben."

„Sie brauchen auch nix zu sagen. Das sieht schon ein Blinder mit dem Krückstock. Also, Beta, meine Hündin, wurde plötzlich unruhig. Sie witterte in die Luft. Ich bin natürlich davon ausgegangen, dass sie das Blut der Ricke gerochen hat. Darum habe ich sie losgelassen und bin hinterher. Ich war etwas weiter oben im Wald. Kurze Zeit später schlug Beta an und zeigte, dass sie einen Fund gemacht hatte. Als ich bei der Toten ankam, saß Beta daneben und gab Laut."

„Ist der Hund an der Leiche gewesen?"

„Nein, sie ist darauf trainiert, neben den verendeten oder verletzten Tieren *Sitz* zu machen und den Fund bellend anzuzeigen."

„Und das klappt?"

„Aber sicher. Für die Jagd braucht man perfekt ausgebildete Hunde, auf die man sich verlassen kann."

„Gut zu wissen. Und wie war das, als Sie auf die Tote zukamen?"

„Ich habe ziemlich schnell, auch schon aus einiger Entfernung, erkannt, dass ich da kein Tier vor mir hatte, trotz der Nebelschleier. Meine Taschenlampe hat etwas beleuchtet, das irgendwie hell war. Als ich näher kam, habe ich bemerkt, dass es ein nackter, menschlicher Körper war. Ich muss gestehen, dass ich hin- und hergerissen war zwischen Schock und Neugierde. Darum habe ich die Lampe auf die Frau gerichtet und sie mir genauer angesehen."

„Haben Sie überhaupt nicht darüber nachgedacht, dass sie noch leben könnte?"

„Nein, das wusste ich irgendwie sofort, dass sie tot war. Der große Schnitt an der Kehle, das viele Blut, diese offenen Augen. Da war kein Leben mehr in ihr."

„Sie haben sie also auch nicht berührt? Zur Sicherheit den Puls gefühlt oder so?"

„Wissen Sie, ich habe sehr lange auf der Intensivstation gearbeitet. Sie können mir glauben, dass ich die Situation gut einschätzen konnte. Es pulsierte auch nichts mehr aus der Halswunde. Da war jedes Nachfühlen überflüssig."

„Ist Ihnen sonst noch etwas aufgefallen?"

„Sie hatte noch weitere Schnittverletzungen. Einen großen Bauchschnitt längs vom Bauchnabel bis zum Schambereich, und im Gesicht war etwas eingeritzt. Die waren aber nicht so tief."

„Alle Achtung, Sie haben wirklich genau hingesehen. Und wieso haben Sie dann gefragt, was mit der Frau passiert ist? Das war doch irgendwie überflüssig. Darf ich Sie bitten, diese Details für sich zu behalten. Es könnte für die Ermittlungen wichtig sein, dass darüber zunächst nichts bekannt wird."

„Möchten Sie uns sonst noch etwas sagen?"

„Hmm, tja, sie wirkte irgendwie wie dort absichtlich hingelegt, fand ich, obwohl die Kleidung zum Teil einfach aussah wie weggeworfen. Vielleicht sollte ich noch sagen, dass Beta irgendwie unruhig war. Sie witterte immer wieder in südliche Richtung. Das war ungewöhnlich. Möglicherweise war doch noch jemand im Wald. Das hätte aber auch Edwin sein können. Auf jeden Fall habe ich sofort 112 gerufen."

„Hatten Sie keine Angst, dass Sie den Mörder überrascht haben könnten und dass er sich immer noch in der Nähe befand?"

Kruse kratzte sich das Kinn.

„Darüber habe ich in diesem Moment überhaupt nicht nachgedacht. Aber notfalls hätte ich Beta und ein Gewehr gehabt. An mich hätte er sich bestimmt nicht rangetraut."

„Ihr Wort in Gottes Ohr!", brummte Hetzer, dem immer noch nicht einfiel, woher ihm der Mann bekannt vorkam, und klappte den Block zu. „So, ich denke, wir haben erst mal das Nötigste. Es könnte sein, dass wir Sie später noch einmal ins Präsidium bitten müssen, wenn sich noch weitere Fragen ergeben."

„Kein Problem! Ich glaube, ich werde mir zu Hause erst mal einen Wein genehmigen, damit ich einschlafen kann. Und entschuldigen Sie bitte, dass ich vorhin so blöd gefragt habe. Ich war noch nie in so einer Situation."

Hetzer und Kruse schüttelten ihm die Hand und nickten ihm zu. Hündin Beta hatte die ganze Zeit während des Gesprächs neben ihnen gelegen ohne sich zu rühren. Grabowski war sichtlich froh, den Ort zu verlassen.

Auf einen kurzen Pfiff hin erhob sich Beta und trottete mit ihrem Herrchen bergab.

„Toller Hund!", sagte Hetzer bewundernd. „Ich weiß nicht, ob Gaga da mithalten kann."

„Jetzt mach die Lady mal nicht schlechter als sie ist. Ist doch auch eine ganz andere Rasse. Da hat sie eben auch andere Eigenschaften, zum Beispiel aufpassen!"

„Ja, ja, seitdem du deinen ersten Schiss überwunden hast, hast du sie doch ins Herz geschlossen."

„Auf jeden Fall sieht sie besser aus mit ihren Stehohren."

„Ah, das gefällt dir also am weiblichen Geschlecht", frotzelte Wolf, „hat Nadja etwa auch welche, oder bist du so nah noch nicht rangekommen?"

„Herr Hetzer, hätten Sie wohl die Güte, mir mein Liebesleben selbst zu überlassen? Oder soll ich das Ihre analysieren?"

„Nein, nein, schon gut. Ich hör ja auf!"

Wolf hätte sich in den Hintern beißen können. Jetzt hatte Peter wieder schlechte Laune. Warum konnte er nicht die Klappe halten. Er sah auf die Uhr. Er hatte eine Idee, aber auch die konnte nach hinten losgehen.

„Soll ich uns noch ein schönes Spiegelei braten oder ein Omelett? Wenn ich nachts arbeiten muss, kriege ich immer Hunger."

Peters Züge verfinsterten sich noch mehr.

„Hatte ich nicht erwähnt, dass ich mich in der Fastenzeit befinde?"

„Ja, hast du, aber du hast doch jetzt auch mehr Kalorien verbraucht. Sonst hättest du gemütlich auf dem Sofa oder im Bett gelegen, anstatt hier im Wald rumzuturnen. Also, wie wär's? Mit einem leeren Magen kann man nicht einschlafen."

„Meinst du? Aber nur ein ganz kleines Omelett mit wenig Fett."

„Wird gemacht, Chef! Du musst mich doch sowieso zu Hause vorbeibringen."

Als Kruse in Hetzers Einfahrt einbog, versuchte er ganz nebenbei zu fragen: „Sag mal, wer ist eigentlich morgen mit dabei, bei der Obduktion?"

Hetzer grinste und drehte den Kopf zur Seite, damit Peter es nicht sah.

„Du, wenn es dir nichts ausmacht, wäre es ganz schön, wenn du das übernehmen könntest. Dann kümmere ich mich um den Schriftkram von heute Nacht."

Peter frohlockte innerlich.

„Na gut, wenn ich dir was abnehmen kann!", sagte Peter und bereute dieses abscheuliche Wort sofort.

Aber er war guter Dinge. Die Aussichten der nächsten Stunden waren klasse. Erst ein leckeres Omelett à la Hetzer, dann wohlig satter Schlaf und anschließend eine Obduktion in Gegenwart von Nadja.

Kommissar Wolf Hetzer entließ also einen gutgelaunten Kollegen in die Nachtluft und dachte, man sollte im Frühling des Öfteren mal nachts rausgehen und schnuppern. Einfach nur die Nase in die Gegend strecken und die Düfte einsaugen, von denen einige ohne Tageslicht dezenter, manche intensiver waren. Es war ein anderes Gemisch – betörend und voll, wie der Nachtjasmin.

Die Frau kniete im kleinen Andachtsraum über dem Torbogen. Sie betete hier mehrmals am Tag. Gott war fast ihr einziger Gesprächspartner geworden, seit sie sich von der Außenwelt zurückgezogen hatte. Sie sprach nur mit ihm, nicht über ihn. Seit über 30 Jahren redete sie mit Menschen nur das Nötigste, denn sie trug die Sünde in sich.

Diese eine unselige Vollmondnacht hatte sie befleckt. Da hatte alles begonnen. Seitdem trug sie schwer an den Folgen dieser Sünde. Sie hatte Gottes Strafe auf sich genommen. Nicht sofort, sondern erst, als sie dazu bereit gewesen war. Gott hatte das verstanden.

Die Bürde, die er ihr auferlegt hatte, war fast zu viel für einen Menschen. Ohne Vaters Hilfe hätte sie sie nicht tragen können. Er war auch einer der wenigen, mit dem sie gelegentlich sprach.

Ab und zu half sie in der Küche der Gaststätte auf der Burg aus. Sie arbeitete schnell und gewissenhaft. Sie hielt auch das Torhaus in Ordnung, in dem sie und ihr Vater jeder zwei Räume bewohnten. Küche und Bad teilten sie. Die Kapelle über der Tordurchfahrt war zu ihrem Zufluchtsort geworden. Anfangs hatte sie gedacht, dass Gott sie mit seiner Strafe töten wollte, wenn die Zeit gekommen war, aber jetzt wusste sie, dass er es gut mit ihr gemeint hatte. Er hatte ihr eine Aufgabe gegeben. Sie sollte Verantwortung für ihre Sünde übernehmen. Ihr Vater half ihr dabei. Sie hielten immer zusammen. Aber sie merkte, dass die Kraft des 72-Jährigen langsam nachließ, dass er müder und schwächer wurde. Was würde sie nur ohne ihn tun? Die Gaststätte vermieten und hier oben alleine bleiben? Es würde ihr wohl nichts anderes übrig bleiben, denn sie konnte hier nicht weg bis zum bitteren Ende.

Ganz langsam erhob sie sich – die Knie schmerzten seit einiger Zeit schlimmer als sonst – und ging in die Küche, um sein Abendessen vorzubereiten.

Pling machte es in seinem Rechner und Wolf Hetzer dachte, hoffentlich nicht schon wieder eine Mail von der Staatsanwältin Dr. Kukla. Es gab einfach noch nichts Neues. Aber nein, den Absender „Der Informant" kannte er nicht. Sollte er oder sollte er nicht. Der Server der Kripo war gut abgesichert. Er klickte auf „Öffnen" und sah nur ein Wort: *Sie*".

Sehr schön, da hatte sich wohl jemand einen Scherz erlaubt. Vielleicht hatte er wem auf die Füße getreten und es sollte eigentlich „Sie Blödmann" heißen. Auch gut, damit konnte er leben.

Während er auf „Löschen" klickte, klingelte das Telefon.

Die Pathologie! Er holte tief Luft, weil er daran dachte, dass sich dort am anderen Ende niemals mehr seine alte Bekannte melden würde.

„Guten Morgen, Wölfchen!"

„Guten Morgen, mein Engel …"

„Oh, der Herr ist gebildet, oder wolltest du mir ein Kompliment machen?"

„Ja, was denkst du denn, glaubst du, du hast es hier mit einem Leiermann zu tun?"

„Na ja, es weiß ja nun wirklich nicht jeder, dass ein Serafin ein Engel ist."

„Nicht? Das ist aber bedauerlich. Macht aber nichts, denn du hast ja außer dem Namen nicht viel von einem Engel."

„Wie bitte?"

„Deine Arbeit ist eher der Unterwelt zuzuordnen und blonde Locken hast du nun wirklich nicht."

„Danke für das tolle Kompliment. Ich weiß, dass meine Haare immer in alle Richtungen abstehen. Aber was soll ich tun, wenn ich dauernd diese blöden Hauben aufhabe. Blond sind sie wenigstens. Das ist manchmal als Tarnung nützlich."

„Mensch, das war doch ein Spaß, nun sei nicht sauer."

Sie lachte in den Hörer.

„Das bin ich doch nicht. Auf einen wie dich kann ich gar nicht sauer sein, wo du doch so von der Natur benachteiligt bist, Kleiner."

„Wenn ich hohe Schuhe anhabe, bin ich so groß wie du! Moment mal." Hetzer musste den Hörer hinlegen. Er konnte sich überhaupt nicht mehr einkriegen vor Lachen. Am anderen Ende hörte er Nadja husten, sie hatte sich beim Lachen verschluckt.

„Das müssen dann aber High Heels sein, am besten mit Plateau!", prustete Nadja. „So, nun aber zum Dienstlichen. Ich wollte dir alles aus erster Hand erzählen. Peter ist schon auf dem Weg nach Rinteln, aber der war heute irgendwie so komisch drauf. Er träumte so in die Gegend. Bestimmt hat er nicht genug Schlaf bekommen wegen gestern Abend. Ihr wart bestimmt noch länger im Wald als ich."

Hetzer grinste in sich hinein.

„Ja, davon kannst du ausgehen, wir haben den Jagdpächter noch befragt. Dann hatten wir solchen Hunger, dass ich uns noch ein Omelett gemacht habe. Ich glaube, es war fast halb zwei, als Peter fuhr."

„Kein Wunder, dann schlief er hier noch. Also, auffällig war, dass sie einen schweren Schlag auf den Kopf bekommen hatte. Am Tatort – wir können davon ausgehen, dass der Fundort aufgrund der großen Blutmenge auch der Tatort sein muss. Na, jedenfalls gestern konnte ich noch nicht sagen, ob sie diese Kopfverletzung infolge eines Sturzes oder durch einen Schlag bekommen hatte. Doch der Hieb hatte Einblutungen verursacht und ist daher zu einem Zeitpunkt geschehen, als sie noch lebte. Das kann man von den Schnitten auf Bauch und Gesicht nicht behaupten. Sie sind post mortem erfolgt. Tödlich war auf jeden Fall die Verletzung am Hals. Der Täter hat ganze Arbeit geleistet und sowohl beide Hauptschlagadern als auch die Luftröhre durchtrennt. Er hat eine sehr scharfe Klinge benutzt, die Wundränder sind glatt, wahrscheinlich ein Skalpell, möglich wäre auch ein Keramikmesser. Das Ganze erinnert ans Schächten, so tief ist das Werkzeug in den Hals eingedrungen."

„Puh, das ist krass."

„Meiner Meinung hat es sich so zugetragen: Das Opfer hat einen Schlag auf den Kopf bekommen mit einem stumpfen Tatwerkzeug – ein dicker Ast oder ein runder Stein zum Beispiel. Wir haben alles Mögliche in der Wunde gefunden, sogar Hasenkot. Aufgrund der Verletzung ist sie zu Boden gefallen. Es gibt leichte Abschürfungen im Gesicht und an den Händen. Die Schuhe sind vorne und oben abgeschabt. Dann muss der Täter mit aller Wucht in ihre Haare gegriffen und den Kopf hochgerissen haben. Teilweise fehlen ganze Büschel, einige fanden wir neben ihr. Er scheint sie an den Haaren hochgehalten zu haben und hat dann von hinten den Kehlschnitt ausgeführt. Man kann genau erkennen, dass er seitlich links angesetzt hat und in eins bis zur rechten Seite durchgezogen hat. Durch die Haltung wurde der Kopf überstreckt. Er wird doch eher kaum was abbekommen haben. Das Blut spritzte von den Körpern weg. Die Spuren in ihrem Gesicht wurden abgewischt. Ein Tuch haben wir aber nicht gefunden. Dann, als sie ausgeblutet war, muss er sie umgedreht haben."

„Wir können also davon ausgehen, dass wir es mit einem äußerst brutalen Täter zu tun haben."

„Ja, und mit jemandem, der das nicht zum ersten Mal ausprobiert hat. Sonst hätten wir hier mehrere Schnitte im Halsbereich gesehen. Er hat auf jeden Fall nicht lange gefackelt. Der Tötungsakt an sich hat wenig Zeit beansprucht. Das Verwunderliche daran ist, dass er sich hinterher noch die Mühe gemacht hat, sie umzudrehen und auszuziehen. Und wieso er nach ihrem Tod noch weitere Schnitte vornahm, verstehe ich nicht."

„Vielleicht wollte er die Leiche verzieren oder üben, wie tief die Klinge an unterschiedlichen Stellen eindringt. Wer weiß das schon, was in einem vorgeht, der so mit Menschen umgeht."

„Diese Kreuze im Gesicht kamen mir bekannt vor. Die habe ich schon mal irgendwo gesehen. Ich muss meine Studienaufzeichnungen durchgucken. Irgendwas Historisches aus der Rechtsmedizin, alte Fotos, aber mir fällt nicht mehr genau ein, zu welchem Fall."

„Da kann ich dir aushelfen, Nadja. Ich habe nämlich schon nachgeschaut."

„Und?"

„Jack the Ripper hat seine Opfer mit Kreuzen verziert und teilweise die Gesichter entstellt. Auch mit den Körpern hat er unschöne Dinge gemacht."

„Ah ja, ich erinnere mich. Aber das scheint mir ein bisschen weit hergeholt zu sein."

„Wir müssen alles im Auge behalten, auch das Unwahrscheinliche."

„Meinst du, Jack wäre wiederauferstanden?"

„Quatsch, aber der Täter könnte imitieren oder selbst auf so abwegige Gedanken kommen."

„Na, das wollen wir aber mal nicht hoffen. Das wäre ja grässlich."

„Merkwürdig ist aber dieser Bauchschnitt. Tiefer als die anderen Schnitte, wie du gesagt hast. Und ich vermute, der Mörder ist nicht fertiggeworden mit dem, was er vorhatte. Dafür spricht auch, dass er die Sachen der Toten teilweise ordentlich hingelegt, dann aber die Kleidung einfach an die Seite geschmissen hat."

„Das könnte auch im Zustand der Erregung oder der Panik passiert sein und erklärt gar nichts. Vielleicht hat er sich über sich selbst erschrocken. Ich gebe zu, dass diese lange Schnittwunde im Bauchraum komisch und nicht ganz logisch ist. Mit dem scharfen Messer hätte er den Bauch gleich ganz eröffnen können, wenn er das vorgehabt hätte."

„Hast du sonst noch etwas gefunden? Zeichen einer Vergewaltigung oder Misshandlung vor oder nach ihrem Tod?"

„Bis auf den Schlag und die Einschnitte gab es nur noch eine Merkwürdigkeit. Wir haben auf ihrem Rücken ringförmige Verdickungen gefunden, teilweise Hämatome in ähnlicher Form. Möglicherweise Narben von Hautunterblutungen. Es könnten Bisse gewesen sein, aber ich bin mir nicht sicher. Falls ja, dann hat da einer ganz schön zugelangt mit seinen Zähnen. Sie ist übrigens nicht penetriert worden. Wir haben auch kein Sperma gefunden."

„Okay, kannst du irgendetwas zum Todeszeitpunkt sagen?"

„Nur ganz vage. Sie hatte eine Rektaltemperatur von 34,6 °C, als ich gemessen habe. Die Außentemperatur betrug rund 15 °C. Ich tippe so auf zwei bis vier Stunden. Genaue Berechnungen nach dem Newtonschen Abkühlungsgesetz habe ich heute Morgen noch nicht vorgenommen. Die Leichenstarre hatte aber schon eingesetzt. Sie breitet sich von oben nach unten aus. Also zwei Stunden sind das Minimum an Zeit, das vergangen sein müsste, nachdem er ihr die Kehle durchgeschnitten hat. Gefunden wurde sie um kurz nach zehn. Sicherheitshalber würde ich bei den Befragungen einen Zeitraum zwischen 17 und 21 Uhr ansetzen."

„Wie immer schön vage, Frau Doktor!"

„Ja, was denkst du denn, glaubst du, ich lasse mich hier auf eine Spanne festnageln und muss mir dann hinterher die Beschwerden anhören? Immer schön mit Sicherheitsabstand; wenn ich was Genaueres weiß, wirst du es schon erfahren!"

„Eine Bitte habe ich noch. Bisher ist niemand dieses Alters als vermisst gemeldet worden. Auch keine Frau mit so einem auffälligen Aussehen. Kannst du mir Bilder ihres Gesichts zur Verfügung stellen? Seppi von der Spusi ist doch auch Fachmann in Sachen Fotobearbeitung. Er soll die geritzten Kreuze wegretuschieren. Von diesen Dingen darf nichts nach außen dringen, auch nichts über unser Gespräch heute."

„Hältst du mich für unprofessionell? Nur weil ich die letzte Prüfung noch nicht hinter mir habe?"

„Natürlich nicht, entschuldige!"

„Na, dann ist ja gut. Das wäre auch hinderlich für unsere weitere Zusammenarbeit."

„Ich habe das wirklich nicht so gemeint, Nadja. Auch meine Nacht war zu kurz."

„In Ordnung, Schwamm drüber. Wenn sich aus den weiteren Untersuchungen noch etwas ergibt, melde ich mich."

„Eine Sache noch. Ich habe doch Ostersonntag Geburtstag. Hast du Lust zu kommen? Kleine, gemütliche Runde mit Grillen und so, gegen 18 Uhr bei mir zu Hause in Todenmann. Du warst gestern schon fast da. Die Hünenburg ist um die Ecke."

„Eigentlich lerne ich im Moment für meine Prüfung, aber so ein Abend als Abwechslung lockert das Ganze bestimmt auf. Ich wüsste nicht, was dagegenspricht. Wer kommt denn alles?"

„Die meisten kennst du. Moni, meine Nachbarin, Peter, meine früheren Kollegen Dickmann und Hofmann aus Bückeburg, Seppi, dann habe ich noch einen Kumpel bei ‚Auesilber', der besorgt mir eine Zapfanlage und kommt auch. Auf jeden Fall alles nette Leute. Und wenn wir Glück haben, ist auch noch der schräge Vogel aus Minden mit von der Partie. Schrill, schwul, aber herzensgut."

„Das klingt spannend, ich komme gerne. Soll ich etwas mitbringen?"

„Gute Laune und dich. Du weißt doch, bei mir kocht der Hausherr höchstpersönlich!"

„Alles klar, Herr Kommissar! Dann bis später."

„Tschüs!"

Wolf atmete tief durch. Da hatte er ja gerade noch mal die Kurve gekriegt. Wie peinlich. Er brauchte dringend einen Kaffee, auch wenn der hier je nach Stehzeit nicht immer genießbar war. Aber sie sollten jetzt auf der Dienststelle so einen neumodischen Kaffeeautomaten bekommen, der die Bohnen frisch mahlte und je nach Wunsch starken oder Blümchenkaffee ausspuckte.

Mit einer abscheulich schwarzen Brühe, auf der die Fettaugen der Kondensmilch schwammen, ließ er sich wieder in seinem Schreibtischstuhl nieder. Genau in dem Moment, als er nippte und sich vornahm, den restlichen Sud wegzuschütten, kam Kruse durch die Tür.

„Du trinkst hier Kaffee?"

Peter konnte es nicht fassen. Seine Weltordnung war durcheinandergeraten.

„Du schimpfst doch sonst nur über diesen Muckefuck."

„Reiner Überlebenstrieb. Ich bin müde und auch schon kuriert."

Hetzer schickte sich an, den Rest in die Grünlilie zu kippen.

„Untersteh dich, die schöne Pflanze zu vergiften!", schimpfte Peter. „Gib her, ich bringe das weg und koche neuen."

„Hoffentlich haben wir bald den Automaten."

„Wie reizend von dir! Willst du eigentlich gar nichts wissen von der Obduktion?"

„Nein!"

„Ach, der liebe Kollege hat schon mit Nadja telefoniert."

„Ja, aber nur rein beruflich."

„Was glaubst du, weswegen ich in Stadthagen war? Nur um die rechtsmedizinische Abteilung zu besuchen?"

„Das hast du jetzt etwas zu allgemein formuliert."

Hetzer rieb sich die Augen und gähnte. „Du denkst doch an den Ostersonntag?"

„Wieso, was war denn da? Ach so, du hast ja Geburtstag. Klar denke ich daran, es gibt bestimmt was Leckeres."

„Ich denke, du bist auf Diät!"

„Nur noch an ungraden Tagen. Dann ist nämlich schon Ostern und die Fastenzeit ist vorbei. Guck mal hier!" Er klopfte sich auf seinen Bauch, von dem Hetzer nicht sagen konnte, dass er wesentlich kleiner geworden war. „Man muss sich auch zwischendurch mal was gönnen, sonst wird man trübsinnig."

„Oder die anderen", murmelte Wolf.

„Was hast du gesagt?"

„Och nichts, sag mal, was denkst du über die Sache von gestern Abend?"

„Tja, schwer zu sagen. Ziemlich brutal das Ganze und irgendwie undurchschaubar. Ich würde fast sagen, unstimmig in sich."

„Wie meinst du das?"

„Ordentlich und schlampig abgelegte Kleidung. Unterschiedlich tiefe Schnitte am Körper, mal quer, mal längs, mal als Kreuz. Geschlachtet wie ein Tier, aber drapiert wie ein Bildnis. Das hast du doch auch gesehen, oder? So gleichmäßig lag sie da, die Haare mit Sorgfalt um den Kopf geordnet. Dann die Flecken auf dem Rücken. Die Augen starrten fast erstaunt in den Himmel, als warteten sie auf etwas."

„Ja, ich werde auch nicht schlau daraus. Ich könnte mir nur vorstellen, dass der Mörder unterbrochen wurde. Sein Werk war noch nicht fertig."

„Gestört von dem Hund vielleicht. Ja, das könnte sein."

„Seppi schickt mir gleich ein bereinigtes Foto der Toten ohne die Kreuzeinschnitte auf den Wangen. Das geben wir dann zur Zeitung. Wir müssen möglichst schnell wissen, wer sie ist."

„Bisher hat sie noch niemand vermisst?"

„Nein, keine Menschenseele."

„Die Vermisstenanzeigen geben auch nichts her?"

„Nicht das Geringste! Ah, da ist die Mail von Seppi."

Kruse ging um den Schreibtisch herum.

„Mach mal auf!"

„Mach ich doch schon."

Seppi von der Spurensicherung war ein echter Meister. Fast lebendig sah die Frau aus. Sogar die Augen hatte er entweder hineinkopiert oder wieder geöffnet und bearbeitet.

„Klasse, so müssten wir sie finden!" Kruse schlug Hetzer auf die Schulter und der schiefe Rücken vom Abend zuvor war wieder da. Mit verzerrtem Gesicht versuchte Wolf eine andere Position auf dem Stuhl einzunehmen.

„Kannst du das mal an die hiesige Presse geben? Den Text schicke ich dir gleich. Am besten, du rufst zusätzlich in der Redaktion an und sagst, wie dringend es ist."

„Sehr wohl, aber die ruhige Zeit der Ermittlung ist dann vorbei, wenn die erst Witterung aufgenommen haben."

„Ist schon klar, aber wir kommen nicht weiter, wenn wir nicht wissen, wer sie ist. Und dieser Weg ist unsere einzige Möglichkeit, jemanden zu finden, der sie kennt."

Etwas war heute anders gewesen. Er lauschte in die Nacht. Was war es? Es war das Nichts. Er hatte nichts gehört, als der Mann die Tür geschlossen hatte. Nur ein Schnappen, sonst nichts. Nicht den Schlüssel. Er wartete noch, machte keinen Laut, sah nur still in das Dunkel da draußen und die Welt, die er allein aus Büchern kannte.

Er durfte nicht dorthin, denn er war krank und eine Gefahr für andere. Noch nie hatte er diese Räume verlassen dürfen. 32 Jahre lang, so viele waren es jetzt. Nur der Mann kam zu ihm, denn er steckte sich nicht an. Er sei sein Arzt, sagte er, und sorge dafür, dass er am Leben blieb.

Die Erkrankung war so selten, dass darüber nichts in Büchern stand. Einmal hatte er ein Bild gesehen von einem Mädchen mit derselben Krankheit. Aber die war schon tot. Er hätte sie gerne kennengelernt.

Es war nicht so, dass er etwas vermisst hätte. Der Doktor war gut zu ihm, versorgte ihn, brachte ihm das, was er am liebsten hatte – Bücher mit Buchstaben und Noten oder Bildern. Er hatte ihm vieles beigebracht und mit ihm gespielt, als er klein war. Jetzt malte er, wenn er nicht las oder musizierte, denn es war seine Sehnsucht, dem Papier etwas zurückzugeben.

Da er nichts erlebte als die Mahlzeiten und Jahresfeste, an denen der Mann ihn teilhaben ließ, hatte er begonnen, in einer Phantasiewelt zu leben. Sein Gehör und sein Geruchssinn waren überdurchschnittlich ausgeprägt. Er konnte mit geschlossenen Augen Düfte unterscheiden, deren Namen er nicht kannte. Sie kamen durch sein Fenster herein. Diese Düfte malte er auf seine Art. Er malte sie als Gefühle. Wenn er etwas Besonderes roch, nahm er den Spiegel, der auf seinem Nachttisch lag. Er fühlte das Riechen zuerst mit geschlossenen Augen, ließ die Empfindung ganz in sich hinein und öffnete die Lider dann. Diese Gesichter malte er. Im Moment des Sehens war es, als fotografiere sein Gedächtnis diesen Blick. Das war auch mit den Tönen so. Er formte sie auf seiner Gitarre zu Akkorden, fühlte den Klang und sah in den Spiegel. Auf diese Weise hatte er festgestellt, dass Düfte und Harmonien das gleiche Gesicht haben konnten.

Wäre er gesund gewesen, hätten die Lehrer der kreativen Künste ihre Freude an ihm gehabt. Er hatte diese besondere Begabung, Empfindungen greifbar zu machen und festzuhalten. Mit wenigen Strichen konnte er ein Gefühl zum Leben erwecken, das andere Menschen nachempfinden konnten. Lebendigkeit und Ausdruck machten seine Werke aus. Man sah oder hörte das Staunen oder Lachen. Es entfaltete sich in einem selbst.

So war seine Welt und alles verwandelte sich aus ihm in Farbe. Auf diese Weise dokumentierte er sie. Seine Gefühle, die aus dem Riechen oder Hören erstanden, vertraute er dem Papier an. So ließ er seinen Arzt teilhaben. Anders mitteilen konnte er sich nicht, – er war durch sein Leiden von Geburt an stumm. An körperliche Nähe konnte er sich nicht erinnern.

Das Nichts, das er gehört hatte, beschäftigte ihn. Sollte er aufstehen und versuchen, ob die Tür verschlossen war? Es war verboten. Was, wenn Menschen hinter der Tür waren, die er krank machte? Er wartete. Wartete, bis keine Geräusche mehr zu hören waren. Er wartete auch, bis die Düfte sich änderten. Feuchtigkeit stieg empor, er konnte sie riechen, ohne sie benennen zu können. Voll und schwer stieg sie in namenlose Blüten. Selbst der Mond änderte mit seinem Licht den Geruch des Waldes.

Dann erhob er sich und ging leise zur Tür. Lauschte am Holz und drückte die Klinke. Sie bewegte sich, er zog an ihr und die Welt jenseits der seinen tat sich auf.

Es war wieder einer dieser langen Abende, an denen Iris vor dem Rechner saß. Sie musste ihn anschalten, kaum, dass sie von der Arbeit zu Hause war. Dann zog sie schnell ihren bequemen Nicki-Anzug an, steckte die blonden Haare hoch und drückte auf „Power". Sie konnte es kaum erwarten, bis diese lahme Schnecke endlich hochgefahren war. Alles andere war nebensächlich. Sie vergaß sogar zu essen. Da saß sie dann vor dem Chat-Fenster und starrte auf den Bildschirm. Manchmal schrieb sie mit anderen, aber nur halbherzig, denn sie wartete auf ihn. Und diesmal wollte sie sich verabreden. Endlich. Wenn sie nur nicht wieder aus dem Netz flog.

Es war fast halb elf, als ein zweites Fenster aufpoppte und ihr der Wolfsmond ein Lachgesicht schickte.

„Hallo, mein Herz, na, hattest du die Nase voll von mir? Oder hast du Panik bekommen, weil wir uns verabreden wollten?"

Iris lachte mit einem Smiley zurück. „Nee, nicht die Bohne. Das Internet ist mir abgestürzt. Ich hatte plötzlich keine Verbindung mehr. Sonst hätte ich dich heute schon getroffen. Darauf kannst du wetten. Ich möchte nichts lieber als das, mein Schatz."

„Das geht mir doch genauso. Es wäre so schön gewesen, wenn wir uns jetzt schon gesehen hätten, Liebste."

„Der Tag ist noch nicht vorbei!", schrieb Iris mit einem Zwinkern.

„Wie meinst du das?"

„Er hat noch anderthalb Stunden, falls du spontan bist. Treffen wir uns in Deckbergen auf halber Strecke? Das schaffst du aus Hameln in einer guten Viertelstunde. Ich bin dann auch da. Wir treffen uns genau an der Ampel-Kreuzung, wo die Landbäckerei Scholz ist. Einverstanden?"

„Meinst du die Kreuzung, wo es zur Osterburg hochgeht?"

„Genau die! Bis gleich ..."

Iris hatte es eilig. Schnell noch ins Bad und wieder umziehen. Herrgott, was zog sie bloß an? Rock oder Hose? Sie wollte gut aussehen, aber es musste schnell gehen. Die Hose von vorhin lag noch da, aber ein neues Shirt brauchte sie. Rosé war gut, das harmonierte mit ihren hellen Haaren, die sie jetzt wieder auf dem Kopf auflöste und auf die Schultern fallen ließ. Schnittlauchlocken, stöhnte sie und versuchte, noch ein bisschen Schwung in die Sache zu bringen. Hohe Schuhe oder flache, sie entschied sich für mittel, weil man nie wissen konnte, ob jemand mit der Größe mogelte. Als Lippenstift wählte sie eine dezente Farbe, damit er nicht beim Küssen so bunt wurde. Ach ja, küssen, bei dieser Vorstellung wurde ihr noch wärmer. Sie schnappte die Tasche, zog die Wohnungstür zu und hüpfte die Treppe hinunter zum Auto, das sie direkt vor dem Haus „In den Holzäckern" geparkt hatte. Wie ein alberner Teenager, dachte sie bei sich. Warum auch nicht?

Peter Kruse streckte sich lässig unter dem Schreibtisch aus und griff zum Telefon, um bei der Zeitung anzurufen.

„Sag mal, wollen wir die Plätze tauschen?", fragte Wolf mit gequältem Blick.

„Wieso?" Peter stutzte und legte wieder auf.

„Dann bist du näher bei deinen Füßen!"

„Ach so, entschuldige, du bist ja rückenkrank. Bist du dann immer so ekelhaft?"

„Nicht mehr als du, wenn du nichts zu essen kriegst."

„Mensch, bist du nachtragend, die Fastenzeit ist bald vorbei, Sonntag, um genau zu sein, wenn du Geburtstag hast."

„Na, das passt ja. Wie viele Steaks soll ich für dich einplanen?"

Peter schüttelte den Kopf und griff erneut zum Hörer.

„Kriminalkommissariat Rinteln, Peter Kruse am Apparat. Wir benötigen Ihre Mithilfe bei der Suche nach einer Person. Wohin kann ich Ihnen das Bild und den Text mailen?"

„Guten Tag, Kommissar Kruse, wir haben aber lange nichts mehr voneinander gehört."

„Sind Sie das, Herr Friedrichs?"

„Genau, wir hatten damals in der Sache Benno Kuhlmann das Vergnügen, wenn man so will. Was ist denn passiert?"

„Darüber möchte ich aus ermittlungstechnischen Gründen heute noch nichts Genaues sagen. Wir suchen eine Frau Mitte dreißig. Ein Foto mit Beschreibung liegt vor."

„Und woher haben Sie das Foto, wenn Sie nicht wissen, wer sie ist? Ah, sie ist bestimmt tot? Wenn sie einfach nur von jemandem vermisst würde, hätten Sie doch den Namen."

„Bitte keine Spekulationen, wir möchten nur eine neutrale Suchmeldung, ob jemand sie kennt oder gesehen hat. Nichts weiter."

„So, so, wenn sich der Herr Kommissar so ziert, dann haben wir es wohl mit unklaren Todesumständen zu tun. Ist sie ermordet worden?"

In Peter Kruse stieg die Wut hoch. Er überhörte die Frage. Mit engelsgleicher Stimme sagte er:

„Wohin kann ich die Daten also senden?"

„Direkt an die Redaktion hier in Rinteln. Die Adresse haben Sie doch. Bitte in den Betreff ‚zu Händen Herrn Friedrichs' schreiben". Sie können mir auch direkt mailen …"

„Nee, ist schon gut. Vielen Dank."

„Wann ist denn die Pressekonf …"

Kruse überhörte die Frage und legte auf.

„Ziemlich lästig diese Pressefritzen, nicht?" Hetzer veränderte seine Sitzposition und kniff die Augen zusammen.

„Der hier nervte ziemlich. Da will man schon nichts sagen und der Friedrichs kombiniert sich was zusammen. Blöd ist nur, dass er damit nicht falsch lag. Jetzt haben die mit Sicherheit die Ohren gespitzt."

„Egal, das können wir sowieso nicht verhindern. Dass sie tot ist, wissen sie spätestens, wenn sie unsere Mail haben. Sie ist zwar auf dem Foto schönbearbeitet worden, man sieht aber, dass sie nicht mehr lebt. Das

Polizeiaufgebot in Todenmann wird auch nicht unbemerkt geblieben sein und ich wette mit dir, dass es heute noch eine Pressekonferenz mit Mensching und Frau Dr. Kukla von der Staatsanwaltschaft gibt. Vielleicht wäre es besser gewesen, du hättest nicht so abweisend reagiert."

„Ruf du doch nächstes Mal selbst an. Manchmal kann ich eben auch nicht aus meiner Haut. Ich finde diesen Typen einfach zum Kotzen und ausgerechnet den hab ich am Apparat."

„Das konnte doch keiner ahnen. Jetzt atme erst mal tief durch. Ich brauche deinen Kopf zum Denken. 50 Prozent davon sind eh in Stadthagen."

Hetzer lachte gequält. Jede kleinste Erschütterung tat ihm weh. Da machte auch das Frotzeln keinen Spaß.

Peter Kruse warf ihm einen amüsierten Blick zu.

„Das hast du jetzt davon. Tut es schön weh?"

„Mistkerl!"

„Hast du eigentlich schon was von Seppi gehört?"

„Nein, der wollte mich anrufen, wenn die ersten Ergebnisse vorliegen. Mageninhalt, Blutuntersuchung, mögliche DNA-Spuren etc. Ich bin gespannt, ob uns das weiterbringt."

„Ist doch komisch, dass es Menschen gibt, die niemand vermisst. Dabei war die Frau doch sehr ungewöhnlich und bestimmt nicht hässlich."

„Wenn sie nicht direkt mit jemandem zusammenlebte, ist es vielleicht noch zu früh. Freunde, Bekannte bemerken es nur, wenn die Kontaktaufnahme über einen längeren Zeitraum nicht geklappt hat. Ein Arbeitgeber würde auch erst versuchen, den Mitarbeiter anzurufen und dessen Kollegen zu fragen. Möglicherweise führe jemand zu dem Betreffenden nach Hause.

Bis wir dann eingeschaltet werden, können Tage vergehen."

„Stimmt, aber blöd für jemanden, der hilflos in seiner Wohnung liegt."

„Pling" machte es in Hetzers Rechner. Eine neue Mail öffnete sich, und Wolf starrte auf die Worte „*Sie lebt.*"

Ganz langsam ließ sie sich wieder in die Bank hinab. Sie verzichtete bewusst auf ein Polster für ihre Knie, damit sie die Nähe zu Gott auch körperlich spürte. Der Schmerz tat gut, er lenkte von den Gedanken ab, denn die Abende waren besonders schlimm. Da war das Tagewerk getan. Sie hatte keine Aufgabe mehr, die sie ablenken konnte. Die Gedanken bohrten sich in ihren Kopf wie ein Pfeilregen. Immer wieder kamen neue Spitzen aus allen Richtungen. Auch das Pfeifen und Rauschen war wieder da. Sie hielt sich die Ohren zu, obwohl sie wusste, dass das aussichtslos war, denn es würde nicht aufhören. Es kam aus ihr selbst. Aber sie war müde. Auch wenn sie schuldig war, musste es irgendwann aufhören, sie büßte schon so lange. Sie wollte Gott um Erlösung bitten.

„Herrgott, strafe mich nicht länger, ich habe viele Jahre Buße getan. Nimm diese Verantwortung von meinen Schultern."

„Was du getan hast, meine Tochter, fordert ein ganzes Leben voller Sühne."

„Vergib mir, Herr, bitte!"

Sie weinte, Tränen liefen ihr über die Wangen. Wenn sie sich schon selbst nicht verzeihen konnte, wollte sie doch die Gewissheit, dass der Allerhöchste ihr die Absolution erteilte.

„Ich habe dir längst vergeben, denn du büßt mit deinem eigenen Leben für das Leben, das du genommen hast."

Die Stimmen kreischten jetzt in ihrem Kopf. Sie wollte sich nicht daran erinnern. Nicht daran, und nicht an den Tag, an dem die Sünde begonnen hatte, ihr Leben zu zerstören.

Die Nacht umfing ihn wie einen Freund. Sie machte ihn unsichtbar und lockte ihn mit ihren Düften. Er erkannte den hellen, süßen, üppigen, der auch durch sein Fenster hereinkam, und verbarg sich im Schatten der Burgmauer. Kein Mensch war zu sehen. Schnell überquerte er die Straße und lief in den Wald bergauf. Als er sich sicher fühlte, blieb er stehen und staunte. Alles war neu. Er befühlte eine Eiche mit den Fingern. Die raue Rinde unterschied sich vom nächsten Stamm. Der war ganz glatt. Er roch auch anders. Immer neue Bäume entdeckte er. An einem hing ein klebriges Zeug, das einen eigenartigen Duft hatte. Er hatte es jetzt an seinem Finger und konnte sich nicht entscheiden, was für ein Gesicht er hierzu machen konnte. Aber das konnte er später überlegen, denn es blieb an ihm haften.

Weiter und weiter lief er bergan. Er war wie berauscht von der Freiheit und dem Draußen, das so viel Neues für ihn bereithielt. Darum sah er im Dunklen die Wurzel nicht, die ihn im Laufen bremste und aufs Laub warf. Doch der Waldboden fing ihn weich auf. Da lag er und horchte still in sich hinein. Er lauschte mit Ohren und Nase. Dort schrie ein Käuzchen, um ihn herum atmeten die feuchten Blätter, es raschelte im Dickicht. Stundenlang hätte er hier noch liegen bleiben können und genießen. Aber er wollte sich bewegen, auch wenn er auf einmal merkte, dass es anstrengend war.

Auf einer kleinen Lichtung inhalierte er, was ihm aus Gras und Blüten entgegenstieg. Dabei blieb er eine

Weile stehen, um zu verschnaufen. Der Halbmond schien hell auf die Fläche, die von Bäumen noch nicht erobert war. Was für ein Bild, dachte er und machte ein glückliches Gesicht. Ein harmonisches Ganzes, das durch Düfte und Geräusche vollkommen wurde.

Doch mit einem Mal wurde das Bild zerstört. Wind war aufgekommen. Es schlich sich ein Geruch hinein, den er noch nie wahrgenommen hatte. Süß, schwer und ekelhaft. Das versetzte ihn in Panik. Er floh den Hang hinab, stolperte und kam schließlich ein Stück weiter oben wieder auf die Straße zu. Dort hielt er sich im Dickicht und holte Luft. Der Gestank war fort. Vorsichtig ging er zwischen den Bäumen weiter, bis er sich sicher fühlte. Da endlich roch er die Geborgenheit seines Heims. Schnell schlich er über den Asphalt in die Wölbung des Torbogens. Von dort flüchtete er durch die Tür treppauf in die vertrauten Räume.

Dabei war ihm entgangen, dass sein Fehlen nicht unbemerkt geblieben war …

Die Sonne schien durchs Esszimmerfenster und versprach einen schönen Frühlingstag. Moni streckte sich auf ihrem Balkon und freute sich auf den Spaziergang mit Gaga. Ihren Nachbarn Wolf Hetzer hatte sie vorhin schon vom Hof fahren sehen. Früher als üblich. Entweder hatte er einen neuen Fall, oder auch ihn hatte die senile Bettflucht aus den Federn getrieben, schmunzelte Moni in sich hinein. Sie stand sowieso immer gerne früh auf. Es ging nichts über die Anmut eines jungen Morgens, wenn der Gesang der Vögel nicht durch Menschenkrach gestört wurde. Hier oben in Todenmann, so direkt am Wald, war die Vielfalt des Zwitscherns etwas Besonderes. Da Moni kein ängstlicher Mensch war und das Schlafzimmer im Dachgeschoss ihres Winkelbungalows lag, ließ sie – sobald es das Wetter zuließ – die Flügeltüren der verglasten Giebelseite ganz offen stehen. Sie schlief quasi im Freien. Ein Umstand, der seit dem Tod ihres Mannes nicht mehr zu Diskussionen führte. Gerhard war sehr zugempfindlich gewesen. Wenn sie damals die Glastüren aufriss, hatte er ihr immer vorgeschlagen, doch gleich auf dem Balkon zu schlafen. Das hatte sie auch das eine oder andere Mal getan. Gerne würde sie heute diesen Satz noch einmal von ihm hören. Er fehlte ihr. Sie hatte mit ihm über Jahre eine innige Beziehung gepflegt. Doch der begnadete Frauenarzt litt selbst an einem Herzfehler, der ihm durch zahlreiche Anfälle das Leben schwer machte und es schließlich ganz forderte. Moni blieb damals mit Mitte fünfzig kinderlos zurück und musste sich neu finden.

Es war eine Umstellung für die elegante, zierliche Frau. Sie hatte überlegt, wegzugehen, aber das hätte geheißen, ein weiteres Stück von Gerhard aufzugeben. Sie war immer noch gerne in den Räumen, in denen sie glücklich gewesen waren. Liebte die Erinnerungen beim Anblick von Möbeln, Bildern oder Büchern.

Irgendwann hatte sie beschlossen, dass ihre Haare so grau bleiben durften wie sie wuchsen. Sie schnitt sie ganz kurz, um dem Ganzen mehr Pfiff zu geben, und fand, dass ihr das gut stand. Sie war sich sicher, dass auch Gerhard das gemocht hätte.

Vegetarierin war sie schon zu dem Zeitpunkt geworden, als sie die Ernährung der beiden wegen Gerhards Gesundheitszustand überdacht und herausgefunden hatte, dass ihnen die fleischlose Kost besser bekam und sie nicht wirklich etwas vermissten. Heute hätte sie zusätzlich darauf verzichtet, weil sie Massentierhaltung ablehnte, dachte sie bei sich.

So war es oft, irgendwie war er noch da, auch nach den drei Jahren, in denen sie jetzt gelernt hatte, mit sich selbst zu leben.

Der Wald in ihrem Rücken rauschte im Wind. Sie schloss die Augen, sog noch einmal ganz tief die Morgenluft ein und legte sich zur zweiten Sequenz ihrer Yogaübungen auf den Boden. Anschließend ging sie ins Bad, um sich für den Morgenspaziergang mit Gaga fertigzumachen. Erst dann wollte sie nachsehen, ob neue Nachrichten auf ihrem Computer waren.

Moni stieg in ihre alten Turnschuhe. Für Wege, wie Schäferhündin Gaga sie liebte, brauchte man robuste Schuhe. In die Jahre gekommene Favoriten wurden ganz automatisch zu Hundeschuhen, die nur noch ausschließlich für diese Verwendung geeignet waren, wenn sie sich einmal mitten durch den Morast gekämpft hatten. Sie mussten auch nie wieder vollkommen sauber werden. Moni schnappte sich Hetzers Schlüssel und noch bevor sie das Gartentor geschlossen hatte, wusste Gaga, dass jetzt ihre Zeit gekommen war. Außer Rand und Band hüpfte sie um Moni herum, setzte sich dann aber auf Kommando und ließ sich das Halsband mit der Leine umlegen.

„Mylady, es ist Leinenpflicht!", erklärte Moni ihr, wobei Gaga den Kopf schief legte und sie ansah, als verstünde sie, was gesagt worden war. „Wenigstens, bis wir im Wald sind ..."

Sie nahmen es nicht so genau mit dem Anleinen, weil Gaga wirklich gut hörte und sich niemals mehr als zehn Meter von Moni entfernte. Aber Moni hatte keine Lust auf Diskussionen mit anderen.

Vom Parkplatz unter der Frankenburg gingen sie in westlicher Richtung bergauf. Moni leinte Gaga ab und schlenderte gemütlich hinter ihr her. Sie dachte darüber nach, was sie Hetzer zum Geburtstag schenken konnte. Er hatte in diesem Jahr am Ostersonntag und das war schon in wenigen Tagen. Wolf war in den letzten Monaten ein guter Freund von ihr geworden. Sie verstanden sich auch ohne Worte und waren füreinander da. Keine Selbstverständlichkeit unter Nachbarn. Manchmal kribbelte es leicht, wenn sie in seiner Nähe war, aber dann zwang sie sich daran zu denken, dass sie fast fünfzehn Jahre älter war, auch wenn man ihr das nicht ansah.

Der gut aussehende Mittvierziger mit den dunkel gelockten Haaren hatte Charme. Aber noch mehr schätzte Moni an ihm, dass er kochen konnte wie jemand, dem schon mehrere Sterne verliehen worden waren. Es war unglaublich, was er in seiner Küche aus Lebensmitteln machte. Diese aß sie gerne in seiner Kate, die so viel wohnlicher wirkte als ihr moderner Bungalow. Das machten vielleicht auch die Antiquitäten, dachte Moni. Die Wände waren naturbelassen und mit Lehmgefachen renoviert. Kein Schnickschnack, alles konzentriert auf das Wesentliche. Holz und Naturstein, gepaart mit Edelstahl und moderner Technik, die sich nicht ins Auge drängte. So konnte der Charakter des alten Hauses gut im Vordergrund stehen.

Aber was schenkte man einem Kommissar und Freund? Einen Krimi? Sie kicherte in sich hinein. Neulich hatte sie einen hier aus der Region gelesen. Irgendwas mit „Schatten ...", aber das war so, als ob man einem Bäcker einen Kuchen schenkt. Ein Kochbuch? Davon hatte er sicher genug. Mit einem Mal hatte sie eine Idee. Auf ihrem Grundstück stand noch ein kleiner alter Sandsteintrog. Er war leicht länglich. Keine Ahnung, wozu er einmal dienen sollte. Früher hatte sie Blumen darin ausgesät, aber im Grunde brauchte sie ihn nicht. Er würde wunderbar zu Wolfs Kate passen, und wenn sie ihn mit Küchenkräutern bepflanzen würde, bräuchte er künftig nur sein Fenster zu öffnen und könnte sich der frischen Zutaten bedienen. Sie würde mal heimlich die Fensterbank ausmessen. Bei der Ausführung des Plans würde ihr bestimmt Peter helfen. Das Ding war ziemlich schwer.

Während sie noch darüber nachdachte und ganz in ihre Gedanken versunken war, bemerkte sie nicht, dass Gaga am Wegrand im Laub gescharrt hatte. Und selbst wenn sie es gesehen hätte, hätte sie nicht weiter darüber nachgedacht, denn Gaga apportierte gerne

Stöckchen oder Reste von Wurzeln. Doch jetzt jaulte sie kurz auf und holte Moni in die Realität zurück. Auf drei Beinen humpelte sie ihr entgegen.

„Mensch, Gaga, was hast du denn gemacht?" Moni ging in die Knie und hielt Gagas rechte Pfote, die schmierig in ihrer Hand lag. „Lass mal anschauen." Vorsichtig versuchte sie, die Pfotenballen zu untersuchen. Als sie die Hand wegnahm, sah sie, dass ihre Finger ganz blutig waren.

„Gaga, mach mal *Platz*!"

Mühsam legte sich die Hündin auf den Boden. Auf drei Beinen war das ungewohnt. Moni merkte, dass ihr die Pfote wehtat, aber sie ließ es über sich ergehen. Ein tiefer Schnitt zog sich über den größten der Ballen. Er blutete noch. Moni dachte, dass sie das T-Shirt sowieso nicht leiden konnte, und riss einen Streifen von ihrem unteren Saum ab. Den band sie notdürftig um die Pfote. Gaga fiepte einmal, ließ sich aber sonst alles gefallen und leckte Monis Hand.

„Du bleibst jetzt *Platz*, Gaga, ich schaue mal nach, ob ich finde, woran du dich geschnitten hast."

Die Spur war leicht zurückzuverfolgen und an der Buddelstelle war das Laub feuchter. Mit einem Stock grub Moni und fand etwas kleines Silbernes, auf dem das Blut schon zu trocknen begann. Mit einem weiteren Stück ihres T-Shirts griff sie das Metall, wickelte es ein und steckte es in die Hosentasche. Nicht, dass sich noch jemand daran verletzte. Es würde zu Hause in den Müll wandern. Jetzt müssten sie nur irgendwie dahin kommen.

Gaga lag noch immer am Wegrand und hechelte. Sie hatte Schmerzen.

„Komm, Mädchen, lass es uns langsam versuchen. Ich kann dich nicht tragen."

Gaga stand vorsichtig und ungelenk auf. Sie versuchte, ihr rechtes Bein nicht zu belasten. Der Heimweg ging jedoch besser als gedacht. Sie hatte es schnell raus, wie sie sich auf drei Beinen bewegen musste.

Als sie angekommen waren, war der Verband längst durchgeblutet. Sie nahm Gaga mit zu sich und rief Hetzer an. Der Schnitt musste bestimmt genäht werden. Ohne seine Hilfe konnte sie den Hund nicht ins Auto heben.

Es war so eine Sehnsucht in ihm. Sie beherrschte sein ganzes Denken. Er zitterte. Wenn er daran dachte, hatte er noch eine vage Erinnerung an diesen köstlichen Zustand, in dem er sich befunden hatte, als sie vor ihm lag.

So zart, so klein, so wehrlos. Ganz anders als vorher. Da erst zeigte sie ihr wahres Gesicht – ihr Engelsgesicht. Ja, das wollte sie sein, ein Engel, und er hatte die Macht. Er hatte die Macht, sie zu einem werden zu lassen.

Es ärgerte Iris, dass sie nun doch zuerst da war, an der Kreuzung in Deckbergen. Jetzt würde sie auf ihn warten müssen und nicht er auf sie. Das gefiel ihr nicht. Sie setzte sich wieder in ihren Wagen, bog in Richtung Osterburg ab, wendete auf der Osterburgstraße und stellte sich ohne Licht an den Straßenrand. Sie würde ihn gut sehen können, denn die Landbäckerei war beleuchtet.

Iris schob eine CD ins Autoradio, lehnte sich zurück und stellte sich vor, wie seine Lippen wohl sein würden. Wonach er wohl schmeckte, überlegte sie, und wie sich seine Hände anfühlen mochten.

Da bog ein Wagen ab, doch er fuhr weiter anstatt anzuhalten. Wenn sie doch wenigstens wüsste, wie sein Auto aussähe, aber das war nie ein Thema gewesen. Solche weltlichen Dinge spielten bei ihnen einfach keine Rolle. Nur die inneren Werte zählten, das Gefühl füreinander und das Wissen, dass sie sich ähnlich waren.

Wieder ein Auto, diesmal ein dunkler Kombi, doch der bog hinter ihr in die Hofeinfahrt. Dann kam lange nichts. Die schöne Musik stand in krassem Gegensatz zu dem, was sich in ihr abspielte. Wo war er nur? Warum ließ er sich so viel Zeit? War sie nicht wichtig genug? Hatte sie sich nicht deutlich ausgedrückt? Wenn sie doch nur ein internetfähiges Handy gehabt hätte, dann hätte sie versuchen können, mit ihm Kontakt aufzunehmen. Das hätte aber vorausgesetzt, dass er gar nicht losgefahren war und zu Hause vor dem Computer saß.

Ihre Laune sank. Sie fühlte sich veralbert. War das so ein Spinner, der Frauen irgendwo in die Nacht schickte, um auf ihn zu warten? Geilte er sich jetzt irgendwo auf und lachte über ihre Blödheit?

Sie würde ihm noch zehn Minuten geben. Wenn er nicht kam, hatte sich die ganze Sache erledigt, falls er nicht irgendeinen ganz wichtigen Grund für sein Fortbleiben hatte.

Als die zehn Minuten verstrichen waren, wich ihre Wut der Traurigkeit. Es war alles so schön gewesen, so liebevoll. So etwas konnte man sich doch nicht ausdenken. All die Pläne, all die Träume, die sie geteilt hatten – das konnte doch jetzt nicht einfach in der Luft verpuffen, als ob gar nichts gewesen wäre.

Entmutigt und voller Selbstzweifel startete sie den Motor und fuhr zurück nach Rinteln. Jetzt konnte sie auch die Tränen nicht mehr zurückhalten. Deswegen entging ihr völlig, dass ihr der dunkle Wagen von vorhin in einiger Entfernung folgte.

Willi betrat den Kapellenraum des Torhauses und legte Sieglind die Hand auf die Schulter.

„Komm, steh auf mein Kind, du wirst noch Rheuma bekommen auf den kalten Bänken."

„Dann ist eben auch das ein Teil meiner Buße."

„Meinst du nicht, du hast über die Jahre nicht schon genug Abbitte geleistet? Wäre es nicht besser, du würdest dich um die Lebenden kümmern? Kein Mensch bleibt von der Geburt bis zum Tod ohne Schuld. Man muss sich auch selbst verzeihen lernen. Gott hat es bestimmt schon längst getan."

„Nein, das hat er nicht und er wird mich alt werden lassen, damit ich möglichst viel Zeit zum Büßen habe."

„Kind, wie kommst du denn auf so etwas? Gott ist barmherzig. Jesus hat all unsere Sünden auf sich genommen, als er am Kreuz gestorben ist."

„Das war vor meiner Zeit, ich habe danach gesündigt. Außerdem wiegt meine Schuld so schwer, dass er sie niemals tragen könnte."

Nicht zum ersten Mal machte sich Willi Gedanken über den Geisteszustand seiner Tochter. Ja, sie hatte Schweres durchgemacht und er selbst hatte seinen grausamen Beitrag dazu geleistet. An jedem Tag wünschte er, diese Stunden hätte es nie gegeben, aber er konnte sie nicht ungeschehen machen. Sieglind hatte niemals darüber gesprochen. Sie war danach auch nicht abweisend zu ihm gewesen. Es war so, als hätte es diesen Abend niemals gegeben. Dieses Puzzleteil der Erinnerung schien ihr zu fehlen. Darüber war er dankbar.

Seine Strafe war eine andere. Geduldig trug er sie seit mehreren Jahrzehnten.

Hetzer starrte noch immer entgeistert auf die Mail, die sich da auf seinem Computer geöffnet hatte. Für einen Moment hatte er sogar seine Rückenschmerzen vergessen.

„Peter, ich glaube, wir haben ein Problem!"

Peter stöhnte und lehnte sich in seinem Bürostuhl zurück.

Er grummelte immer noch über den Friedrich vom Weserberglandanzeiger.

„Was denn nun noch?"

„Ich habe komische Nachrichten auf meinem Computer."

„Wie? Was denn für Nachrichten?"

„Jemand schreibt mir merkwürdige Dinge. Eigentlich sind es nur einzelne Wörter. Aber ich glaube, wir haben demnächst noch einen weiteren Fall."

„Ah, unser Orakel-Hetzer hat schon wieder irgendwelche Eingebungen", lachte Peter. „Er enträtselt den Zusammenhang einzelner Wörter und schließt daraus auf einen Serientäter ..."

„Manchmal bist du echt ätzend. Hast du nicht gefrühstückt? Aber ich kann das auch gut für mich behalten."

„Meine Güte, bist du empfindlich. Also, was hat dir denn der oder die Unbekannte geschrieben?"

Hetzer wollte abwinken, aber diese ungelenke Bewegung führte nur dazu, dass er seinen Rücken wieder deutlicher spürte. Er zuckte vor Schmerz zusammen.

„Meinst du nicht, dass du mal zum Arzt gehen solltest?"

„Nein!"

„Und was ist jetzt mit den Nachrichten?"

„Ach, nicht so wichtig."

„Mein Gott, bist du heute bekloppt! Aber eins sage ich dir, wenn das dann doch was mit unserem Fall zu tun hat und es passiert was, was wir hätten verhindern können, dann geht das auf dein Konto! Also überleg es dir noch mal. Ich gehe mir eben einen Kaffee holen, Mannomann ..."

Hetzer tat es sowieso schon wieder leid, dass er so blöd reagiert hatte. Aber irgendwie war er heute empfindlich. Wahrscheinlich, weil er so wenig geschlafen hatte. Das brachte ihn immer aus dem Gleichgewicht. Als Peter Kruse zurückkam, grinste er ihn mit verlegenem Gesicht an und sagte:

„Vor rund einer Woche hatte ich eine Mail mit nur einem Wort. Da stand nur *Sie* und ich dachte, da will sich jemand einen Scherz erlauben. Zum Beispiel wie: *Sie Arschloch* oder *Sie Idiot*. Ich hab das Ding einfach weggelöscht. Aber heute kam plötzlich eine Mail mit zwei Worten. In der stand *Sie lebt*, mehr nicht."

„Ja, aber das ist doch wichtig, Wolf! Mensch, du Dussel!"

„Trotzdem sagt es uns gar nichts. Das Einzige, was wir hieraus erfahren, ist, dass irgendein weibliches Wesen lebt. Ob es ein Mensch oder ein Tier ist? Wer weiß ..."

„Ich habe keine Sekunde lang an ein Tier gedacht. Ich dachte sofort an eine Frau, die irgendjemand in seiner Gewalt hat."

„Und du wirfst mir vor, Eingebungen zu haben? Jetzt denk doch mal genau nach. Es könnte sich auch um einen Hund oder eine politische oder theologische

Ideologie handeln. Das muss doch nicht zwangsläufig eine Frau sein."

„*Sie lebt.* Ja, was lebt denn? Eine Idee, die Musik, die Phantasie."

„Na, ich denke aber doch, dass jemand etwas anderes im Sinn hat, der dir hier ins Kommissariat schreibt, dass sie lebt."

„Vielleicht. Es ist auch ganz egal, was derjenige gemeint hat, wir müssen es auf jeden Fall ernst nehmen."

„Ja, sicher müssen wir das."

„Es muss in alle Richtungen gedacht werden. Nehmen wir also mal an, es handelt sich tatsächlich um eine Frau. Wenn wir dem Verfasser der Mail glauben wollen, dann ist diese Frau noch am Leben. Es muss sich also um eine andere Frau handeln, als die von der Frankenburg, denn die ist ja nun leider tot. Möglicherweise haben wir es mit demselben Täter zu tun."

„Das könnte bedeuten, der Mörder der schönen Rothaarigen macht weiter oder hat jemanden im Visier und schickt uns Nachrichten. Hast du die IP-Adresse des Absenders schon überprüfen lassen?"

„Na klar, aber das bringt uns nicht weiter. Oder er schreibt wirklich aus dem tiefsten Sibirien. Es ist ganz einfach, sich immer wieder irgendeine IP-Adresse zu generieren. Auf diesem Weg werden wir nicht auf die Spur des Nachrichten-Schreibers kommen."

„Dann wissen wir aber wenigstens, dass es jemand ist, der sich gut zu tarnen versteht. Der 0815-Internetnutzer hat keine Ahnung davon, wie er sich selbst eine gefakte IP-Adresse vergeben kann. Vielleicht will dich doch nur jemand ärgern."

„Das glaube ich nicht. Ich schlage vor, wir behalten den Schreiber als einen möglichen Täter im Hinterkopf. Wir kommen nur momentan überhaupt nicht weiter, solange wir weder wissen, wer die Tote ist, wie sie gelebt hat noch mit wem sie Kontakt hatte."

Mit einem Mal passierten zwei Dinge gleichzeitig. Die Tür flog auf und Hetzers Handy klingelte. Beides gab dem Tag eine völlig neue Wendung.

Die Pfote

Das Gespräch war nur kurz. Mit den Worten „Muss eben weg" schnappte er sich seine Jacke und rannte die junge Frau fast um, die ihm entgegenkam.

„Verzeihung!", rief er, und schon war er weg.

Er war beunruhigt. Moni hatte ihm alles erzählt, aber sie hatte es bis jetzt noch nicht geschafft, die Blutung zu stoppen. Gaga lag auf der Seite und fiepte. Dabei war sie weiß Gott nicht wehleidig.

Ein bisschen zu schnell fuhr er in Richtung Todenmann und raste dann die Kirschenallee hoch. Er parkte gleich rückwärts auf dem Hof, rannte ins Haus und ließ dabei schon alle Türen offen stehen. Moni kniete neben Gaga und nickte ihm besorgt zu.

„Hallo Moni, wie geht es ihr?"

„Ich glaube, die Blutung hat jetzt nachgelassen, aber wir sollten trotzdem schnell zum Tierarzt fahren. Vielleicht muss es genäht werden und bestimmt braucht sie ein Antibiotikum."

„Jetzt komm, wir tragen sie vorsichtig ins Auto. Ich hab die Türen alle aufgelassen. Wo sind die Kater?"

„Die habe ich zur Vorsicht eben weggesperrt. Wenn wir Gaga im Auto haben, lasse ich sie wieder raus. Ich dachte mir schon, dass du alles aufreißt, damit wir Gaga gut durchs Haus tragen können. Puh, sie ist ganz schön schwer."

„Ja, an die 25 bis 30 Kilo wird sie schon haben, die junge Dame. Mein Rüde Hasso hatte noch locker zehn Kilo mehr."

„Sollen wir sie nicht lieber auf die Rückbank legen, dann kann ich mich neben sie setzen?"

„Nee, hier hinten liegt sie besser und da können wir sie auch einfacher reinlegen und wieder rausheben. Den kurzen Moment geht das schon."

„Okay, ich lasse eben die Kater aus dem Arbeitszimmer und mache die Tür zu."

„Ja, mach schnell."

Moni lief ins Haus und kam fast in derselben Minute zurück. Sie ließ sich auf den Beifahrersitz fallen und holte tief Luft.

„Mensch, was ist das für ein Tag. Wären wir doch woanders langgegangen."

„Das kannst du doch vorher nicht wissen. Jetzt erzähl doch mal ganz in Ruhe, was genau passiert ist."

„Du bist gut – ganz in Ruhe – ich muss mich erst mal wieder beruhigen. Mir schlägt das Herz bis zum Hals. Ich hatte kein Handy dabei. Der arme Hund musste bis zu dir nach Hause humpeln. Deswegen hat es auch so geblutet. Aber was sollte ich tun?"

Moni schluchzte. Die Anspannung hatte dafür gesorgt, dass sie bis jetzt durchgehalten hatte. Nun liefen ihr die Tränen über die Wangen.

„Aber Moni, jetzt wein doch nicht! Es wird alles wieder gut. Frau Dr. Grabowski macht das schon."

Hetzer wischte ihr den Tropfen aus dem Gesicht, der sich gerade den Weg nach unten bahnen wollte. „Niemand kann verhindern, dass ein Hund auch mal in etwas Spitzes oder Scharfes tritt. Das hätte mir genauso passieren können. Jetzt erzähl mir doch mal von vorn, was überhaupt los war."

Moni schnäuzte sich in ihr Taschentuch und tupfte sich das Gesicht trocken. Ihre Stimme war noch etwas belegt, als sie antwortete.

„Ich bin wie immer morgens mit Gaga in Richtung Frankenburg gegangen und dann am Parkplatz links hoch, also parallel zur Straße, im Prinzip wieder zurück."

„Ach da, okay, ich weiß, welchen Weg du meinst."

„Gaga blieb immer in Reichweite. Und bevor du meckerst: Ja, ich hatte die Leine ab, obwohl Leinenpflicht ist. Sie hat dann irgendwann angefangen, am Rand des Weges im Graben zu buddeln. Das macht sie sonst überhaupt nicht. Und mit einem Mal jaulte sie auf und kam angehumpelt. Das hat so geblutet. Meine ganze Hand war voll. Ich hab dann mein T-Shirt zerrissen und ihr einen notdürftigen Verband gemacht. Dann sind wir langsam nach Hause gehumpelt."

„Hast du eine Ahnung, woran sie sich verletzt hat?"

„Ach ja, ich habe da nachgesehen, wo sie gegraben hatte. Fast hätte ich mich auch noch geschnitten. Ich hab das Metall-Ding dann in ein Taschentuch eingewickelt."

„Konntest du erkennen, was es war?"

„Da war natürlich Blut dran. Ich hatte auch meine Brille nicht dabei, aber es könnte so was wie eine Klinge gewesen sein, von einem Teppichmesser oder so. Kannst ja nachgucken. Es liegt in deinem Müll. Aber sei vorsichtig!"

„Okay, das mache ich nachher. Jetzt kümmern wir uns erst mal um den Hund."

Sacht nahm Hetzer die letzte Biegung in Obernkirchen und fuhr auf den Parkplatz der Tierärztin. Er war schon jahrelang mit seinen Tieren hier in Behandlung. Gertin Grabowski war eine Koryphäe auf dem Gebiet der Tiermedizin. Und sie war eine begnadete Operateurin.

Er hätte sich auch selbst in ihre Behandlung begeben, denn wie ihr Mann hatte auch sie lange Zeit in der Intensivmedizin im Krankenhaus gearbeitet.

„Moni, ich gehe eben mal rein und sage Bescheid, dass wir hier einen dringenden Fall haben. Bleibst du solange bei Gaga und setzt dich auf die Heckklappe?"

„Ja, klar!"

Wolf Hetzer lief in die Praxis und traf auf den Jagdpächter, der in der letzten Nacht die Tote gefunden hatte.

„Ach, Mensch, genau, hierher kenne ich Sie!", sagte er und schlug sich vor die Stirn. „Können Sie mir bitte eben helfen? Meine Hündin hat sich schwer an der Pfote verletzt. Wir müssten sie reintragen."

„Moment, ich gucke eben, ob ein Behandlungstisch frei ist, dann komme ich raus."

Kurze Zeit später kam Grabowski, der in seiner grünen OP-Kleidung ganz anders wirkte als im Wald, zum Auto gelaufen.

„So, Sie nehmen sie vorne und ich hinten. Dann tragen wir sie rein. Nach dem Eingang gleich rechts um die Ecke und dann geradeaus. Wie viel Blut hat sie denn verloren?"

Grabowski sah Hetzer fragend an, der wiederum guckte zu Moni.

„Das ist schwer zu sagen, aber es hat ganz schön geblutet und ließ sich auch zuerst nicht stoppen. Drei Verbände habe ich bestimmt gewechselt."

Mit der ihr eigenen Energie kam Frau Dr. Gertin Grabowski durch die Tür gestürmt, sagte zu Gaga „Hallo, mein Mädchen" und streichelte ihren Kopf. Dann sah sie sich die Hündin an, zog die Lider nach unten und sagte:

„Wir legen erst mal eine Infusion. Könnt ihr bitte schon mal rasieren? Vorne rechts ist es am besten, denke ich." Zu Hetzer gewandt sagte sie: „Wir müssen den Kreislauf stabil halten. Sie muss doch eine ganze Menge Blut verloren haben. Ich denke, ich lege sie in Narkose und untersuche die Pfote dann. Die Verletzung scheint ihr ziemlich weh zu tun. So wie es aussieht, werden wir ums Nähen sowieso nicht herumkommen."

„Ganz wie Sie meinen, Frau Doktor, ich vertraue Ihnen voll und ganz!"

„Gut, dann halten Sie doch bitte den Kopf und streicheln Sie, bis sie eingeschlafen ist. Ich rufe Sie an, wenn ich fertig bin. Ihre Nummer habe ich ja."

Wolf ging etwas in die Hocke, um ein bisschen näher an Gagas Ohr zu sein.

„Das wird schon wieder alles gut, Mylady. Du brauchst nicht so zu zittern. Ich bin doch hier. Wir lassen uns doch von so was nicht unterkriegen, oder? Du bist doch meine Beste und die Frau Doktor hilft dir jetzt. Es tut dir auch gleich überhaupt nichts mehr weh."

Wolf merkte, wie sie auf einmal wie ein nasser Sack in seinem Arm hing.

„So, jetzt schläft sie, dann wollen wir uns die Pfote doch mal angucken."

Dr. Grabowski wickelte den Verband langsam und vorsichtig ab. An manchen Stellen klebte er bereits leicht fest. Moni hatte sich in die hintere Ecke des Raumes zurückgezogen. Auch ohne Brille wollte sie nicht ganz so genau hinsehen.

Hetzer, der eine eher robuste Natur hatte, was Morde und Verletzungen an Menschen betraf, musste feststellen, dass es in diesem Fall auch anders war. Ihm wurde zwar nicht schlecht, als Gertin Grabowski die Pfote knapp oberhalb des Ballens untersuchte, aber er litt mit seiner Hündin.

„Tja", sagte die Tierärztin, „hier, sehen Sie mal, da sind nicht nur ein paar kleinere Gefäße durchtrennt, hier werde ich auch eine Sehne nähen müssen. Gut, dass Sie gekommen sind. Das wird ein bisschen dauern, bis die Dame wieder richtig hergestellt ist."

„Wie lange wird sie nicht richtig laufen können?"

„Ein paar Wochen wird es schon dauern, aber sie wird lernen, gut auf drei Beinen zurechtzukommen. So, und nun wollen wir loslegen. Wir melden uns dann."

Moni und Wolf verließen mit langen Gesichtern die Praxis Grabowski. Während der Fahrt hing jeder seinen Gedanken nach. Kurz vor dem Haus legte Moni ihre Hand auf Wolfs Arm.

„Du bist mir doch nicht böse, oder?"

„Wie kommst du denn darauf?" Hetzer tätschelte ihre Hand. „Mensch, das hätte mir doch genauso passieren können. Es wird schon wieder werden. Ich sage dir nachher sofort Bescheid. Willst du sie mit mir abholen?"

„Ja, gerne!", antwortete Moni und öffnete die Tür. „Und denk dran, dass du das scharfe Ding noch aus dem Müll fischen wolltest."

„Das hätte ich schon nicht vergessen, aber danke, bei der Aufregung wäre das natürlich möglich gewesen. Bis nachher."

Hetzer ging nachdenklich die Stufen zu seiner Haustür hoch. Wie man doch an einem Tier hängen konnte. Jetzt bloß nicht zu sehr grübeln, sagte er zu sich, weil ihm Emil, der Ganter, wieder in den Sinn kam. Als er die Tür aufschloss, kamen ihm die Kater schon entgegen. Sie waren irgendwie unruhig. Ob es der Geruch von Gagas Blut war oder die Unruhe, die er selbst ausstrahlte? Beides möglich, dachte er und ging in die Küche. Ein kleines Schälchen Nassfutter würde die beiden ablenken und später, wenn sie satt waren, zu wohligem Katzenschlaf führen. Eigentlich gab es Dosenfutter nur am Wochenende, aber heute würde er eine Ausnahme machen.

Max und Moritz ließen sich schnell überzeugen. Sie strichen um seine Beine und miauten der Leckerei entgegen. Der Rote war ein verfressener Kater, dem nichts anderes heilig war. Er hat eine Figur wie Peter, schmunzelte Hetzer in sich hinein. Und wenn der zweite Glück hatte, ließ das rote Dickerchen ihm sogar etwas übrig.

Wolf hatte sich gerade in seinen Mülleimer unter die Arbeitsplatte gebückt, um nach dem scharfen Gegenstand zu suchen, da klingelte es gleichzeitig an seiner Haustür und in seiner Hose. Dies hatte zur Folge, dass er sich erschreckte und mit dem Kopf voller Wucht unter die Arbeitsplatte knallte. Während die Beule unter seinen Haaren Gestalt annahm, zog er das Handy aus der Tasche und ging zur Tür.

Es war eine Sehnsucht ihn ihm, seitdem er in jener
Nacht draußen gewesen war. Er hatte die Rinde der
Bäume gefühlt, den Laubboden mit Händen durch-
wühlt. Blumen, die er nur von Bildern kannte, hatte er
befühlt und ihren Duft ganz direkt eingesogen. Plötzlich wusste er, dass das Wasser aus einem Bach ganz
anders schmeckte als das aus der Flasche. Es war, als
sei er nach einem ewig währenden Traum in der Realität aufgewacht. Und er wollte mehr. Das Zimmer, in
dem er lebte, war auf einmal so klein. Die Düfte kamen
durch die Fenster nur verdünnt bei ihm an. Jetzt
kannte er sie anders, besser, näher.

Was ihm vorher als geborgener Ort, ein Zuhause
war, empfand er nun als Gefängnis. Von Tag zu Tag
wurde er unglücklicher. Die Gesichter, die er malte,
sprachen für sich.

Der Arzt konnte nicht wissen, warum er mit einem
Mal so trübsinnig war. Wie sollte er ahnen, dass er in
jener Nacht fortgegangen war, als der Arzt vergessen
hatte, seine Tür abzuschließen. Das einzige Mal in
zweiunddreißig Jahren. So eine kurze Spanne in drei
Jahrzehnten, und doch hatte sie ihn ein für alle Mal
verändert. Er war seinen Düften nähergekommen und
sehnte sich nach ihnen. Hatte erfahren, dass die Pflanzen, die ihm der Arzt manchmal mitbrachte, anders
rochen als die, die draußen wuchsen. Sie hatten einen
anderen Geruch, weil sie nicht mehr lebten. Das war
seine erste bewusste Begegnung mit dem Tod. Er
begriff ihn erst, als er das Leben vor sich hatte und
erfahren konnte.

„Sieglind. Sieglind!"

„Vater, lass mich. Ich bete."

„Bitte, Kind, komm in die Küche, ich muss mit dir sprechen."

„Es gibt nichts zu besprechen. Es liegt alles in Gottes Hand."

„Sieglind, ich bin alt und nicht mehr ganz gesund. Ich muss mit dir sprechen. Wir müssen manches regeln, für den Fall, dass ich einmal nicht mehr bin."

„Der Herr regelt alles für uns. Wir sind nur Fische im Fluss des Lebens."

„Bitte hör mir zu. Wir müssen über die Mondkinder sprechen."

Sieglind hielt sich die Ohren zu und schrie. Ein langer qualvoller Schrei dehnte sich im Gebäude aus und floh in alle Winkel.

Als sie sich beruhigt hatte, sah sie ihn mit irren Augen an.

„Ich hasse den Mond! Er ist böse. Seine Saat ist des Teufels. Alles Nachtgestalten, die Leid und Verderben bringen. Weg müssen sie, weg, weit weg. Wie alle Kinder des Mondes. Sie müssen zu ihm zurück."

Da wusste Willi endgültig, dass er einen anderen Weg finden musste. Seine Tochter war an ihrem Leben zerbrochen. Ihre Seele hatte Schaden an der Vergangenheit genommen.

Mutter war weg. Wohlig lehnte sich Wilfried zurück. Das klappte ja heute wie geschmiert. Er war heute zu einem Siegfried geworden und seinem Namen gemäß als „Drachentöter", wie der Held aus dem Nibelungenlied, in den Chat gegangen. Dazu hatte er irgendein Bild aus dem Netz kopiert, von dem er meinte, dass es den Frauen gefallen könnte. Besser als seine fade Erscheinung mit Platte. Jetzt schrieb er mit acht Damen gleichzeitig, aber keine wusste von den anderen. In den kleinen, privaten Pop-up-Fenstern log er das Blaue vom Himmel herunter und blieb sich dabei in seinen Lügen treu. Zuerst hatte er gedacht, für jede Frau eine eigene Identität zu erschaffen, aber er merkte, dass er den Überblick verlieren würde, weil er dann nicht mehr wusste, was er wem erzählt hatte.

Also wurde er für alle zu einem Arzt Ende vierzig, der sich für die Gesundheit der Menschen einsetzte und arme Kinder in Afrika unterstützte, weil er seine Familie bei einem Autounfall verloren hatte. Völlig platt die Geschichte, dachte er bei sich, und die Frauen fuhren trotzdem darauf ab. Oder es war einzig und allein das Bild, das sie ansprach. Er wusste es nicht, ihm war das auch egal. Er hatte seinen Spaß und war gerade dabei, sich mit der fünften zu verabreden, als das neunte Fenster aufpoppte.

Na, das war ja mal wirklich eine Schönheit, falls das Bild echt war und kein Fake.

„Ist denn der Name ‚Drachentöter' nicht etwas gewagt?"

99

„Es kommt darauf an, von welchen Drachen wir sprechen."

„Ach so, du meinst nicht die großen, die Feuer speien können?"

Schnell antwortete er Maja, Sarah und Emilia mit einem kurzen Satz.

„Bei Drachen kommt es nicht auf die Größe an, sondern auf ihre Stärke. Und es gibt unzählige Drachen, wo du sie nie vermuten würdest. Ich bekämpfe sie."

„Ah ja, dann bist du also stark und mutig?"

„Wenn du so willst. Aber vielleicht nicht so, wie du meinst."

„Was meine ich denn?"

„Du denkst vielleicht, dass ich so ein Adonis bin, der mit seinen Muskeln spielt. Aber ich kämpfe gegen Krebszellen. Das sind die wahrhaft gefräßigen Drachen, die ihr Feuer als Schmerz ins Gewebe schleudern."

„Dann bist du also Arzt? Na, dann herzlich willkommen, Kollege."

Siegfried starrte auf seinen Bildschirm. Medina war Ärztin. Jetzt musste er vorsichtig sein. Nach und nach verabschiedete er sich von den anderen Damen. Hierfür brauchte er seine ganze Konzentration. Sagte den anderen, dass er den Computer anlassen und eventuell später noch einmal wiederkommen würde. Medina war eindeutig der interessanteste Fang. Es spornte ihn an, sich mit ihr zu messen. Man musste sich thematisch ja nicht unbedingt im Bereich der Medizin tummeln.

„Frau Doktor, ich grüße Sie. Da hätte ich natürlich auch selbst draufkommen können, wegen Ihres Chatnamens. Sie haben sich nach dem Medinawurm benannt. Übrigens hat der lateinische Name auch den Drachen im Wort: Dracunculus medinensis."

„Sehr gebildet, der Herr Kollege, wobei die These bereits 1959 widerlegt worden ist, dass es sich bei unserem Äskulapstab um das Holzstück gehandelt haben soll, mit dem die Medina-Würmer aus der Haut gedreht worden sind."

„Verehrte Medina, dann lassen Sie uns doch jetzt von den medizinischen Themen abschweifen und lieber etwas über uns sagen. Mich würde interessieren, was Sie in Ihrer Freizeit tun."

„Da ich meine Freizeit meist allein verbringe, sind auch meine Aktivitäten dementsprechend. Ich gehe gerne schwimmen, bin eine leidenschaftliche Leserin und liebe einsame Waldspaziergänge. Wenn ich privat mit anderen Menschen reden möchte, chatte ich."

„Das klingt ja so, als hätten Sie sich in Ihrem Leben gut eingerichtet. Sie suchen also gar niemanden, mit dem Sie Ihre Zeit teilen können?"

„Ich weiß es nicht, da bin ich hin- und hergerissen. Eigentlich komme ich ganz gut zurecht, aber an manchen Tagen wäre die Gegenwart eines anderen Menschen vielleicht eine Bereicherung. Schwer zu sagen."

„Ja, das kann ich verstehen. Ich bin auch ganz gerne allein, obwohl manches bestimmt zu zweit mehr Spaß macht. Da ist der Chat eine wunderbare Sache. Man ist allein und auch wieder nicht."

„Genau deswegen bin ich hier. Nichts ist verpflichtend, ich kann mich unterhalten oder auch Gespräche beenden, wenn sie mich langweilen. Einem Gegenüber aus Fleisch und Blut würde man nicht so leicht sagen, dass man die Nase voll hat von ihm. Im Chat kann ich einfach ohne Kommentar das Fenster schließen oder Lebwohl sagen, weil irgendwas Wichtiges anliegt, oder im Nirwana verschwinden. Es ist alles unverbindlich."

„Vielleicht hätten wir auch gar keine Zeit für einen richtigen Partner und die Verantwortung, die daraus entsteht. Oder es gibt andere Widrigkeiten, die die Beziehungsfähigkeit behindern."

Wilfried dachte an seine Mutter und schluckte. Der Teufel in Gestalt einer älteren Dame mit zu viel Blusen. Ständig in seinem Nacken sitzend …

„Da könnten Sie recht haben. Unser Beruf fordert uns bis in die Freizeit hinein. Legen wir den sogenannten weißen Kittel jemals ab? Möglicherweise sorgt die Verantwortung in diesem Bereich unseres Lebens dafür, dass wir andererseits frei bleiben wollen."

„Das ist eine interessante Theorie. Darüber muss ich nachdenken. Eines Ihrer Hobbys teile ich übrigens. Ich liebe es, ein gutes Buch bei einem Glas Rotwein zu lesen. Mit dem Schwimmen habe ich zwar nichts im Sinn, aber Spaziergänge in der Natur sind ein guter Ausgleich zum Alltag, wenn einem die Zeit bleibt. Leider muss ich jetzt aufhören. Es würde mich freuen, wenn wir uns wieder lesen."

„Ich fand unser Gespräch auch sehr angenehm. Vielleicht ergibt sich wieder die Gelegenheit."

„Einen schönen Abend wünsche ich Ihnen!"

„Vielen Dank, Ihnen auch."

Gerade hatte Wilfried das Fenster geschlossen, da hörte er, wie sich der Schlüssel in der Tür drehte. Er wurde drei Zentimeter kleiner, während der Kloß in seinem Hals wuchs.

Das Leben hatte sich verändert nach dieser Nacht. Er stand jetzt oft am kleinen Fenster und blickte ins Draußen, das unerreichbar war.

Er sehnte sich nach dieser Nacht mit ihren Düften und allem, was er in ihr gefühlt hatte. Nach dem Mond, der anders schien, wenn man auf einer Wiese lag, und dem Plätschern des Bachs, aus dem er getrunken hatte. Wieder und wieder hatte er diese eine Nacht gemalt, in tausend Gesichtern. In den Gesichtern spiegelte sich das Glück wider und die Freude. Sie waren alle ähnlich und doch jedes auf seine Art anders. Er hatte sie an seine Wände gehängt. Aus ihnen sprach Zufriedenheit, Neugier und Erstaunen. Ein aufmerksamer Betrachter hätte erkannt, dass seine Bilder mit einem Mal so ganz verschieden waren von denen, die er vorher gemalt hatte. Sie sprühten vor Lebensfreude und doch lag eine Sehnsucht in ihnen – die Sehnsucht nach Freiheit.

Doch sooft er es auch versuchte, die Tür blieb verschlossen. Der Arzt war sehr gewissenhaft und vergaß nie mehr, die Tür nach dem Abendbrot zu verriegeln.

Hannes wurde traurig. Er wollte niemanden mit seiner Krankheit anstecken, und er hätte sich doch von Menschen ferngehalten. Aber es hatte keinen Zweck, den Arzt zu bitten, dass er ihm doch wenigstens erlauben könnte, nachts aus dem Haus in den Wald zu gehen. Die Antwort kannte er bereits.

Und so trauerte er den Düften nach. Er fühlte sich mehr und mehr eingesperrt in den Räumen, die einmal Geborgenheit für ihn bedeutet hatten. Es war schon spät, als eines Abends der Schlüssel zu ungewohnter Stunde sein bekanntes rostiges Klicken von sich gab. Verwundert wartete er darauf, dass die Tür aufging, doch er hörte nur, wie jemand davonschlich.

Wie verdattert blieb er auf seinem Bett sitzen. Er musste sich geirrt haben. Die Sehnsucht spielte ihm einen Streich. Nein, er würde nicht zur Tür gehen und die Klinke herunterdrücken, oder vielleicht doch? Noch während des Nachdenkens stand er auf und ging wie in Trance zur Tür. Sie ließ sich öffnen.

Sein Kopf schmerzte, als er sich langsam aufrichtete, das Telefon ans Ohr nahm und gleichzeitig zur Tür ging. Da stand zum Glück nur Moni. Er winkte sie herein und antwortete in den Hörer:

„Tatsächlich? Das ist ja klasse. Nein, ich war beim Tierarzt. Die Lady hatte sich verletzt. Sie wird gerade operiert. Aber ich komme jetzt." Dann legte er auf.

„Ich bin nur noch mal kurz rübergekommen, weil ich dir was geben will", sagte Moni. „Ich will dich nicht aufhalten, wenn du weg musst, aber hier ist der scharfe Gegenstand, in den Gaga getreten ist. Ich dachte, ich hätte ihn schon in deinen Müll geschmissen, aber ich hatte ihn noch in meiner Hosentasche. Hier ist er! Tut mir leid, aber ich bin ein bisschen durcheinander."

Moni legte ein blutverschmiertes Taschentuch in Wolfs Hand. „Sei aber vorsichtig, dass du dich nicht auch noch schneidest. Mir ist es eben nur aufgefallen, weil mich das blöde Ding ins Bein gepiekst hat."

„Oh ja, super!", sagte Hetzer und rieb sich den Kopf. Wenigstens war jetzt schwer zu ergründen, was mehr weh tat, der Kopf oder der Rücken. „Ich nehme das Ding mal mit."

Vorsichtig wickelte er das Taschentuchpapier auf. „Hmm, sieht wie die Klinge eines Teppichmessers aus, hat aber eine merkwürdige Form." Die anderen Gedanken, die ihm in diesem Moment kamen, behielt er für sich. „Gut, Moni, vielen Dank. Ich muss jetzt los. Fährst du nachher mit, falls wir Gaga heute schon wieder abholen können?"

„Aber sicher doch. Was denkst du denn? Ich muss dauernd an sie denken. Hoffentlich geht alles glatt bei der OP."

„Das hoffe ich auch. Bis gleich. Schließt du ab?"

„Mache ich, bis später."

Wolf Hetzer sprang in seinen Ford und fuhr in Richtung Rinteln den Hang hinab. Die Klinge lag auf dem Beifahrersitz. Es wäre zwar ein irrer Zufall, wenn ausgerechnet seine Hündin in die Klinge des Tatwerkzeugs getreten war, aber nicht unmöglich. Und das jemand auf dem Revier gewesen war, der die Tote kannte und sie eindeutig anhand des Bildes identifiziert hatte, das war ein Anfang. Jetzt konnten die Ermittlungen weitergehen. Vielleicht ließe sich auch die Berichterstattung in der Zeitung noch verhindern. Es war nicht mehr nötig, dort ein Bild der Toten zu schalten. Aber das war eine Aufgabe für Kruse, dachte Hetzer bei sich und grinste. Der würde sich freuen, heute zum zweiten Mal mit Herrn Friedrich zu telefonieren. Genüsslich und angespannt zugleich – wie ein Wolf, der die Fährte aufgenommen hatte –, bog er vom Hasphurtweg auf den Parkplatz seiner Dienststelle. Rücken und Kopf stritten immer noch um das Vorrecht, den stärkeren Schmerz auszustrahlen. Daher sah es etwas ungelenk aus, als der Hauptkommissar rücklings aus seinem Auto stieg und mit leicht gebeugtem Rücken die Zentralverriegelung drückte. Er war schon auf halbem Weg zur Tür, als ihm auffiel, dass er die Klinge auf dem Beifahrersitz vergessen hatte.

Peter beobachtete die Szene amüsiert aus dem Fenster des Obergeschosses, holte sich dann einen Kaffee und erwartete seinen Kollegen auf dem Schreibtisch sitzend.

„Na, Opa, hast du deinen Rollator schon bestellt? Ich hörte, es gibt jetzt welche, die man ganz klein zusammenklappen kann. So einen können wir dann auch zu den Ermittlungen mitnehmen."

Wolf Hetzer hatte dafür nur ein müdes Grinsen übrig. Er griff in seine Schublade und nahm sich zwei Ibuprofen.

„Du wirst gleich sehen, wie das Alter von mir abfällt."

Mühsam nahm er auf seinem Schreibtischstuhl Platz und suchte sich eine möglichst bequeme Sitzposition.

„Hast du eigentlich schon bei Friedrich angerufen, um das Foto zu stoppen?" Dabei schmunzelte er süffisant. „Wir wissen doch jetzt, wer sie ist."

„Ich hab dem Idioten 'ne Mail geschrieben. Zweimal an einem Tag ertrage ich den nicht."

„Der wird sich sowieso noch melden, keine Bange, ich stelle ihn dann rüber, wenn ich ihn dran hab."

„Ist mir klar, hätte ich auch nicht anders erwartet."

„Jetzt erzähl mir mal von der Befragung heute Morgen."

„Die Frau, die heute Morgen hier war, heißt Svetlana Meier. Sie ist eine Freundin der Toten Silke Everding. Die beiden wollten heute shoppen gehen und waren verabredet. Ehrlich gesagt, fand ich sie ein bisschen hysterisch. Sie hat wohl an der Wohnungstür geklingelt und nix passierte. Dann hat sie vom Handy aus angerufen und hörte oben das Telefon klingeln. Das Auto stand aber vor der Tür. Da geriet sie in Panik und fuhr hierher. Ihre Freundin sei sonst immer zuverlässig. Vielleicht läge sie verletzt in der Wohnung oder so. Sie hat unten bei den Kollegen richtig Theater gemacht. Die haben sie dann zur Vorsicht hochgeschickt, damit sie einen Blick auf das Foto werfen kann.

Keiner hat im Ernst daran geglaubt, dass es sich bei der Toten um die Freundin handelt. Als sie dann das Bild der Ermordeten sah, ist sie auf der Stelle zusammengeklappt. Was für ein Drama. Ich hab ihr dann die Beine hochgelegt und ihre Wangen getätschelt, bis sie wieder zu sich kam. Dann fiel ihr alles wieder ein. Sie schrie und wollte weg, bis sie, weil sie zu schnell geatmet hatte, wieder bleich wurde. Ich konnte sie gerade noch halbwegs auffangen, aber der Arm ist an der Schreibtischkante aufgeschlagen. Er wird wohl gebrochen sein. Auf jeden Fall haben wir dann das volle Programm gestartet: Notarzt, Rettungswagen usw. Die kamen und haben sie abtransportiert. Wir haben also nur den Namen und die Adresse der Toten. Mehr konnte ich nicht herauskriegen, weil die Frau so abgedreht ist. An eine Identifizierung der Leiche in der Pathologie war überhaupt nicht zu denken."

„Schade, aber das ist doch trotzdem schon mal ein Anfang. Wir können Frau Meier ja nachher im Krankenhaus besuchen. Sie hat bestimmt was zur Beruhigung bekommen. Dann lässt sie sich besser befragen. Hast du die Tote schon durch den Rechner gejagt? Gibt es irgendetwas Aktenkundiges über sie?"

„Über sie nicht direkt, aber im Netz bin ich auf interessante Parallelen hinsichtlich des Tathergangs gestoßen."

„Die Arbeit hättest du dir sparen können, das hatte ich heute Morgen schon gemacht, als du in der Pathologie warst."

„Mist, jetzt hatte ich gedacht, ich könnte dich mit meiner ,Jack-the-Ripper-Geschichte' beeindrucken."

„Tut mir leid, Alter, das ist Schnee von gestern. Da probiert sich höchstens einer aus, der sich mit Jack beschäftigt hat. Das denke ich. Diese Infos sind doch frei zugänglich. Gib das mal in den Internet-Suchmaschinen ein, da kriegst du auch gleich noch die Fotos frei Haus."

„Hmm, ja, da könnte natürlich was dran sein. Ripper-Kopierer gibt es immer mal wieder."

„Darum ist es auch ganz gut, wenn nicht immer alle Details an die Öffentlichkeit dringen. Aber ich habe hier noch was in der Tasche, das sich als sehr interessant erweisen könnte."

„Wie, in der Tasche? Was schleppst du denn Wichtiges mit dir rum? Interessant für unseren Fall? Hä, jetzt versteh ich gar nichts mehr."

„Also pass auf. Ich musste doch vorhin so schnell weg. Moni war mit Gaga im Wald, da bei mir um die Ecke, aber auch in der Nähe der Frankenburg. Und dämmert dir da was?"

„Ich weiß nur, dass sie sich irgendwie verletzt hat und du mit ihr zum Tierarzt musstest, mit Gaga meine ich, nicht mit Moni." Er zwinkerte Wolf zu.

„Die war aber auch mit."

„Dachte ich mir. Was war denn passiert?"

„Gaga hat am Wegrand gegraben und ist dabei mit ihrer Pfote auf etwas Scharfes gestoßen. Dabei hat sie sich ziemlich verletzt. Es hat wie verrückt geblutet und sie konnte nur noch auf drei Beinen laufen. Die Tierärztin meinte, dass es wohl die Sehne erwischt hat. Jedenfalls kriegte Moni die Blutung nicht gestillt. Sonst hätte sie mich vielleicht gar nicht unbedingt sofort angerufen. Momentan wird Gaga operiert. Ich weiß noch nichts weiter."

„Ach, Mensch, die Arme. Das tut mir leid."

„Ja, mir auch. Na, jedenfalls hatte Moni geguckt, woran sie sich denn nun geschnitten hatte, und hat das Stück in ein Taschentuch gewickelt und mir mitgebracht. Als ich das hier ausgepackt habe, kam mir ein irrer Gedanke." Hetzer rollte das Papier auseinander. „Denkst du das, was ich denke?"

„Mensch, das wäre ja der Hammer. Meinst du, das könnte ein Teil der Tatwaffe sein? Scharf genug ist es ja. Sieht wie ein Teil von einem Teppichmesser aus."

„Stimmt, ist aber nicht zum Abbrechen, die Klinge. Mehr so trapezförmig."

„Sieht aus wie beidseitig verwendbar. Ist also nicht der übliche Billigcutter."

„Auf jeden Fall ein Fall für Seppi! Fährt noch irgendeiner rüber nach Stadthagen? Ich werde gleich mal unten nachfragen."

„Och du, ich kann es eben rüberbringen. Das ist doch kein Akt."

Hetzer schmunzelte in sich hinein. Genau damit hatte er gerechnet.

„Von mir aus, aber frag unten erst, ob nicht sowieso einer nach Stadthagen muss. Und sag Seppi, dass auf jeden Fall auch Gagas Blut dran ist. Ob wir da noch Fingerabdrücke finden, ist ohnehin fraglich. Der Täter wird die Klinge nicht mit bloßen Fingern berührt haben. Aber es wäre schon wichtig zu wissen, ob sich Blut vom Opfer an der Klinge finden lässt. Dann wissen wir, ob es ein Teil der Tatwaffe ist."

Peter Kruse rollte die Klinge wieder in das Taschentuch ein und ließ sie in eine Plastiktüte gleiten. Mit einer für ihn ungeahnten Leichtigkeit sprang er vom Stuhl auf und war so schnell aus der Tür, dass Wolf vergaß, was er noch gesagt haben wollte.

Das würde ihm später schon wieder einfallen, dachte er, aber diese Klinge ließ ihm keine Ruhe. Üblich waren bei Cuttern eher die zum Abbrechen. Er recherchierte im Internet und grübelte dabei darüber nach, dass dies vielleicht auch der Mörder getan hatte, bevor er sich zum Kauf seines grausigen Instruments entschlossen hatte. Hetzer musste seine Suche allerdings bald aufgeben. Es brachte nichts. Das Angebot war derartig groß, dass er so nicht weiterkam. Er musste zuerst wissen, ob sich über die Klinge die Marke des Messers bestimmen ließ. Und das wurde auch erst dann wirklich interessant, wenn Seppi Blut vom Opfer fand.

Mit einem Mal fiel Wolf wieder ein, was er Peter vorhin noch sagen wollte. Hoffentlich hatte er sein Handy dabei.

„Kruse im Auto."

„Das weiß ich doch und ich weiß auch, dass du eine Freisprecheinrichtung hast. Also tu nicht so, als ob du nicht telefonieren könntest."

„Ich kann es doch mal versuchen. Kann man nicht wenigstens im Auto seine Ruhe vor dir haben?"

„Du hast mich doch heute kaum gesehen und gehört!"

„Das reicht aber für einen Tag."

„Du wirst mich trotzdem nachher noch ertragen müssen."

„Wieso?"

„Wir treffen uns später im Krankenhaus. Ich möchte die Freundin der Toten befragen."

„Heute noch? Ich wollte eigentlich anschließend nach Hause fahren."

„Allein?"

„Hallo, … es rauscht so, ich kann dich schlecht verstehen. Um wie viel Uhr im Krankenhaus?"

„19 Uhr."

„Wolf, du spinnst. Da hab ich normalerweise Feierabend. Reicht das nicht morgen?"

„Nee, das reicht nicht, ich will die Situation ausnutzen, dass sie noch unter Beruhigungsmitteln steht. Außerdem hat Nadja sowieso keine Zeit."

„Woher willst du denn das wissen?"

„Sie lernt für ihre letzten Prüfungen zur Rechtsmedizinerin."

„Aha, du scheinst ja gut informiert zu sein."

Hetzer grinste über Peters säuerliche Antwort.

„Ja, bin ich, denn ich habe sie zu meinem Geburtstag eingeladen und da erwähnte sie das."

„Kommt sie denn?"

„Ja. Was ist jetzt mit 19 Uhr? Du kannst von mir aus Morgen früh eine Stunde später kommen, aber ich will die Befragung wirklich heute noch machen. Vorher fahre ich in die Wohnung des Opfers, und zwischendurch hole ich dann Gaga vom Tierarzt."

Kruse war erleichtert. Ein ganzer Abend mit Nadja und das schon bald.

„Du wirst dich wundern, wenn du in die Wohnung kommst!", lachte Peter am anderen Ende der Leitung. „Ich bin vorhin ganz drüber weggekommen, dir davon zu erzählen. Heute war so viel los und dann noch diese durchgeknallte Freundin ... Hoffentlich ist sie sediert besser zu ertragen."

„Was ist denn in der Wohnung?"

„... krchch ... Hallo ... chkrch ... ich kann dich so schlecht verstehen ... krrchr ... bis nachher." Peter legte auf.

So ein Lump, dachte Hetzer. Das war wieder typisch Kruse.

Moni war unruhig. Sie musste dauernd an Gaga denken. Wolfs Worte hatten sie zwar etwas beruhigt und er hatte ja recht, dass sie nicht wirklich etwas dafür konnte, dass seine Hündin sich verletzt hatte, aber trotzdem. Sie wünschte, es wäre nicht geschehen. Eigentlich hatte sie in den Garten gehen wollen, doch sie hatte keine Ruhe. Also hielt sie sich mit vielen kleinen Dingen auf, die die Zeit vergehen ließen. Papiere sortieren, Mails kontrollieren, die Bestellung für das Biogemüse der Woche aufgeben, gucken, was im Vegetarierforum so los war.

Da endlich kam das erlösende Klingeln.

„Kahlert!"

„Hallo Moni, ich bin's, Wolf. Gaga geht es gut. Es war wirklich die Sehne durchtrennt. Die starke Blutung kam daher, dass es natürlich auch einige Gefäße erwischt hat. Sie wollen sie aber noch bis halb neun in der Praxis lassen zur Beobachtung. Frau Dr. Grabowski hat dort sowieso noch zu tun. Gaga soll noch Flüssigkeit über die Infusion bekommen und sie wollen sehen, ob sie Temperatur kriegt."

„Mensch, bin ich erleichtert. Dann wird sie also wieder die Alte?"

„Sie wird noch ein paar Wochen als dreibeinige Lady herumlaufen, aber dann soll sie wieder komplett hergestellt sein. Kommst du nachher mit? Oder willst du später rüberkommen? Ich kann sie schlecht allein aus dem Auto hieven."

„Natürlich komme ich mit. Was denkst du denn? Ich bin um zehn nach acht bei dir."

„Alles klar, ich werde vorher noch unterwegs sein, dienstlich."

„Ach, du Armer, dann koche ich dir was mit. Sonst wird das ja zu spät."

„Ja, das wäre lieb, wenn es nicht zuviel Arbeit macht. Was gibt es denn?"

„Cordon bleu mit Kartoffelschnee und Kohlrabi."

„Cordon bleu??? Du hast doch nicht etwa für mich Fleisch gekauft?"

Moni lachte und scheuchte eine Fliege von ihrer Nasenspitze.

„Hetzer, Hetzer, du musst noch viel lernen. Du magst zwar gut kochen können, aber von manchen Dingen verstehst du wirklich überhaupt nichts. Lass dich mal überraschen."

„Klingt interessant! Und ich bin mutig ..."

„Das brauchst du gar nicht zu sein. Warte es einfach ab. Wann wollen wir denn essen?"

„Du, weißt du was, dann bin ich so kurz vor acht da. Wer weiß, wann wir sonst wieder zu Hause sind, und wenn du dann erst anfängst, wird das zu spät. Lass uns essen, bevor wir Gaga holen. Meinen letzten Termin habe ich um sieben im Rintelner Krankenhaus. Das müsste ich schaffen, und länger als eine Viertelstunde brauchen wir auch nicht nach Obernkirchen."

„Fein, dann habe ich um 19:53 Uhr alles fertig."

„Wieso genau um 19:53 Uhr?"

„Kleiner Witz für Pedanten! Komm einfach kurz vor acht. Dann schaffen wir es, halbwegs in Ruhe zu essen, bevor wir losmüssen."

„Den Wein müssen wir aber hinterher trinken!"

„Welchen Wein?"

„Ach, ich habe da noch eine sehr schöne Flasche Dornfelder und ein Stück historischen Käse zwecks der Gemütlichkeit. Und ich denke, dass wir diesen Tag harmonisch ausklingen lassen sollten. Er hätte für drei gereicht, der Tag meine ich."

„Einverstanden, das sorgt dann auch für die nötige Bettschwere. Bis später also!"

„Ja, bis dann, und mach dir keine Sorgen mehr um Gaga!"

Hetzer legte auf und dachte über Moni nach. Er wusste nicht ganz genau, wie alt sie war – kurz vor sechzig oder so, aber sie war jünger als viele, die in seinem Alter waren. Und sie war wesentlich fitter als er. Der Kurzhaarschnitt stand ihr ausgezeichnet. Sie hatte es auch überhaupt nicht nötig, ihre Haare zu färben. Das Graumelierte ließ sie edel aussehen. Er wusste, dass sie sich gesund ernährte, und vielleicht lag es daran, dass sie so frisch aussah, ohne sich üppig zu schminken. Manchmal fragte er sich, wie eine so kleine Person so viel Energie haben konnte. Er fühlte sich manchmal einfach nur müde und zerschlagen. Sie war auch die Einzige gewesen, die sich Emil nähern konnte, außer ihm. Der Ganter hatte immer seinen Hals um den ihren geschmiegt. Ein schönes Bild war das gewesen. Er vermisste Emil. Sein Fortsein tat weh, aber noch mehr schmerzte es ihn, dass er nicht wusste, was dem Tier geschehen war. In diesen Momenten musste er sich zwingen, an etwas anderes zu denken, denn seine Phantasie war zu bunt, seine Erfahrungen als Kommissar zu schrecklich, um sich nicht die schlimmsten Dinge ausmalen zu können.

Er nahm den Schlüssel vom Tisch, steckte das Handy in die Hosentasche und ging zum Auto. Die Worte von Peter hatte er noch im Ohr und er überlegte, was ihn wohl in der Wohnung erwarten würde.

Nein, er drohte nicht mehr. Sie hatte ein Versprechen gegeben. Er hatte sie vor Gott schwören lassen. Dieses Versprechen konnte sie nicht brechen und er wusste das.

Seit vielen Jahren schloss er immer ab und versteckte den Schlüssel. Das war gar nicht notwendig, denn sie wäre nie dorthin gegangen, wo der Teufel lebte. Sie hatte das Kind vergiften wollen, das Mondkind. Aber jetzt war es groß geworden und hatte sich verpuppt. Das hatte sie vor Jahren durchs Schlüsselloch gesehen und sich beinahe zu Tode erschreckt.

Gott hatte sie immer vor dem Teufel gewarnt und ihr erklärt, dass er ganz nah sei. Aber sie hatte nicht gewusst, dass er nebenan wohnte. Seitdem fürchtete sie sich noch mehr und fühlte sich nur in der Kapelle über dem Torbogen sicher. In den Armen des Herrn lag ihre Zuversicht.

Eines Abends hatte sie aus dem Kapellenfenster beobachtet, wie sich seine dunkle Gestalt von der Vorburg entfernte. Sie war ganz sicher, dass er es gewesen war. Kein anderer Mensch huschte so geduckt wie der Leibhaftige. Da war sie durch den Torbogen hindurchgegangen, die Treppe hinauf, und hatte durch sein Schlüsselloch geschaut. Das Zimmer war leer, und weil sie sich gegen die Tür gelehnt hatte, ging diese knarrend einen Spaltbreit auf.

Fratzen über Fratzen. Der Teufel hatte unzählige Bildnisse von sich selbst erschaffen. Sie hingen überall in dem Raum. Fratzen, die böse starrten, die höhnisch lachten, die Grimassen zogen – eine widerlicher als die andere. Sieglind schrie leise auf und lief die Treppe hinab. Draußen holte sie tief Luft, doch ihr Magen wollte sich nicht beruhigen lassen. Sie erbrach sich an der Burgmauer ins halbhohe Gras und fasste einen Entschluss.

Als Iris gerade überlegte, ob sie den Kummer mit einem Glas Wein oder Bier herunterspülen sollte, klopfte es an ihr Fenster. Sehr witzig, so mitten in der Nacht, fand sie, und schaute vorsichtig hinaus. Aber sie sah nichts außer einem Blumenstrauß und einer Flasche Sekt.

„Pst!", raunte sie. „Ich komme raus."

Schnell schlüpfte sie wieder in die Sandalen, die sie so lieblos dahingepfeffert hatte, und ging leise zur Haustür, die halbe Treppe hinab und nach draußen.

„Hallo Nebelbogen!", sagte eine warme Stimme durch die Blumen. „Los komm, es ist noch kurz vor Mitternacht. Wir machen ein Picknick."

Iris schüttelte den Kopf.

„Bist du verrückt oder was? Lässt mich da warten und fährst mir später nach? Und dann erwartest du auch noch, dass ich mit dir picknicke? Komm, lass uns mal nach da vorne gehen, sonst habe ich hinterher wieder Ärger mit den Nachbarn."

„Entschuldige, bist du mir jetzt böse? Ich habe mich erst einfach nicht getraut, dich anzusprechen. Oder hast du jemand anderen erwartet, der sich Wolfsmond nennt?"

„Nein, nein", sagte sie. Ihr Ärger wich bereits, und weil er so unglücklich aussah, musste sie lachen. „Jetzt guck mal nicht so traurig. Es ist schon gut. Und du willst jetzt echt mitten in der Nacht ein Picknick machen?"

„Ja klar, wo ist das Problem? Das war doch dein Wunsch. Du wolltest mal was Verrücktes machen. Du wolltest von einem Mann verwöhnt werden. Heute alles inklusive, wenn du magst. Käse und Baguette sind im Auto. Wir könnten zur Schaumburg hochfahren und schauen, ob die Weser nachts im Mondlicht wie ein Silberfaden aussieht. Vielleicht entdecken wir auch einen Nebelbogen ..."

„Na gut, überredet, aber es könnte kühl werden dort oben. Ich gehe eben noch mal rein und hole mir eine Jacke."

„Brauchst du nicht, ich habe Decken im Auto, die legen wir uns einfach um. Das ist gemütlicher."

Iris strahlte von einem Ohr zum anderen und stieg in seinen Wagen.

„Du hast aber wirklich an alles gedacht!"

„Na, das will ich doch hoffen."

Das Glücksgefühl, das sie beim Chatten gehabt hatte, war wieder da. Iris war glücklich. Sie konnte es kaum beschreiben. Sein Äußeres war ansehnlich, vielleicht war er kein Model, aber wer wollte das schon. Seine Stimme hatte sie besonders fasziniert. Sie war warm und betörend.

„Sollten wir uns denn nicht bei unseren richtigen Vornamen nennen, mein Wolfsmond?", fragte sie, während er eine Kurve nahm.

„Nicht so eilig, mein Herz. Wir haben doch Zeit. Ich möchte, dass du meinen Namen errätst. Wir können ein kleines Spiel daraus machen. Wie wäre das?"

Iris kicherte. So etwas machte ihr Spaß.

„Gerne, sehr gerne, aber dann musst du meinen auch selbst rausfinden."

„Das gehört zu dem Spiel. Es ist kein einseitiges Spiel."

„Hmm, das scheint interessant zu werden heute Nacht."

„Ganz bestimmt wird es das. So, jetzt muss ich mich aber auf die Serpentinen hier konzentrieren. Am besten du lehnst dich zurück, schließt die Augen und denkst schon mal über meinen Vornamen nach."

„Oh ja, oder über deine Lippen ..." Iris seufzte zufrieden, ließ sich etwas tiefer in den Sitz sinken und träumte von einer rauschenden Nacht, sodass sie gar nicht merkte, wie sie in die Bewusstlosigkeit hinüberglitt. Es war nur ein kurzer Moment des Schmerzes und der Verwunderung, bis sie nichts mehr spürte.

Was sollte er nur tun? Was würde denn aus Hannes werden, wenn seine Krankheit fortschritt? Er hatte Sieglind noch nichts davon gesagt, dass der Krebs an ihm fraß. Bei ihm war es die Blase, aber er hatte sich entschieden, nichts machen zu lassen.

Keine Ausschabungen, keine Operationen, keine Chemotherapie. Er wollte, dass er seine letzte Zeit vernünftig nutzen konnte. Es war einiges zu regeln bis dahin.

Immerhin hatte er beschlossen, vernünftig zu leben. Keinen Alkohol mehr, kein Nikotin. Das hatte er sich selbst versprochen, damit ihm so viel Zeit wie möglich blieb. Und arbeiten wollte er noch, richtig schuften. Das lenkte ihn von dem Feind in ihm selbst ab.

Sieglind und ihr geistiger Zustand waren eigentlich weniger das Problem. Er hatte sich überlegt, ob er sie nicht im Obernkirchener Stift unterbringen konnte. Sie hatte immer wie eine Nonne gelebt und würde sich in der Mitte der anderen alleinstehenden Damen bestimmt wohlfühlen. Er hatte auch keine Sorge, dass sie ihren Lebensunterhalt nicht bestreiten konnte. Immerhin war sie fleißig und konnte gut in der Küche eines Restaurants arbeiten, vielleicht auch in der Stiftsküche.

Aber was würde aus Hannes? Er kannte nichts von der Welt. Und die Welt hatte keine Ahnung von ihm. Er hatte sich immer nur in diesen beiden Räumen aufgehalten. Menschliche Kontakte waren ihm fremd. Was wusste er schon von Umgangsformen oder davon, wie Menschen sich verhielten, von Hinterlist und Zwietracht einmal abgesehen. Die einfachsten Dinge waren ihm nicht bekannt. Es würde lange dauern, ihn mit dem wirklichen Leben vertraut zu machen. Zu viel Zeit war dahingehend versäumt worden. Aus gutem Grund, davon war er immer noch überzeugt. Es hatte sogar viele Gründe gegeben, weswegen er Hannes von der Außenwelt abgeschottet hatte. Aber nun war alles anders geworden. Jetzt erwies sich der Segen der Heimlichkeit als Fluch, und er wusste weder selbst einen Rat noch konnte er jemanden um Rat fragen.

Lange noch lag er grübelnd wach. Er konnte auch schlecht Hilfe in Anspruch nehmen, denn eigentlich gab es Hannes nicht. Seine Existenz war in keiner Geburtsurkunde dokumentiert.

Ruhe war eingekehrt im Torhaus der alten Schaumburg. Nur die alten Balken knackten noch dann und wann. Sieglind war sich jetzt ganz sicher. Er musste weg, der Satan, musste einfach weg. Sie würde ihn freilassen. Dann war sie ihn los. Schon lange wusste sie, wo der Schlüssel versteckt lag. Sie musste nur abwarten, bis Vater zu Bett oder wenigstens in sein Zimmer gegangen war.

Sie musste den Teufel loswerden, ohne ihr Versprechen zu brechen. Wie sollte sie je zur Ruhe kommen, wenn Luzifer mit ihr Wand an Wand wohnte. Vater war schuld, er hatte ihn ins Haus geholt. Vielleicht hatte er nicht gewusst, dass aus Mondkindern Dämonen und Schlimmeres werden konnten. Sie hatte auch keine Ahnung, wo er ihn herhatte, diesen Wechselbalg. Er hatte ihr erzählen wollen, dass das Wesen ein Gottesgeschenk gewesen sei. Aber sie wusste es besser. Satan musste es leibhaftig an der alten Burglinde abgelegt haben, da, wo die Hexe damals das Reisig in die Erde gesteckt hatte. Der Ort war verflucht, weil das Weib verbrannt worden war.

Sie erinnerte sich noch genau, wie das wimmernde, hässliche Bündel in seinem Arm gelegen hatte. Nur in ein Handtuch gewickelt. Es war voller Blut gewesen. Sie hatte so lange lauthals geschrien, bis Vater es weggebracht hatte. Aus ihren Augen. Sie wollte es nicht sehen. Warum hatte er es hereingeholt und die Familie zerstört?

Vielleicht war das die Strafe gewesen für diesen einen Abend mit Jesus. Die Schuld hatte sich in einem Dämon manifestiert und war immer größer geworden. Sie konnte sie nicht tragen. Seit damals kümmerte sich Vater um die Kreatur. Er hatte sie eingeschlossen. Fast hatte sie den Eindruck, dass er sie vor ihr schützen wollte. Aber er wusste ja auch nicht, dass er sich den Teufel ins Haus geholt hatte. Sie musste ihm helfen, ihn von dem Fluch befreien, den ihre Schuld über sie beide gebracht hatte. Jetzt, endgültig! Was das Gift damals nicht vermocht hatte, das sie ihm in die Flasche gemischt hatte, das würde nun die Gier des Wesens selbst besorgen. Sie musste es nur freilassen.

Seit jener einen Nacht waren viele Nächte vergangen, in denen er sehnsüchtig aus dem Fenster gestarrt hatte. Etwas war seitdem anders geworden. Etwas in ihm. Seine Räume reichten ihm nicht mehr. Er wollte mehr.

Wenn er sich schon von den Menschen fernhalten musste – und das verstand er ja, er war eine Gefahr –, wollte er wenigstens der Natur nahe sein. Den Geräuschen und Düften an Orten und zu Zeiten, wo ihn niemand sah.

Auch was er in Büchern las, reichte ihm nicht mehr. Die Blumen und Bäume kannte er mit Namen von Bildern, doch er wollte sie fühlen und einatmen.

Er glaubte seinen Ohren nicht zu trauen, als er eines Abends hörte, wie sich der Schlüssel bewegte. Der Riegel schnappte zurück. Aber der Arzt war schon lange fort und er hatte abgeschlossen. War er zurückgekommen oder wer war da an der Tür? Und warum wurde sie geöffnet? Er lauschte ins Dunkel, aber er hörte keine Schritte. Stille.

Wolfsmond atmete auf. Mann, wie hatte ihn das blödsinnige Gequassel genervt. Schon seit Wochen musste er sie bei Laune halten. Zwischendurch hatte er sich mit Ausreden ein paar freie Tage verschafft. Sie war ja wirklich niedlich, vor allem, wenn sie die Klappe hielt. Und sie war so, wie sie sich beschrieben hatte. Blond, zierlich, mit einer Stupsnase. Das war heute auch nicht immer so. Manchmal gaben sich die hässlichsten Kühe als Elfen aus. Schrecklich. Okay, die Titten könnten etwas größer sein, aber sie fühlten sich gut an, dachte er, als er sie in die Hand nahm und drückte.

Gemächlich lenkte er den Wagen an der Burglinde vorbei, die unter dem Torhaus stand. Er grummelte im Stillen darüber, dass sich seine bewusstlose Beifahrerin eben noch über seine Lederhandschuhe lustig gemacht hatte. Er trug beim Fahren grundsätzlich welche, und in diesem Fall hatte das noch den zusätzlichen Effekt, dass er keinerlei Fingerabdrücke hinterließ. Sie hatte gesagt, dass ihr Vater in den 70er-Jahren auch immer solche Dinger angehabt hatte. Er wusste nicht warum, aber das hatte ihn beleidigt. Er konnte es überhaupt nicht ertragen, wenn Frauen etwas Negatives sagten.

Die hier sagte jetzt erst mal überhaupt nichts mehr, und wenn sie doch noch dazu kam etwas zu sagen, dann würde es ein Wimmern und Winseln sein.

Der Exter Weg war ziemlich lang und lag etwas außerhalb. Hetzer brauchte eine Weile, bis er das Haus von Silke Everding gefunden hatte. Ihm knurrte der Magen. In dieser ganzen Hektik hatte er das Essen gänzlich vergessen. Das kam nicht oft vor in seinem Leben.

Die Spurensicherung packte gerade ihre letzten Sachen ins Auto. In ihrem weißen Overall sah Mimi immer aus, als sei sie ein Michelin-Männchen. Der Anzug könnte gut einem wesentlich größeren Bruder passen, aber Mimi war nur 1,55 Meter klein. Die fehlenden Zentimeter machte sie durch ihre Aura wett. Hetzer kannte nur wenige Menschen, die so eine Ausstrahlung hatten. Um ihren Kopf rankten sich eigenwillige Locken, die wohl niemals da lagen, wo sie hinsollten. Man hatte den Eindruck, Mimi lag ständig im Kampf mit ihnen. Was auch immer sie in ihre Haare flocht, ja selbst wenn sie sie zusammensteckte, irgendwo kamen die Widerspenstigen wieder zum Vorschein und trugen den Sieg davon. Einmal hatte sie die Nase voll gehabt und selbst Hand an sich gelegt. Bei drei Millimetern konnte sich doch nichts mehr locken, hatte sie gedacht und mit dem Gerät über ihren Kopf gemäht. Das Resultat war ein Gesicht, das aussah, als sei es zunächst in den oberen Regionen umgepflügt und dann mit Unkraut besät worden. Mimi war kurz davor gewesen, sich eine Perücke zu besorgen. Sie entschloss sich aus Preisgründen zu einem Tuch, und so mancher hatte ihr mitleidige Blicke zugeworfen. Nein, sie hatte keinen Krebs. Sie hatte nur Wildwuchs, und die Wirbel sorgten während des Nachwachsens dafür, dass ihre Schädeldecke wirkte wie aus Patchwork zusammengefügt.

„Mensch Mimi, wir haben uns ja eine Ewigkeit nicht gesehen!"

„Hallo Wolf, das stimmt, ich war einige Zeit auf Weiterbildung. Ich will doch irgendwann mal Seppis Posten haben."

„Weiß er das auch schon?"

„Das sage ich ihm bei jeder passenden und unpassenden Gelegenheit."

„Ein Glück, du bist noch ganz die Alte! Sag mal, ich glaube da guckt irgendein Haarbüschel unter deiner Haube hervor." Hetzer konnte sich das Lachen kaum verkneifen.

„Ah, diese Mistdinger!", wetterte Mimi und zupfte am Gummi der Haube. „Ist jetzt auch scheißegal, ich ziehe das Zeug sowieso aus. Wollen wir auf unser Wiedersehen einen Trinken gehen?"

„Du, ich wollte jetzt erst mal in die Wohnung, aber wenn du Lust hast, kannst du mich begleiten und mir ein paar Dinge erzählen. Den gemütlichen Abend müssen wir aber auf später verschieben. Ich muss anschließend noch ins Krankenhaus zu einer Befragung und dann meine verletzte Hündin vom Tierarzt holen. Sie ist operiert worden."

„Herrjemine! Hast du keine festen Dienstzeiten? Lass deine Kollegen doch auch mal was machen. Na gut, ich weiß ja, so ein frischer Mord fordert seinen Tribut. Dafür habe ich hier eine interessante Wohnung für dich zu bieten."

Mimi, die eigentlich nach ihren spanischen Vorfahren Maria Josepha hieß, ging in Richtung Haustür. Diesen Namen fand Hetzer extrem skurril – wie konnte man ein Kind nach der Heiligen Familie benennen? Weil er wohl nicht der Einzige war, der dies so sah, hatte man ihr einen Spitznamen gegeben, der zu ihr passte, denn sie hatte ein Laster, über das die Kollegen alle schmunzelten. Man hätte meinen können, dass sie von Mord und Totschlag nach Feierabend die Nase voll hatte, aber sie las für ihr Leben gerne Krimis. Sie las sie allerdings nicht so wie andere Menschen. Es machte ihr Spaß, das Handeln der Akteure gnadenlos zu verreißen, wenn sie Fehler entdeckte. Diese Bücher landeten anschließend in ihrem Specksteinofen. Sie führte eine genaue Liste der Katastrophenkrimis. Die wenigen guten hatte sie in ihrem Bücherschrank aufbewahrt.

Das Erste, was Wolf Hetzer in der Wohnung von Silke Everding empfing, war ein süß-schwüler Geruch. Nicht wirklich ekelig, aber ein bisschen zu viel. Es war überall ein bisschen von allem zu viel. Die Wände waren in grellbunten Farben gestrichen. Aus Kissen, Bildern und Gardinen kam ihm der Kitsch entgegen. Russisch-chinesisches Gemisch, vermutete er. Das Blaugelbrosa mit goldenen Verzierungen verursachte ihm eine leichte Enge in der Magengegend. Er konnte es hier drin nur sehr schwer aushalten.

„Das ist doch klasse hier, ne? Gefällt dir das Ambiente?" Mimis Humor bohrte in seinen Nerven. „Wär' das nichts für dich? Vielleicht gibt es bei der Wohnungsauflösung ein Schnäppchen zu machen! Sie braucht den üppigen Kram ja nicht mehr."

Hetzer knurrte und zeigte ihr einen Vogel.

„Was habt ihr denn hier drin Interessantes gefunden?"

„Oh, wirklich jede Menge Fingerabdrücke in unterschiedlichen Größen, ein paar benutzte Pariser, Unmengen von Handtüchern – also Spuren ohne Ende. Ob etwas Brauchbares für euch dabei ist, keine Ahnung."

„Meinst du, sie hat im liegenden Gewerbe gearbeitet?", fragte er.

„Diese Frage beantwortet sich von selbst, wenn wir quer über den Flur in das nächste Zimmer gehen." Sie holte tief Luft.

Wenn die letzten beiden Räume üppig überfüllt gewesen waren, so war dieser das Gegenteil. Knallhartes Rot, kombiniert mit schwarz. Lack, Leder, Metall. Ketten an der Wand und ein Seziertisch in der Mitte des Raumes, an dem Nadja ihre Freude gehabt hätte.

„Puh, okay, alles klar." Hetzers Phantasie war zu gut. Er hörte die Schreie vergangener Freier beim Auspeitschen. Bilder von Maskenmenschen zogen an ihm vorbei. Er schüttelte sich und nahm die neunschwänzige Katze von der Wand.

„Bemüh dich nicht, Wolf. Von den Blut- und Hautresten haben wir schon Proben genommen."

„Dachte ich es mir doch, dass hier noch ein Hauch in der Luft lag."

„Bist ein guter Bluthund, Wolf! Sie scheint übrigens alleine hier gearbeitet zu haben. Wir haben nur Kleidung in ihrer Größe gefunden. Alles deutet auf einen Einpersonenhaushalt hin, der reichlich Herrenbesuch hatte. Aber keine Drogen oder sonst irgendwas. Falls sie einen Luden hatte, haben wir hier bisher nichts über ihn herausgefunden. Seppi nimmt sich gerade den Laptop vor. Er wird dich dann anrufen."

Sie schloss die Tür hinter sich und Hetzer ab und versiegelte den Eingang. „Wo wohnst du jetzt eigentlich? Ich nehme nicht an, dass du dort in Bückeburg geblieben bist – ich meine jetzt, wo du allein bist."

130

„Stimmt, ich bin nach Todenmann gezogen, in eine alte Kate. Da ist es ganz gemütlich. Die Kater und Gaga sind bei mir. Und du, lebst du immer noch auf diesem Grundstück in Waber, wo die Aue direkt an deinem Garten entlangfließt?"

„Aber sicher doch. Ich wäre ja schön bescheuert, dieses Paradies aufzugeben. Außerdem habe ich das Haus von meiner Tante bekommen. So, jetzt muss ich aber los. Die warten auf mich in Stadthagen, und wenn du später keine Zeit hast, dann sage ich: Auf bald, ja? Ich kann dir ja in den Dienst mailen."

„Wir werden uns schon erwischen. Es war schön, dich wiedergesehen zu haben. Ach, übrigens, da ist irgendwas mit deinen Haaren."

Sie drohte ihm mit dem Zeigefinger und stieg ein. „Frauen kurz vor den Wechseljahren soll man nicht veräppeln."

„Ach, ich wusste gar nicht, dass man schon mit Mitte dreißig ins Klimakterium fällt."

Sie grinste. „Immer noch der alte Charmeur! Falls du auch noch so gut kochst wie früher, lade ich mich demnächst glatt selber ein."

„Sehr wohl, Madame, tun Sie das! Oder noch besser: Komm einfach zu meinem Geburtstag am Ostersonntag. So gegen 18 Uhr?"

Mimi nickte, warf ihm beim Einsteigen eine Kusshand zu und fuhr etwas schneller als nötig davon. Was für ein Energiebündel, dachte Hetzer bei sich. Seine Batterie musste dringend mal wieder aufgeladen werden. Er beschloss, in der Brennerstraße vorbeizufahren und sich bei Annes Bioladen wenigstens einen Apfel oder eine Banane zu kaufen oder einen Fruchtriegel. Da kam er sowieso direkt vorbei.

Er fühlte kurz. Sein Geld steckte in der Lederjacke und er brauchte nicht lange. Also hielt er schnell am Straßenrand, schnappte sich einen Apfel und eine Banane, zahlte und saß wenige Minuten später wieder im Auto. Noch im Fahren aß er die Banane und fand, dass er noch nie so eine köstliche Frucht gegessen hatte. Langsam beruhigte sich auch sein Magen wieder. Zum Glück hatte er wenigstens immer kleine Wasserflaschen im Auto.

Einigermaßen zufrieden fuhr er in Richtung Virchowstraße und parkte auf dem Krankenhausgelände. Dort nahm er noch einen Schluck Wasser und stieg aus. Er war gespannt, was ihm diese Freundin erzählen würde.

Als Moni die Klinge zu Wolf gebracht hatte und endlich wieder zu Hause war, musste sie sich erst einmal setzen. Sie hatte weiß Gott! eine gute Kondition durch die Spaziergänge mit Gaga und die Yoga-Übungen. Wahrscheinlich hatte ihr dieser Tag auch eher seelisch zugesetzt. Es tat ihr schon weh, wenn Menschen zu Schaden kamen, aber wenn es wehrlose Tiere betraf, war es mindestens so schlimm für sie.

Noch wochenlang hatte sie damals an Emil gedacht, vor allem, wenn sie nachts wach lag. Der gute Ganter war zu ihr so zutraulich gewesen. Sie hätte es nie für möglich gehalten, dass Gänse so eine Bindung aufbauen könnten. Nun war er fort, seit dem Spätherbst schon, und es gab keine Hoffnung jemals herauszufinden, was mit ihm geschehen war, denn der Mensch, der es hätte sagen können, den gab es so nicht mehr.

Etwas trübsinnig klappte Moni ihren Laptop auf. Sie hatte noch einiges im Kühlschrank, wusste aber nicht so recht, was sie für Wolf als Beilage zu den fleischlosen Cordon bleu-Schnitzeln kochen sollte. Manchmal fand sie auf ihrer Vegetarier-Seite gute Anregungen. Vorher aber wollte sie sich ein bisschen ablenken. Im Forum der Seite schrieb sie sich mit Gleichgesinnten aus der Gegend. Die waren meist auch eher grün angehaucht mit Öko-Touch. Dagegen hatte sie nichts, wenn sie auch der Meinung war, dass man nicht unbedingt in Latschen und lila Latzhosen herumlaufen musste – etwas überspitzt gesagt. Sie selbst war eine Dame mit ökologischen Grundsätzen, wollte aber weder selbst Gemüse anbauen, noch jedem ihre Meinung aufdrängen. Moni wollte einfach keine Tiere mehr essen, weil sie die Massentierhaltung als grausam empfand. Und sie wollte Obst und Gemüse essen, das noch nach etwas schmeckte. Punkt. Aber das war ihre persönliche Ansicht.

Mal sehen, wer gerade online war. Mit einigen schrieb sie sehr gerne, wobei sie die Älteren den jugendlichen Hitzköpfen vorzog. Seit einigen Wochen war ein „Löwenzahn" dazugekommen. Mit dem machte es Moni am meisten Spaß, sich auszutauschen. Er war intelligent, redegewandt, höflich und sehr zuvorkommend. Nicht wie die „Lauchzwiebelhaut", die schon nach dem zweiten Eintrag nach ihrer Adresse fragte. Der „Zitronenkern", mit dem sie gelegentlich diskutierte, machte eher einen depressiven Eindruck, war aber sehr nett und kabbelte sich gerne mit dem „Grünen Tee". Da las sie gerne mit.

Bevor der „Löwenzahn" ins Forum gekommen war, hatte sie ihren Spaß mit „Antipesto" gehabt. Ein lustiger Vogel. Mit ihm war sie deshalb ins Gespräch gekommen, weil sie seinen Nick für falsch gehalten hatte. Aber „Antipesto" war ein Feind von Pinienkernen und trug seinen Namen zu Recht.

Heute waren nur die „Lauchzwiebelhaut" und der „Löwenzahn" im Chat anwesend. Diese Möglichkeit zum privaten Austausch war dem Forum angeschlossen. Von beiden wurde sie sofort angeklickt, aber auf den aufdringlichen Lauch hatte sie überhaupt keine Lust und reagierte nicht.

Das Wolfsmilchgewächs eröffnete mit: „Na, schöne Frau, wie war dein Tag?"

„Es wäre gelogen, wenn ich ‚gut' sagen würde."

„Dann sprechen wir einfach nicht darüber, sondern lieber über etwas Angenehmes. Wie wird dein Tag morgen?"

„Du bist ja lustig, wie soll ich denn das jetzt schon wissen?"

„Na ja, es gibt zwei Gründe dafür, warum es eher wahrscheinlich ist, dass du morgen einen guten Tag haben wirst."

„Wieso?"

„Zum einen statistisch gesehen und zum anderen scheint morgen die Sonne. Da gehst du einfach nach draußen, nimmst eine der ersten Pusteblumen und bläst die Sorgen einfach in die Luft. Dabei denkst du dann an mich und musst lächeln. Siehst du, und wenn man lächelt, ist der Tag schön."

„Lässt sich das beliebig oft wiederholen?"

„Ja, solange Pusteblumen da sind."

„Du könntest jetzt meinen Abend noch verschönern, wenn du mir ein gutes Rezept verrätst aus Karotten."

„Aber das ist doch ganz einfach. Mach eine Karotten-Suppe mit Joghurt. Karotten in Gemüsebrühe kochen, dann pürieren, ein bisschen Zitronensaft und dann etwas Mais hinein. Zum Schluss mit einem Löffel Joghurt verfeinern."

„Klingt ganz gut, aber macht das satt?"

„Wenn du ein bisschen Ciabatta dazureichst, ganz bestimmt."

„Hmm, dazu passt mein vegetarisches Schnitzel nicht."

„Gut, dann machst du einfach Karotten-Reis. Erst den Reis mit etwas Butter und Salz kochen, dann die Karotten ganz dünn gehobelt in Wasser und Rosé gar werden lassen und später beides vermischt noch quellen lassen."

„Das klingt gut, vielen Dank. Okay, dann will ich jetzt mal in die Küche gehen. Auf die Idee, Möhren und Reis zu mischen, wäre ich nicht gekommen."

„Bist du nachher noch mal hier?"

„Nein, heute nicht, aber bald."

„Dann auf bald ‚Lavendelrose'."

„Vielleicht bis morgen ‚Löwenzahn'. Dann erzähle ich dir, ob das mit der Pusteblume geklappt hat."

Er schickte ihr noch ein Lachgesicht, dann klappte Moni den Laptop zu und ging in die Küche. Sie hatte ein leicht merkwürdiges Gefühl in der Magengegend und konnte sich nicht so recht erklären, woher das kam. Auf jeden Fall war ihre Laune jetzt besser, und das war doch schon was.

Seinen Wagen parkte er im Dickicht am Gräberfeld unter der Paschenburg. Sie war immer noch bewusstlos. Er hoffte, dass der Schlag gegen die Schläfe nicht zu heftig gewesen war, und zog sie mit einem Rettungsgriff aus dem Wagen. Ihre Hacken hinterließen zwei Schleifspuren. Er würde sie später unkenntlich machen.

Vorsichtig lehnte er sie an das Mahnmal und tätschelte ihre Wange.

„Na, na, na, bin ich denn so schlecht gefahren, dass du gleich bewusstlos wirst?"

Iris blinzelte, sie hatte rasende Kopfschmerzen und konnte sich nicht erklären, wo sie war. Für Empfindungen wie Angst oder Freude war keine Energie da. Erst nach und nach fiel ihr alles wieder ein, auch das Mitternachtspicknick.

„Keine Ahnung, was mit mir passiert ist!", stöhnte sie leise.

„Auf einmal warst du weg. Hast du das schon öfter gehabt?"

„Noch nie."

„Na komm, dann iss erst mal was."

„Oh nee, das geht jetzt gar nicht!" Ihr war auch übel. Sie lehnte ihren Kopf wieder an den Stein. „Kannst du mich bitte nach Hause bringen?"

„Nein, du isst jetzt! Wir haben das so verabredet."

„Mensch, ich kann nicht. Merkst du nicht, dass es mir schlecht geht?"

„Das sind immer eure Frauenausreden. Wenn ihr was nicht wollt, geht es euch nicht gut. Glaub mir, das kenne ich. Im Grunde wollt ihr doch. Also Mund auf!"

Iris versuchte, ihn von sich wegzustoßen, als er sich mit dem Käsebrötchen auf sie zubewegte.

„Nein", schrie sie, „sag mal, kapierst du's nicht? Ich will nicht. Und ich will nach Hause."

Mit der Ohrfeige hatte sie nicht gerechnet. Sie kam wie aus heiterem Himmel und brachte sie erneut an den Rand des Bewusstseins. Noch bevor sie sich wehren oder fliehen konnte, saß er schon auf ihr und kippte ihren Oberkörper zu Boden. Jetzt hatte sie zum ersten Mal richtig Angst.

„Schrei, und ich schlage dich wieder!"

„Nein ...", wimmerte sie und begann zu weinen.

Er stopfte ihr das Brötchen in den Mund, sodass sie fast keine Luft mehr bekam.

„Jetzt flennst du auch noch. Diese ganzen Weibertricks ziehen bei mir nicht. Ich habe euch alle durchschaut. Los, zieh dich aus!"

„Nein, bitte nicht! Bitte nicht das!", sagte sie mit übervollem Mund und hustete.

„Doch, genau das. Los, zeig mir deine kleinen Titten! Oder soll ich dir dabei helfen?"

„Nein, nein ..." Iris schluchzte und zog ihre Bluse aus. Es war die Bluse von vorhin. Aber sie war nicht mehr dieselbe. Fragend sah sie ihn an, bevor sie den BH öffnete, aber er duldete keine Verzögerung. Es war frisch in dieser Aprilnacht und ihre Warzen waren hart von der Kälte. Das erregte ihn sichtlich.

„Los, mach weiter! Die andere Hälfte fehlt noch."

Nacktes Entsetzen packte Iris. Während sie langsam den Knopf ihrer Hose öffnete, wusste sie, dass sie das Morgengrauen nicht mehr erleben würde.

Ganz leise klopfte Kommissar Wolf Hetzer an die Tür von 227 und trat ein. Hinter ihm huschte Kollege Peter durch die Tür, sichtlich von der Eile erschöpft. Die Freundin der Toten, Svetlana Meier, lag ganz verloren in den Kissen und blickte ihn mit leeren Augen an. Kruse musste erst mal verschnaufen und setzte sich auf einen Stuhl. Hetzer stellte sich ans Fußende des Bettes und stellte sich und seinen Kollegen vor.

„Guten Abend, Frau Meier, wir sind die ermittelnden Kommissare im Fall Ihrer Freundin Silke Everding. Geht es Ihnen gut?"

„Ja, ja. Es geht so, ich bin ein bisschen matschig in der Birne."

„Das geht vorbei. Können Sie mir ein paar Fragen beantworten? Ich will Sie auch nicht zu lange belästigen."

„Von mir aus, wenn es sich nicht vermeiden lässt." Ihre Augen wirkten glasig.

„Es lässt sich nur der Zeitpunkt vermeiden. Nicht die Sache an sich."

„Na, dann schießen Sie mal los."

„Sie sind oder waren mit Silke Everding befreundet. Können Sie mir etwas über sie erzählen? Es scheint keine Verwandten zu geben."

„Silke war ein freundliches und lustiges Mädchen. Sie hat früher mit ihrer Mutter in Dresden gelebt. Aber die ist ziemlich früh gestorben. Keine Ahnung, ob es noch andere Verwandte gibt. Jedenfalls ist sie dann wegen eines Freundes nach Rinteln gezogen, aber der ist längst Geschichte. Sie ist trotzdem hiergeblieben."

„Woher kennen Sie sie?"

„Aus dem Fantasy-Forum. Wir haben die gleiche Leidenschaft und lieben Bücher mit phantastischen Geschichten. Irgendwann haben wir dann herausgefunden, dass wir in derselben Gegend wohnen. Seitdem treffen wir uns immer mal wieder und gehen ins Café oder zum Shoppen."

„Waren Sie mal bei ihr zu Hause?"

„Nein, nie. Sie wollte immer raus. Ich hätte sie auch gerne besucht, aber das stand irgendwie nie im Raum."

„Sie sah ja sehr ungewöhnlich aus, mit ihren verschiedenfarbenen Augen und den roten Haaren. Hatten Sie denn sonst weitere gemeinsame Bekannte?"

„Eigentlich höchstens im Forum oder so. Keine echten, mit denen wir uns getroffen haben."

„Wieso waren Sie denn sofort beunruhigt, als Silke die Verabredung nicht eingehalten hat?"

„Silke war immer sehr genau und gewissenhaft. Ich stand vor ihrer Tür. Sie war nicht da, und es bimmelte hinter dem offenen Fenster. Ich wusste sofort, dass etwas nicht stimmte."

„Aber es hätte auch so etwas dazwischengekommen sein können."

„Dann hätte sie mich sofort benachrichtigt. Ich dachte auch eher, dass sie verletzt in der Wohnung liegt oder so etwas. Aber Ihre Kollegen wollten auf so eine vage Vermutung nicht rauskommen. Da bin ich vor lauter Wut auf die Wache gefahren und habe erst mal Rabatz gemacht. Und wie Sie sehen, hatte ich recht." Sie begann wieder zu schluchzen.

„Wie oft haben Sie sich denn getroffen?"

„Mindestens einmal in der Woche, aber geschrieben haben wir uns jeden Tag."

„Im Forum oder per Mail?"

„Beides."

„Sie sah ja sehr interessant aus. Wie wirkte sie auf Menschen?"

„Ganz unterschiedlich. Manche sahen sofort weg, weil sie nicht auf die Augen starren wollten. Ich war anfangs auch erst irritiert. Andere waren total fasziniert von ihr. Sie war mit ihren üppigen roten Haaren eben etwas Besonderes."

„Wissen Sie, ob sie derzeit einen oder mehrere Freunde hatte?"

„Wie mehrere?"

„Mehr als einen, meine ich."

„Nein, soweit ich weiß, hatte sie niemanden. Jedenfalls keinen festen Freund. Davon hatte sie die Nase voll seit der Geschichte mit Rainer."

„Und diesen Rainer, kennen Sie den?"

„Nein, das war vor unserer Zeit. Als ich sie kennenlernte, hatte sie ihn schon abgeschossen."

„Nicht mit der Flinte, hoffe ich!" Hetzer lächelte spitzbübisch.

„Natürlich nicht, das sagt man doch nur so dahin."

„Und wenn, dann hätte sie ihn auch eher in Flammen aufgehen lassen." Svetlanas Schlagfertigkeit kehrte zurück. Die Sedierung schien nachzulassen.

„Wieso das denn?"

„Sie hatte es mit den dunklen Künsten. Im Fantasy-Forum nannte sie sich ‚Luzifa' und stand auch eher auf solche Dämonengeschichten und so. Aber in Wirklichkeit war sie ein ganz sanftes Wesen und sehr großzügig."

„Inwiefern großzügig?"

„Mein Einkommen ist nicht so hoch. Keine Ahnung, was sie verdiente, aber sie hat mich immer eingeladen, wenn wir irgendwo was trinken waren."

„Gut, das wäre jetzt soweit alles, Frau Meier. Hier ist meine Karte. Wenn Ihnen noch etwas einfällt, was Sie uns über Ihre Freundin sagen möchten – es können auch unwichtige Details sein – rufen Sie bitte an. Wir sind für jeden Hinweis dankbar."

„Das mache ich gerne, Herr … Hauptkommissar." Sie hatte einen Blick auf die Karte geworfen.

„Gute Besserung wünschen wir Ihnen." Kruse quälte sich aus dem Stuhl, der viel zu klein für ihn war, und nickte der Kranken zu.

„Wahrscheinlich komme ich morgen schon raus. Vielen Dank. Das war einfach ein großer Schock für mich."

„Ist doch verständlich." Er winkte zum Abschied und war froh, als sie draußen waren. Diesen Krankenhausgeruch konnte er schwer ertragen. Er erinnerte ihn an diese schlimme Zeit, wo er wochenlang tagein, tagaus ins Mindener Klinikum gegangen war. Es war der Geruch von Hoffnung, die sich zerschlagen hatte. Mit ihm kehrte der Schmerz zurück und die Erkenntnis, dass sie für immer tot blieb.

„Sag mal, was ist denn mit dir los?", fragte Hetzer seinen Kollegen Kruse, als er in die Gegenwart zurückgefunden hatte. Er kam sich winzig vor, wie er da so neben Peter herschlenderte.

„Entschuldigung, ich hab mich verquasselt."

„Viel hast du ja gerade eben auch nicht zur Befragung beigetragen!" Wolf zwinkerte dem Hünen zu.

„Manchmal ist zuhören besser, und ich glaube, die verschweigt uns was."

„Wie kommst du denn darauf?"

„Keine Ahnung, das ist so ein Gefühl."

„Ist das nicht eher mein Part? Das mit dem Bauchgefühl meine ich."

142

„Das kann ich momentan nur, weil er öfter leer ist. Mit vollem Magen geht das nicht." Als Zustimmung knurrte es in diesem Moment heftig in Peters Innerem. Hetzer musste lauthals lachen.

„Ich würde dir ja gerne jetzt was kochen, aber ich bin bei Moni eingeladen, und ich weiß nicht, wie viel sie hat."

„Nee, lass mal gut sein. Ich hab jetzt keinen Bock auf so eine Gemüsesuppe oder einen Sojabratling. Es muss jetzt was Handfestes sein. Fleisch, verstehst du? So ein Mensch wie ich braucht auch mal ein ordentliches Stück Fleisch."

„Hast du denn während deiner Diät komplett darauf verzichtet?"

„I wo! Bist du verrückt? Aber es war immer dieses magere Zeug. Putenbrust und Hähnchenbrust, Frikadellen aus Tartar – muss ich mehr erzählen? Dabei sterbe ich für ein saftiges Nackensteak oder einen kross gebratenen Bauch. Ja, selbst eine Bratwurst wäre ein Gedicht."

„Oh, ich sehe, du bist ein bedauernswerter Mensch. Denk doch einfach an meine Geburtstagsfeier, da gibt es all die leckeren Sachen vom Grill."

„Das ist wunderbar, hilft mir aber momentan nicht weiter. Ich hole mir jetzt ein Rumpsteak und haue mir das in die Pfanne, vielleicht auch zwei. Mit nix dazu. Also, Wolf, bevor ich dich anfalle: Tschüs bis morgen! Vielleicht fällt mir ein, was mich an dieser Svetlana gestört hat, wenn ich satt bin."

„Vielleicht auch nicht, aber ich wünsche dir einen schönen Abend. Moni und ich holen gleich noch Gaga vom Tierarzt ab – nach der Bratling-Suppe."

Peter grinste und hob den Daumen. Dann stieg er in seinen alten Fünfer mit Automatik und brauste davon.

Es war zwar schon spät, aber Willi hatte Armin Klüver auf ein Glas Bier eingeladen, doch der trank lieber Wasser. Klüver war sein Ansprechpartner bei Auesilber, wenn es um die Bestellung der Getränke ging. In den letzten Monaten waren sich die ungleich alten Männer nahegekommen.

Inzwischen war Armin auch schon fast fünfzig, dachte Willi, aber immer noch knackig und vital. Das lag wohl an seinem Marathontraining. Er war mager und ein zäher Hund, was man von Gastwirt Willi nicht behaupten konnte. Heute gab es etwas Wichtiges zu besprechen.

Die beiden setzten sich ein wenig abseits von den Gästen in eine Ecke, um ungestört zu sein.

„Was brennt dir denn auf der Seele, Willi?"

„Ja, wo fange ich am besten an?"

„Sag es einfach freiheraus, und wir versuchen dann gemeinsam, eine Lösung zu finden."

„Also gut. Ich habe Krebs und werde bald sterben. Vielleicht nicht mehr in diesem Jahr, aber im nächsten bestimmt. Entgegen der Meinung der Ärzte habe ich mich entschlossen, nichts dagegen zu unternehmen."

Armin legte die Hand auf Willis Arm.

„Das ist ja schrecklich. Und du bist dir sicher, dass du nichts dagegen unternehmen willst?"

„Absolut sicher. Ich kenne genug Freunde und Bekannte oder auch Gäste, die ihre letzte Zeit mit Bestrahlungen oder Chemotherapie vergeudet haben. Von Operationen geschwächt und diesen ganzen

Medikamenten waren sie nur noch ein Schatten ihrer selbst. Das will ich nicht. Wenn es nachher gar nicht mehr geht, nehme ich Schmerzmittel. Das ist alles."

„Du bist ein starker, tapferer Mann, Willi!"

„Denk das nicht. Ich habe einfach noch einiges zu erledigen, bis zu meinem Ende. Dafür brauche ich all die Kraft, die mir noch zur Verfügung steht."

„Hast du schon einen Nachfolger, oder will deine Tochter die Gaststätte übernehmen?"

Willis Blick trübte sich. Er nahm einen Schluck aus dem Bierglas und strich sich über sein weißes Haar.

„Das ist eines meiner Probleme."

„Die Gaststätte oder deine Tochter? Sie war schon immer etwas wunderlich. Ich kann mir kaum vorstellen, dass sie das alleine schaffen könnte. Man müsste ihr schon jemanden an die Seite stellen. Einen Lebenspartner hat sie wohl nicht?"

„Außer Gott niemanden. Und das ist auch das Problem. Du kennst doch die Äbtissin vom Obernkirchener Stift. Dort lieferst du doch auch Getränke hin, oder?"

„Du meinst Sibylla von Hohenstein?"

„Genau die!"

„Wir trinken immer einen Tee zusammen, wenn ich dort bin. Sie ist sehr belesen, und du kennst ja meine Schwäche für Bücher."

„Ich würde Sieglind gerne dort im Stift unterbringen, damit sie versorgt ist, wenn ich abtrete. Sie hat einen religiösen Tick, und ich denke, dort wäre sie am besten aufgehoben."

„Was meinst du mit Tick?"

„Sie betet fast den ganzen Tag und spricht dauernd von Gott."

„Aber du meinst nicht, dass sie psychologisch betreut werden müsste?"

„Schwer zu sagen, inwieweit ihr Verhalten noch als normal angesehen werden kann, aber sie tut niemandem etwas. Ihr genügt die Arbeit in Garten und Küche, ein Ort zum Beten und ein Bett."

„Will sie selbst denn in einen Konvent eintreten?"

„Das weiß ich nicht, ich habe sie noch nicht gefragt. Ich wollte erst mit dir sprechen."

„Gut, ich werde Sibylla fragen, ob die Möglichkeit überhaupt besteht, und dann wird sie sie sicher vorher kennenlernen wollen. Du klärst das inzwischen mit Sieglind. Zu wann soll das denn sein?"

„Von mir aus sofort oder wenn dort ein Platz frei wird. Ich kann mir für die Gaststätte notfalls eine Küchenhilfe nehmen."

„Soll ich mich parallel nach einem Pächter umsehen? Oder möchtest du das nicht?"

„Doch, sehr gerne. Das wäre meine zweite Bitte gewesen. Damit würdest du mir eine große Last von meinen Schultern nehmen."

„Alles klar, ich halte dich auf dem Laufenden, Willi. Und schon dich jetzt wenigstens zwischendurch ein bisschen, damit du mir noch so lange wie möglich erhalten bleibst. So, ich will los und sei nicht sauer, dass ich dein kühles Helles ausgeschlagen habe. Ich will noch laufen gehen. Da ist mir ein Wasser lieber."

„Na, dann viel Spaß bei der Quälerei. Für mich wäre das nie was gewesen. Was sagt denn deine Familie dazu?"

„Wenig, sie versteht das auch nicht."

Armin verabschiedete sich, und Willi begleitete ihn noch ein Stück in Richtung Torhaus. Dann bog er in den Garten ab, wo er auf der Bank Platz nahm und wie an jedem Abend wehmütig das Rosenbeet betrachtete.

Um kurz vor acht fuhr Wolf in seine Hofeinfahrt, parkte und klingelte gleich nebenan bei Moni. Die Kater wären sonst enttäuscht gewesen, wenn er nur kurz reingekommen und sofort wieder weggewesen wäre.

Mittlerweile hatte er auch wirklich richtig Hunger. Er klingelte bei Moni und freute sich über den Duft, der aus ihrer Küche kam.

„Hmm, das riecht aber lecker! Was gibt es denn für ein Süppchen?"

„Nix Suppe oder wenigstens nicht nur. Als Hauptgericht gibt es Cordon bleu mit Karottenreis und vorab ein kleines Möhrensüppchen mit Joghurt. Ich konnte mich nicht entscheiden."

„Mensch, du verwöhnst mich aber!"

„Das will ich doch wohl hoffen. Du hast es schließlich verdient."

Hetzer grinste und setzte sich an den Tisch in der Küche. Da saß er bei Moni am liebsten. Sie hatte eine große Wohnküche mit Eckbank im Erker. Dort war es sehr gemütlich. Wohn- und Esszimmer waren ihm zu groß und zu unpersönlich. Er hatte den Verdacht, dass Moni sich dort auch wenig aufhielt. Sie selbst hätte sich vielleicht gar nicht so eingerichtet. Das trug wahrscheinlich die Handschrift ihres verstorbenen Ehemannes. Er war gespannt, wann sie das ändern würde.

Das Essen war auch fleischlos so köstlich, dass Wolf nichts vermisste. Dabei musste er an Peter denken, der bestimmt inzwischen sein Steak im Magen hatte und wohlig in dem alten Ohrensessel seiner Oma saß, mit den Füßen auf dem Hocker versteht sich. Seit seine Mutter im Heim war, hatte er das alte Siedlungshaus in Kleinenbremen übernommen und war immer noch dabei, es nach und nach für sich fertig zu machen. Küche und Wohnzimmer erkannte man bereits nicht wieder. Hetzer war gespannt, wie es mal aussah, wenn Peter alle Räume umgebaut hatte.

„Träumst du?", fragte Moni in die Stille.

„Ich habe gerade an Peter gedacht."

„Ach so. Ist irgendwas mit ihm?"

„Wieso?"

„Weil du an ihn gedacht hast."

„Eigentlich nicht, höchstens, dass er verliebt ist, aber das war nicht der Grund. Ich habe an Fleisch gedacht."

„Und da fiel dir Peter ein?"

„Sofort!", sagte Hetzer und lachte. „Aber nicht, dass du jetzt denkst, ich hätte bei deinem Essen welches vermisst. Das Cordon bleu ist wirklich täuschend echt."

Moni lächelte vielsagend.

„Nein, nein, ich weiß ja, dass du gelegentlich ohne auskommst. Wer ist denn die Glückliche? Ah, ich habe eine Ahnung. Doch nicht etwa Nadja, eure neue Gerichtsmedizinerin?"

„Doch, genau die!"

„Das ist doch schön. Verliebt sein ist etwas Wunderbares!"

„Findest du? Wär' ich nicht draufgekommen." Hetzer gab ihr einen Nasenstüber. „Was meinst du, sollen wir mal losfahren und unser Mädchen abholen?"

„Ja, klar, hoffentlich geht es ihr einigermaßen."

Wolf brachte schnell noch die beiden Teller zur Spüle, während sich Moni ihre Schuhe anzog.

„Ich gehe schon mal raus", rief er ihr zu und verließ das Haus.

Als sie in der Tierarztpraxis in Obernkirchen ankamen, bot die sonst so robuste Lady ein Bild des Jammers. Keiner von beiden hätte gedacht, dass ein Hund so wehleidig gucken kann.

„Sie hat alles gut überstanden!", erklärte Gertin Grabowski. „Aber sie braucht jetzt die ersten Tage wirklich Ruhe. Ich habe eine Sehne nähen müssen und zwei Gefäße mit dem Elektro-Kauter verschweißt. Die Heilung der Sehne wird etwas dauern. Sie wird aber schnell lernen, sich auf drei Beinen zu bewegen. Trotzdem: In den ersten Tagen sollte sie nur das Nötigste gehen. Ich habe ihr noch ein Antibiotikum und ein Schmerzmittel gespritzt. Hier sind noch Tabletten zur weiteren Antibiose. Die muss sie bis zu Ende nehmen. Nächste Woche will ich sie wiedersehen oder eher, wenn sie Fieber bekommt oder es wieder bluten sollte. Sie wissen ja, wie Sie mich erreichen können."

„Wie lange wird es denn dauern, bis sie wieder richtig laufen kann?"

„Ein paar Wochen sicherlich. Sie wird irgendwann anfangen, die Pfote wieder leicht zu belasten. Aber in den ersten vierzehn Tagen sollten Sie sie möglichst daran hindern. So, und nun wollen wir die Lady mal in den Wagen hieven. Fassen Sie bitte mit an?"

Noch etwas benommen ließ sich Gaga ins Auto heben und fiepte etwas. Hetzer streichelte ihr Kinn und redete ihr gut zu. Moni kraulte sie am Rücken.

„Vielen Dank, Frau Dr. Grabowski. Schicken Sie mir die Rechnung zu?"

„Alles wie immer, Herr Hauptkommissar. Einen schönen Abend noch. Beim Pipi machen sollten Sie sie vorne etwas stützen, damit sie mit dem Heck nach unten kommt."

„Danke für den Tipp. Bis nächste Woche."

Hetzer stutzte und drehte sich noch mal um. „Eine Frage noch: Kommt es eigentlich oft vor, dass Sie oder Ihr Mann gerufen werden, wenn jemand ein Reh oder so nur angeschossen hat?"

„Leider viel zu oft. Sicher kann ein guter Jäger auch danebenschießen, aber die Gier etwas zu erlegen, treibt vor allem manchen Neuling dazu abzudrücken. Auch in Situationen, wo es ein erfahrener Jäger vermieden hätte, weil er nicht hundertprozentig davon überzeugt war, einen tödlichen Schuss abzugeben. Diese armen Tiere suchen wir anschließend mit unseren hannoverschen Gebirgsschweißhunden, um sie zu erlösen."

„Alles klar, vielen Dank für die Information!"

„Keine Ursache. Schönen Abend noch."

„Ebenfalls!"

Alle waren froh, dass dieser Tag nun zu Ende war. Doch niemand ahnte, dass er nicht wirklich ein Ende nahm oder wenigstens kein gutes.

Willi hatte noch einige Zeit an seinem Rosenbeet gesessen und die „Blue Moon" betrachtet. Sie war bereits
dabei, Knospen zu bilden. Er hatte nie eine schönere
Rose gepflanzt, denn sie war einzigartig in Duft und
Farbe. Mit ihrem silbrighellen Violett-Ton zog sie die
Blicke auf sich. Sie konnte mit nur einer Blüte einen
ganzen Raum mit Duft füllen.

Als es zu dämmern begann und die Kühle des Wal-
des den Garten in Besitz nahm, ging Willi die steile
Treppe im Torhaus hoch und öffnete die Tür seiner
Kammer. Auf halber Höhe hatte er seiner Tochter noch
„Gute Nacht!" zugerufen. Sie antwortete wie immer
mit einem „Schlaf schön. Gott behüte dich!"

Wieder war ein Tag vergangen, der ihn seinem Ende
nähergebracht hatte und noch waren nicht alle Probleme gelöst. Er hoffte, dass Sieglind im Stift unter-
kam, aber was war mit Hannes? Was sollte aus dem
ungewöhnlichen jungen Mann werden? Jetzt würde es
sich als Fluch erweisen, dass er ihn von der Außenwelt
abgeschirmt hatte. 32 Jahre waren unmöglich in ein
paar Wochen oder Monaten nachzuholen.

Zum Glück konnte er wenigstens schreiben und
lesen. Das hatte er ihm beigebracht. Er hatte auch die
Vermutung, dass der Junge sehr intelligent war, aber
der Austausch war nur über Papier möglich und daher
mühsam, weil er stumm war. Einen Computer hatte er
ihm nicht besorgt, denn dann hätte er mit der Welt
Kontakt aufnehmen können und all das gesehen, was
ihm verborgen blieb. Vielleicht hätte er ausbrechen
wollen aus seiner engen, aber beschützten Welt. Das

Risiko war ihm immer zu groß gewesen. Aber jetzt würde er es wagen müssen.

Willi selbst nutzte Computer und Internet seit Jahren. Die EDV war ohnehin aus dem Leben eines halbwegs modernen Menschen nicht mehr wegzudenken, fand er. Jetzt wollte er nach Alternativen suchen für Sieglind und Hannes. Er wollte sie behütet und gut untergebracht wissen, wenn er die Augen zumachte. Das Problem war, dass Hannes' Krankheit so selten war, dass er auch im Internet keine Selbsthilfegruppen fand, an die er sich wenden konnte. Irgendwann stieß er durch Zufall auf die ACHSE e.V., die *Allianz Chronischer Seltener Erkrankungen*. Vielleicht war das eine Möglichkeit, wie er Hilfe bekommen könnte, aber zuerst musste er Hannes nach und nach mit dem wirklichen Leben vertraut machen.

Und bisher hatte er keine Ahnung, wie er das bewerkstelligen sollte.

Inzwischen war alles ruhig geworden. Peter Kruse war tatsächlich in seinem Ohrensessel eingeschlafen. Er quälte sich kurz nach Mitternacht die Treppe hoch ins Obergeschoss, putzte eher nachlässig die Zähne und kroch nackt in die Federn. Alles andere hätte zu viel Energie gekostet.

Moni war bei Wolf versackt. Sie hatten sich zum Abschluss dieses chaotischen Tages noch einen Rotwein gegönnt und den Tag Revue passieren lassen. Lady Gaga hatte zuerst Schwierigkeiten gehabt, sich beim Pipi machen hinzuhocken. Mit etwas Hilfe klappte es aber ganz gut, wenn es auch merkwürdig aussah. Sie schwankte noch ein bisschen von der Narkose und legte sich dann in ihr Körbchen zum Schlafen. Hetzer fühlte sich hin- und hergerissen, als Moni gegen halb eins nach Hause gehen wollte. Gerade heute wollte er nicht allein sein. Sie sträubte sich nicht, als er sie aufs Sofa zurückzog und sagte: „Kannst du nicht hierbleiben? Ich will Gaga nicht alleine lassen. Wir können doch auf dem Sofa schlafen."

Wie unsinnig diese Begründung war, wussten beide. Moni setzte sich wieder, strich Hetzer eine Locke aus der Stirn und antwortete nichts. Sie legte sich einfach auf ihre Einschlafseite und zog die Decke von der Sofalehne. Diese breitete sie über sich aus und hob sie als Einladung für Wolf in ihrem Rücken an. Er schlüpfte dazu, als sei es die normalste Sache der Welt und kuschelte sich an sie. Was Moni nicht merkte, war der Schlag, der ihn durchfuhr, als er sie so dicht bei sich spürte. Da wurde ihm schmerzlich bewusst, wie sehr er die Nähe eines anderen Menschen vermisst hatte.

Willi hatte das Internet weitere zwei Stunden durchforstet. Er hatte immer noch keine Idee, wie er die Allgemeinheit mit Hannes' Existenz konfrontieren sollte. Im Grunde gab es ihn gar nicht. Wie sollte er den Behörden erklären, dass er einen Menschen über dreißig Jahre versteckt gehalten hatte? Zu dessen eigenem Schutz. Und noch dazu einen, der nirgendwo registriert war. Er fürchtete sich vor der strafrechtlichen Verfolgung in seinen letzten Monaten. Es gab auch niemanden, mit dem er über Hannes sprechen konnte, nicht mal mit Armin.

Nachdem er aus dem Bad zurück war und sich hingelegt hatte, schaute er noch lange in den Mond, der heute voll und rund in sein Fenster schien. Der Schlaf wollte nicht kommen. Die Sorgen waren zu groß.

Sie hatte schon Schwielen an den Knien. Die cremte sie des Abends immer mit Fettsalbe ein, damit sie nicht aufrissen. Sieglind streifte ihr Nachthemd über und wickelte sich in ihren Bademantel. Es war kühl draußen. Wenn sie ihr Vorhaben wahr machen wollte, musste sie über die Terrasse die Treppe hinab und in den mächtigen Torbogen. Ihr war unheimlich. Von dort ging die weiß-rote Tür ab, hinter der das Monster wohnte. Sie musste vorsichtig sein. Eines Tages hatte sie ihren Vater beobachtet, wie er einen Stein im unteren Bereich gelöst und dahinter einen Schlüssel herausgenommen hatte. Sieglind hoffte, dass Luzifer nicht gleich hinter der zweiten Tür lauerte und sie anspringen wollte. Sie wusste, dass hinter der ersten

Pforte eine Art Vorraum lag. Erst dahinter begann das Verlies. Sie war früher einmal hier gewesen und danach nie wieder, weil sie sich so gefürchtet hatte. Auch jetzt zitterte sie, als sie den Schlüssel, der ebenfalls ins Schloss der zweiten Tür passte, umdrehte. Sie holte einmal tief Luft und floh barfuß über den kalten Stein zurück ins Haus. Am Fenster der Kapelle wartete sie eine Weile, bis sie eine dunkle Gestalt aus dem Torbogen treten sah, die sich schnell in Richtung Wald davonmachte. Der Plan war geglückt. Das Böse war fort. Sie hoffte, dass es nicht zurückkehren würde.

Es hatte eine Zeit lang gedauert, bis es auch in seinem Kopf klickte. Hannes hatte es nicht fassen können, dass jetzt noch jemand zu ihm kam. Der Arzt war um diese Zeit noch nie bei ihm gewesen. Er vermutete, dass er nachts üblicherweise schlief. Als jedoch außer einem Klicken nichts weiter geschah und er keinen anderen Laut hörte, wunderte er sich noch mehr. Sollte er oder sollte er nicht? Wenn er probierte, ob die Tür geöffnet worden war, und sie war es nicht, würde er enttäuscht sein. Was sollte er tun? Abzählreime fielen ihm ein, die er in einem Kinderbuch gelesen hatte. Wo war es noch? Ach, dort hinten im Regal. Als er sieben Reime versucht hatte, stand es vier zu drei gegen das Überprüfen der Tür. Unruhig lief er im Zimmer auf und ab. Er konnte eine Münze werfen. Das hatte er bei Karl May gelesen und in einem Piratenbuch. Wo war nur die Münze, die dem Doktor neulich aus der Tasche gefallen war? Ach ja, ganz hinten in seiner Nachttischschublade. Es hieß immer: Kopf oder Zahl, aber sosehr er die Münze auch drehte und wendete, er fand keinen Kopf, nur eine Zahl. Es war eine Eule auf der Rückseite. Er beschloss, das Spiel in „Eule oder Zahl" umzubenennen und warf das Geldstück in die Höhe. Erst beim fünften Versuch schaffte er es, die Münze mit der Hand aufzufangen und auf seinen Unterarm zu legen. Mist, dachte er, weil er vergessen hatte, sich vorher auf Eule oder Zahl als Siegerzeichen zu einigen. Also von vorn. Da war er schon besser und schnappte sie beim vierten Mal aus der Luft. Er hatte sich auf „Eule" festgelegt, doch vor ihm lag die Zahl. Wieder nichts! Er konnte eine Patience legen. Wenn sie aufging, wollte er versuchen, die Tür zu öffnen. Als das sechste Spiel endlich aufging, atmete er erleichtert auf. Es waren inzwischen Stunden vergangen. Vorsichtig drückte er die Klinke und konnte es nicht fassen, dass die Tür tatsächlich aufging. Auch die äußere Tür war nicht mehr verschlossen. Der Weg in die Welt der Düfte und des Fühlens stand ihm ein zweites Mal offen und diesmal wusste er nicht, ob er zurückkehren würde, um das alles noch einmal vermissen zu müssen.

Wolfsmond betrachtete sein Opfer zufrieden.

„So ist es gut. Siehst du, es geht doch. Jetzt noch den Slip und du bist so nackt und unschuldig wie ein Lämmchen."

Es war auch der Körper, der ihn erregte, aber noch mehr waren es die Augen, weil sie ihn vor Angst fixierten. Sie sagten ihm, dass er etwas Besonderes war, das er anders für sie war als andere Männer. Sie würde ihm blind gehorchen und alles tun, was er verlangte, weil sie hoffte, davonzukommen.

Ihn erregte vor allem die Macht, die er fühlte, während er jetzt so dastand und auf den Körper hinabsah.

„Bist du ein liebes Mädchen?" Sie nickte. „Ich muss sicher sein, dass du nicht schreist. Du verstehst doch, dass ich dich knebeln und deine Arme an den Körper binden muss?" Tränen liefen aus ihren Augen. Das machte ihn scharf. Er nahm ein Stofftaschentuch aus seiner Hosentasche und stopfte es ihr in den Mund. Mit dem silbernen Klebeband über den Lippen und um den Leib sah sie zwar nicht mehr so schön aus, aber die Augen litten noch. Das war das Wichtigste. Er küsste ihre Lider und leckte die Tränen auf. Sie schmeckte gut, diese Mischung aus Salz und Haut. Dann setzte er sich auf ihre Beine, roch in die Falte ihrer Achseln, an ihrem Bauchnabel und spürte ihr Zittern. Panik schrie aus ihren Augen, als er sich noch tiefer bewegte mit seiner Zunge. Sie wimmerte und versuchte, rückwärts wegzurobben. Ohne Chance, denn er saß auf ihren Unterschenkeln.

„Wollen wir ein bisschen spielen?" Ihre Angst war jetzt so groß, dass sie kurz davor war, wieder das Bewusstsein zu verlieren. „Du sagst ja gar nichts! Ach, du kannst nicht. Na gut, dann schlage ich dir was vor. Ich lasse dich laufen. Wenn du mir entwischen kannst, bist du frei."

Hoffnung keimte in ihrem Blick auf. „Ich gebe dir sogar Vorsprung! Steh auf!"

Er half ihr auf. Sie zitterte vor Angst und Kälte und wusste nicht, ob sie jetzt losrennen sollte. „Ich zähle bis drei." Alle Muskeln spannten sich in ihrem Körper an. „Eins." Sie wusste, dass ihr nur eine Möglichkeit blieb. „Zwei." Sie musste ihn überlisten. „Drei." Sie rannte in Richtung der Soldatengräber und sprang über die Steinkreuze. Schön, denn damit hatte er nicht gerechnet. Sie war flink wie ein Wiesel. Es erstaunte ihn immer, wie sehr das Adrenalin dem Menschen dazu verhalf, sein komplettes Energiepotenzial einzusetzen. Er spielte ein bisschen Katz und Maus mit ihr. Jagte sie bergauf und bergab. Sie stolperte über Äste und Wurzeln, fing sich aber wieder. Erst in dem Moment, als ihre Kraft nachließ, sprang er sie an und riss sie zu Boden. Mit einem Biss in die Halsseite verletzte er ihre Halsschlagader. Das Fleisch knirschte in seinem Mund, dann formte sich eine Beule an ihrer linken Seite, die mit jedem Herzschlag größer wurde. Das Blut konnte nirgendwohin und pulsierte ins Gewebe. Die Haut dehnte sich um den Abdruck seiner Zähne herum aus, als wolle das Maul noch einmal zuschnappen. Er drehte sie um. Furcht und Erstaunen lagen in ihrem Blick. Sie zuckte unkontrolliert, bis die Bewegungen weniger und die Augen größer wurden. Den Duft ihres Blutes schmeckte er auf seinen Lippen. In diesem Moment kam er und wurde frei.

Sie schien unendlich zu sein, die Freiheit. Das Glücksgefühl war unbeschreiblich. Es strömte durch seinen
ganzen Körper. Auf einer Lichtung hob er die Arme
dem Mond entgegen und drehte sich um sich selbst.
Nie mehr wollte er zurückkehren in die Räume, die bei
Tag nicht heller waren als diese Mondnacht. Er war
dort nicht unglücklich gewesen bis zu dem Abend, als
der Arzt vergessen hatte, seine Tür abzuschließen.
Doch danach war nichts mehr wie vorher. Die Düfte,
die durch die beiden kleinen Fenster drangen, genügten ihm nicht mehr. Auch die Bücher zeigten ihm
plötzlich nur noch, was er nicht berühren konnte. Er
musste einfach fort.

Tief atmete er die frische Luft in seine Lungen und
fühlte sich wie neugeboren. Es interessierte ihn auch
nicht, wer seine Türen aufgeschlossen hatte, und
warum. Wie beim letzten Mal berührte er die Bäume,
fühlte Blüten und Blätter und kaute auf Grashalmen.
Er ließ sich einfach treiben. Einmal balancierte er über
einen großen Baumstamm, der am Wegrand lag, bis
plötzlich etwas Großes vor ihm herflatterte. Fast lautlos landete der Uhu in der Lärche. Seine orangefarbe-
nen Augen funkelten im Schein des Mondes. Hannes
stand ganz still. Tiere und Pflanzen kannte er zwar aus
Büchern. Er hätte jedoch nie gedacht, dass ein Uhu so
groß war. Der Vogel neigte den Kopf und fixierte
etwas auf dem Boden. Mit einem Mal schoss er blitz-
schnell nach unten. Als er aufflog, hing eine Maus in
seinen Krallen. Hannes war fasziniert. Das war so
schnell gegangen. Er hatte fast kein Fluggeräusch ge-

hört. Weiter und weiter trieb ihn die Neugier. Irgendwann kam er an einen kleinen Weg, den er schnell überquerte, um wieder im sicheren Wald zu verschwinden. Ganz nach oben wollte er zum Mond, bis es nicht mehr weiterging. Da kam er mit einem Mal an einen merkwürdigen Platz. Vier gleiche Steine standen in einer Reihe. Die wollte er näher untersuchen und trat auf etwas Weiches.

Er bückte sich und grub ein bisschen im Laub, bis Finger zum Vorschein kamen. Er buddelte weiter, fand einen ganzen Arm, eine Schulter, einen Hals, einen Kopf und erschrak fast zu Tode, als er den Blick der jungen Frau sah. Er verstand ihn sofort. Lange genug hatte er Gesichter gemalt. Entsetzen, Angst, Schmerz stand in ihren Augen, aber in einer Intensität, die ihm fremd war, denn so hatte er sich selbst noch nie im Spiegel gesehen.

War er so ein Monster, dass sie gar nicht aufhören konnte, so zu gucken? Er streichelte ihre Wange, dann tätschelte er sie. Doch sie reagierte nicht. Ihre Augen blieben starr. Sie sprach auch nicht, weil ihr jemand den Mund zugeklebt hatte. Sollte sie auch stumm sein, wie er? Und sich nicht bewegen können? Das war nicht richtig. Er entfernte die silbernen Klebestreifen und zog das Taschentuch aus ihrem Mund. Der stand jetzt offen, aber sie sagte immer noch nichts.

Mit einem Mal wusste er, was passiert war. Sie war vor Schreck erstarrt. Er hatte sie ausgegraben, obwohl sie das nicht gewollt hatte. Das war seine Schuld. Es tat ihm leid. Als er wieder ihr Gesicht streichelte und über Nase und Augen fühlte, ließen sich die Lider ganz leicht nach unten schieben. So war es besser. Jetzt schlief sie. Nur den Mund musste er noch in Ordnung bringen. Der klappte immer wieder auf, wenn er ihn schloss. Dabei sah sie viel besser aus, wenn er zu war. Dann hatten ihre Lippen einen schönen Schwung.

Ein paar Meter weiter fand er ein rundliches Holzstück. Vorsichtig fegte er mit der Hand noch etwas Laub von ihrem Körper und legte das Holz zwischen Hals und Kinn. Schön wieder mit Blättern drapiert, sah man auch die hässliche blaue Beule nicht mehr, die sie an der linken Halsseite hatte. Er würde den Körper wieder gut bedecken, bis auf das Gesicht. Dann konnte sie gleich sehen, wenn jemand kam. Beim Verteilen der Blätter stieß er an ihre Brust. Sie fühlte sich weich und fest zugleich an. Gerne hätte er sie ganz ausgegraben und abgetastet, aber er hatte Angst, dass sie die Augen wieder aufriss mit diesem schrecklichen Blick, wenn sie aufwachte. Er würde später wiederkommen und sie beobachten. Wenn er sich dann im Dickicht hielt, konnte er sehen, was sie machte. Falls sie wegging, konnte er ihr folgen.

Plötzlich fiel Hannes ein, dass er Menschen eigentlich meiden sollte. Das hatte ihm immer der Doktor gesagt, damit sie sich nicht bei ihm ansteckten. Vielleicht hatte er die blonde Frau schon infiziert. Es war jetzt nicht mehr zu ändern. Er war direkt auf sie gestiegen. Sie hätte sich woanders hinlegen oder sich nicht so gut verstecken sollen. Jetzt war es sowieso egal. Auf jeden Fall schlief sie jetzt ruhig und tief. Er streichelte ihr Gesicht und breitete die Haare um sie herum aus. Dann trat er ein paar Schritte zurück und sah sie an. Sie war wunderschön, wie sie so friedlich dalag, den Körper mit Laub bedeckt. Ein Engel im Waldbett. Engel kannte er aus Büchern. Er liebte diese sanften Wesen. Jetzt hatte er einen für sich ganz allein entdeckt und würde über ihn wachen, damit niemand ihn störte.

Dass heute Karfreitag war und obendrein das Osterwochenende vor ihm lag, freute Wolf ungemein. Ein
paar Tage Ruhe konnten nicht schaden. Bei der weiblichen Leiche waren sie sowieso noch nicht weitergekommen. Einige Befunde standen noch aus. Die zwei
Kunden, die sie bereits ermittelt hatten, hatte Peter
nicht erreichen können. Andere Angehörige hatte sie
nicht. Na ja, dachte er bei sich. Sie blieb sowieso tot.
Da konnte er auch am Dienstag weitermachen. Glücklicherweise hatten sie die Pressemeldung noch stoppen können.

Er blinzelte vorsichtig durch die Augenschlitze und
wunderte sich, dass ihm so warm am Rücken war. Da
fiel ihm wieder ein, dass er nicht allein auf dem Sofa lag.
  Vorsichtig krabbelte er unter der Decke her und
schlich schmunzelnd in die Küche. Er hatte so gut wie
schon lange nicht geschlafen und vermutete, dass dies
nicht nur an der Erschöpfung gelegen hatte. Sogar der
Traum, aus dem er eben aufgewacht war, war angenehm gewesen. Er glich dem von neulich. Augenscheinlich hatte er in einer Art Badezuber gesessen,
ganz nackt mit warmem Wasser. Das ließ ja tief blicken, dachte er bei sich. Auf jeden Fall war es kein
Traum, der irgendwie auf ein Verbrechen hindeuten
könnte. Darüber war er sehr froh, denn das Letzte, was
er heute gebrauchen konnte, war ein neuer Mordfall.

Gaga guckte ihm aus dem Körbchen zu, als er den Kaffee aufsetzte und die Brötchen in den Ofen schob.

„Willst du mal raus, mein Mädchen?", fragte er sie, obwohl er die Antwort schon kannte. „Aber sei leise, Moni schläft noch!"

„Tut sie gar nicht!", rief es vom Sofa. „Der leckere Duft aus der Küche hat mich geweckt. Es ist schon Jahre her, dass mir jemand Frühstück gemacht hat. Warte, ich helfe euch eben, aber dann muss ich auch mal für kleine Mädchen."

„Geh du ruhig. Wir schaffen das schon."

„Na gut, dann gehe ich mal eben ins Bad."

Während Moni die Treppe hinaufging und dabei von den Katern begleitet wurde, humpelte Gaga hinter Wolf her in den Garten. Aber es ging schon ganz gut. Er musste das verletzte Bein beim Hocken nur noch ganz leicht stützen, sonst kam die Hündin gut allein zurecht. Laufen ging schon ohne Probleme, nur nicht so schnell wie sonst.

Während Gaga ihren Schlaf im Korb fortsetzte, deckte Wolf den Tisch im Esszimmer. Er legte für Moni extra ein zweites Kissen auf die Bank. Zu wenig eigenes Polster auf den Rippen, dachte er. Unschlüssig stand er später vor den Eiern im Kühlschrank. Aß man am Karfreitag welche? Er wusste es nicht, und es war ihm auch egal. Moni war zwar in einer Kirchengemeinde aktiv, es konnte also gut sein, dass sie streng katholisch war, aber er würde sonst ihr Ei mitessen. Mit einem Mal hatte er einen Einfall und musste laut lachen. Aus dem Hauswirtschaftsraum holte er eine kleine Dose Kaviar. Gegen Fischeier konnte auch die Kirche am Karfreitag nichts einzuwenden haben, und wenn zufällig ein Hühnerei darunterlag, war das nicht zu ändern. Das musste dann einfach mitgegessen werden.

„Hmm, wie das duftet! Darf ich mich setzen?"

„Mit dem größten Vergnügen. Möchtest du gerne etwas Musik zum Frühstück?"

„Bitte etwas Ruhiges. Bach oder Mike Oldfield zum Beispiel, wenn du hast."

„Oh warte, ich habe etwas anderes. Auch schön ruhig, wenigstens meistens, aber du wirst das Ensemble vielleicht nicht kennen. Das kam mir jetzt grade in den Sinn."

Mit einem geübten Griff nahm er die CD aus dem Regal und legte sie ein. Nach den ersten Takten grinste Moni bis über beide Ohren.

„Gute Idee, du hast Musik von den ‚Zweins'? Das wusste ich gar nicht. Die habe ich seit Ewigkeiten nicht mehr gehört. Wunderschön und wirklich passend zum Frühstück."

„Das freut mich. Sag mal, mit Eiern hast du heute an Karfreitag aber keine Probleme, oder? Ich hab extra Kaviar draufgetan."

Moni guckte verdutzt und musste sich dann schwer zusammenreißen, um nicht laut loszulachen.

„Ach so, du meinst die gekochten da. Die hatte ich noch gar nicht gesehen. Nein, hab ich nicht. Ich bin nicht katholisch – in keiner Hinsicht."

Beide wurden rot.

„Ah ja, dann haben wir das jetzt auch geklärt!", konterte Hetzer.

Die etwas pikante Stille wurde durch das Kauen der Brötchen gemildert, wobei sich Wolf und Moni zuzwinkerten. Nachdem sie ihren Kaffee getrunken hatten, seufzte Moni zufrieden und sagte: „So ein herrliches Frühstück hatte ich schon lange nicht mehr!"

„Das liegt daran, dass du es nicht selber machen musstest."

„Das liegt vor allem daran, dass ich nicht alleine frühstücken musste."

Hetzer strahlte. „Madame, es war mir ein Vergnügen, und das lässt sich durchaus wiederholen, auch ohne kranken Hund."

„Vielen Dank! Ich werde gelegentlich darauf zurückkommen", antwortete Moni und dachte an Wolfs Geburtstag am Ostersonntag, während sie sich verabschiedete.

Als er am Morgen aufwachte, fühlte er sich wie neugeboren. Zufriedenheit und Glück wärmten seinen Körper von innen.

Es waren diese Momente gewesen, in denen sie ihm ganz ergeben war, wo sie alles getan hätte, um ihr Leben zu behalten. Und er hatte mit ihr gespielt, hatte sie noch einmal davonlaufen lassen. Sie hatte Hoffnung gewittert, dabei hatte er nur seinen Jagdtrieb weiter auskosten wollen. In Wahrheit war da nie der Hauch einer Chance für sie gewesen.

Im Geiste genoss er den Augenblick ein weiteres Mal, vor allem das Empfinden, als er sie angesprungen hatte. Aus dem Dickicht, aus dem Hinterhalt war er gekommen, wie ein Pfeil. Sie hatte nicht damit gerechnet. Im Sprung hatte er sie von hinten gepackt und beißend zu Boden gerissen, wie ein Wolf.

Macht. Es war die Macht, über Leben und Tod entscheiden zu können, die ihn von Neuem Erregung fühlen ließ. Als er sich Erleichterung verschaffte, war es fast so schön wie in der Nacht zuvor.

167

Als Moni zu Hause war, nahm sie erst einmal eine heiße Dusche. Sie wusste nicht, was sie von dieser Nacht mit Wolf halten sollte. Sicher, es hatte immer schon Schwingungen zwischen ihnen beiden gegeben, aber sie hatte sich aufgrund des Altersunterschieds niemals irgendwelche Hoffnungen gemacht oder auch nur ernsthaft in Erwägung gezogen, dass da jemals etwas laufen könnte. Das Kribbeln war schön gewesen. Jetzt wusste sie nicht, was er in ihr sah. Eine Freundin oder jemand, von dem er mehr wollte. Immerhin hatte er nichts versucht. Er hatte sie nicht berührt oder gestreichelt, aber sie hatten sehr dicht zusammengelegen. Vielleicht hatte er gar nicht bemerkt, dass er seinen Arm irgendwann im Schlaf um sie gelegt hatte. Sie hatte es genossen.

Wahrscheinlich alles Hirngespinste, dachte sie. Wolf hatte einfach einen anderen Menschen zum Anlehnen gebraucht, und das war doch verständlich. Sie selbst geheimniste da jetzt irgendetwas hinein und jetzt war es ihr peinlich, dass sie gesagt hatte, sie wäre in keiner Hinsicht katholisch. Auf der anderen Seite hatte Wolf gemeint, dass so eine gemeinsame Nacht durchaus zu wiederholen sei. Nein, sie wollte sich nichts vormachen. Sie beide waren Freunde und genauso sah er das auch.

Selbst später beim Yoga wollten ihre Gedanken nicht zur Ruhe kommen. Sie kreisten ums Alleinsein und das Wohlgefühl, das sie auf dem Sofa verspürt hatte. Da wusste sie, dass sie in ihrem Leben nicht länger allein sein wollte. Es war jetzt genug Zeit vergangen. Sie würde den „Löwenzahn" mal näher unter die Lupe nehmen, überlegte sie. Irgendwann hatte er erwähnt, dass er auch im Weserbergland lebte. Aber zuerst musste sie mehr über ihn erfahren.

Beschwingt durch diese Gedanken und den Entschluss, etwas in ihrem Leben zu ändern, drückte sie im Vorbeigehen den Knopf auf dem Laptop und holte sich dann ein Glas Wasser. Sie hatte Glück. Es war Samstag und im Vegetarierforum war schon einiges los, auch der „Löwenzahn" tummelte sich im Chat. Sie klickte ihn an, damit sie mit ihm privat schreiben konnte und er reagierte sofort.

„Oh, hallo ‚Lavendelrose', hast du viele Pusteblumen gebraucht oder war der nächste Tag auch so schön?"

„Ich muss zugeben, dass es mir besser ging. Aber ich fand deine Idee so nett, dass ich, als ich draußen war, trotzdem eine über die Wiese gepustet habe."

„Und? Hast du dabei an mich gedacht?"

„Ja sicher, das ließ sich doch fast gar nicht vermeiden. Die Idee war ja von dir."

„Wolltest du es denn lieber vermeiden?"

„Nein, wie kommst du darauf? Dann hätte ich dich jetzt auch nicht angeklickt."

„Stimmt. Und wieso hast du mich angeklickt?"

„Weil ich mich immer gut mit dir unterhalte."

„Hast du denn sonst niemanden, der mit dir spricht?"

„Das kann man so nicht sagen. Ich habe einen netten Nachbarn und einige Freunde in meiner Gemeinde. Aber ich genieße hier die Anonymität eines intelligenten Gespräches."

„Du willst also deine Gesprächspartner nicht im wirklichen Leben kennenlernen?"

„Vielleicht. Keine Ahnung, aber warum eigentlich nicht? Ich glaube, es kommt darauf an, ob man sich über die Zeit sympathisch wird. Die Entfernung spielt auch eine Rolle."

„Dann habe ich ja noch Hoffnung. Du hattest mal gesagt, dass du im Weserbergland wohnst, quasi bei mir um die Ecke."

„Einen Ort habe ich dir nicht genannt. Nur, dass ich im Weserbergland wohne."

„Eben, da ist doch alles um die Ecke! Aber ich will kein Geheimnis daraus machen. Ich habe ein Haus in Kohlenstädt, praktisch direkt an der Weser."

„Echt? Das ist natürlich etwas ganz Besonderes. Ich liebe Wasser. Überall! Seen, Flüsse und natürlich das Meer."

„Dann würdest du dich bestimmt hier wohlfühlen. Mein Grundstück geht zwar nicht ganz bis ans Wasser, aber dahinter ist nur noch ein Stück Feld. Ich kann also den Schiffen winken, wenn sie vorbeifahren."

„Das kann ich auch, aber nur von Ferne. Ich sehe die Weser als glänzende Schlange von oben."

„Soll ich raten, wo du wohnst?"

„Von mir aus. Ich verspreche aber nicht, dass ich die Wahrheit sage."

„Du würdest nicht lügen."

„Wieso?"

„Weil du kein Typ Mensch bist, der lügt!"

„Und das willst du jetzt schon wissen, nach unserem kurzen Austausch?"

„Ja, ich habe eine gute Menschenkenntnis. Also, lass mal kurz überlegen. Du guckst von oben runter auf die Weser. Damit hast du es mir fast zu einfach gemacht.

Ich werde nachher auf eine Karte schauen. Jetzt muss ich leider weg. Wir lesen uns. Bis bald, hoffe ich."

„Ja, bis bald. Ich bin gespannt, welche Vorschläge du zu meinem Wohnort machen wirst. Vielleicht gebe ich dir dann noch mal einen Tipp."

Moni klappte den Laptop zu und war unzufrieden. Sie hatte sich auf ein längeres und intensiveres Gespräch gefreut. Das ließe sich hoffentlich nachholen, dachte sie, während sie zur Tür ging, weil es geklingelt hatte.

Willi hatte in Ruhe gefrühstückt. Das wenigstens wollte er sich gönnen. Es lag ein anstrengendes Oster-wochenende vor ihm. Etliche Tische waren vorbestellt worden. Sieglind würde mithelfen müssen in Küche und Service. Vorher musste er noch nach Minden zum Großhandel fahren, um all das einzukaufen, was noch nicht vorrätig war und über die Feiertage benötigt werden würde.

Jetzt aber wollte er zuerst für Hannes das Frühstück fertigmachen und zu ihm hinüberbringen. Mit einem Tablett ging er die Stufen zum Torbogen hinunter, sah kurz nach rechts und links und verschwand dann in der dicken Mauer vor der Tür. Dort wäre ihm um ein Haar das Tablett auf den Boden gefallen. Das Schloss an der Tür war offen und hing seitlich nach unten. Schnell trat er durch das rot-weiße Türblatt in den Vorraum, der zu Hannes' Räumen führte. Er hatte sie extra für den Jungen umgebaut und wohnlich gemacht. Aber der war fort. Auch das zweite Schloss im Inneren stand offen. Der Schreck ergriff ihn zum zweiten Mal und fuhr noch tiefer in seine Eingeweide. Er musste sich setzen, weil ihm schlecht wurde. Gleichzeitig stieg eine unbändige Wut in ihm hoch. Das hatte sie gemacht. Sie hatte den Schlüssel gefunden und es war ihr gelungen, sich des Jungen zu entledigen. Jedoch wie? Was hatte sie getan? Hatte sie ihn umgebracht oder fortgeschafft? War er selbst – unwissend und neugierig – hinausgegangen in eine Welt, die er nur aus Fotografien und Texten kannte? Ihm wurde heiß und kalt. Mit letzter Kraft schleppte er sich zu Hannes' Toilette und ließ dort sein Frühstück zurück. Dann ballte er die Faust in der Tasche und ging in die andere Seite des Torhauses, wo Sieglind gerade damit beschäftigt war, die Betten zu Ostern frisch zu beziehen.

„Was hast du dir dabei gedacht?", schrie er sie an. Sie zuckte zusammen und drehte sich um.

„Ist es weg, das Ungeheuer?"

„Der Junge ist kein Ungeheuer!" Willis Kopf war rot vor Zorn. „Warum hast du das getan?"

„Ich wollte uns beide schützen. Wir können doch nicht Tür an Tür mit dem Leibhaftigen leben."

„Du bist krank! Ich sollte dich in eine Anstalt stecken. Du bist komplett irre."

„Warum hast du das Bündel denn damals reingeholt? Du hättest es einfach da im Kalten bei der Gerichtslinde liegen lassen sollen."

Willi erkannte, dass es nichts nutzte. Sie lebte in ihrer eigenen Welt. Sie verstand gar nichts, so weit war sie jenseits der Realität. Er beschloss einzulenken.

„Na gut, mein Mädchen. Ich sehe schon, es ist hier schwierig für dich. Überall ist das Böse um dich herum, darum bist du auch so oft in der Kapelle. Wie wäre es denn, wenn du näher bei Gott wärst?"

„Das wäre wundervoll, aber ich bin noch gesund. Der Himmel öffnet seine Pforten noch nicht für mich."

„Ich habe mir überlegt, dass du doch in den Mauern eines Stiftes viel sicherer bist vor den Anfeindungen der dunklen Mächte. Wie wäre es in einem Konvent voller gläubiger Damen?"

„Oh, das wäre ein Traum für mich. Endlich weg von diesem düsteren Ort, wo das Unheilige mich verschlingen will. Ich bin doch nur deinetwegen hiergeblieben, weil wir Mama verloren haben, damit du nicht so einsam bist."

„Mach dir keine Gedanken um mich. Ich komme schon zurecht. Lass uns Dienstag mal zum Stift fahren und mit der Äbtissin sprechen."

Sieglind hüpfte auf der Stelle wie ein kleines Mädchen, so freute sie sich. Im Grunde war sie auch niemals erwachsen geworden.

„Ich schließe dich in mein Nachtgebet mit ein, Papa. In Zukunft werde ich nur von Engeln umgeben sein. Du wirst schon sehen. Das wird wunderschön werden, so nah bei Gott zu sein."

Willi ging aus ihrer Kammer. Wenn das nur klappte mit dem Damenstift, dann hatte er eine Sorge weniger. Dafür war eine andere größer geworden. Wo war Hannes? Er war sich sicher, dass Hannes sich von Menschen fernhalten würde, weil er dachte, dass er ansteckend sei. Doch wovon sollte er sich ernähren? Im Wald gab es jetzt keine Früchte. Er beschloss, des Nachts einen Teller mit Broten und Obst auf einen Schemel direkt vor die Zellentür zu stellen, und eine Flasche Wasser. Es hatte wahrscheinlich keinen Sinn, ihn wieder in die Räume zu locken. Hannes war nicht dumm. Ihn im Wald zu suchen, war auch keine gute Idee. Wo hätte man anfangen sollen? Vielleicht konnte er ihn ansprechen, wenn er zum Essen kam, ihn überzeugen, dass es sicherer war, wenn er zurückkehrte.

Jetzt half es alles nichts. Der Alltag forderte seinen Tribut. Willi musste für das Osterwochenende einkaufen fahren.

Hannes schlief unterdessen noch unweit des zauberhaften Wesens, das er in der Nacht entdeckt hatte, und träumte von einer ganzen Schar von Engeln, die er einmal in einem Buch gesehen hatte.

Wolf Hetzer hatte an Monis Tür geklingelt. Er hatte den Eindruck, dass sie genervt war, als er sie ansah.

„Ist irgendwas passiert?"

„Nein, wieso?"

„Du wirkst auf einmal so verändert."

„Nein, es ist nichts. Vielleicht habe ich ein bisschen Kopfweh."

„Du hast doch hoffentlich nicht zu krumm gelegen heute Nacht?"

„Ach Quatsch, du bist doch verrückt!"

Sie lachte.

„Siehste, so ist es schon besser, wenn du lachst. Sag mal, kannst du ein Stündchen auf die Lady aufpassen? Ich möchte sie noch nicht alleine lassen und ich muss doch noch für meine Geburtstagsfeier einkaufen. Gleich kommt Armin Klüver, ein alter Freund, der hat eine Karte vom Großmarkt Mios in Minden. Wir wollen da eben hinfahren. Klüver arbeitet übrigens bei Auesilber und leiht mir eine Zapfanlage."

„Ist doch kein Thema, das weißt du doch. Warte, ich hole nur schnell meinen Schlüssel. Ich gehe zu dir rüber, dann müssen wir die Verletzte nicht erst hierherbugsieren."

„Falls ich es dir noch nie gesagt haben sollte: Du bist ein Schatz!"

„Nein, hast du noch nie!" Ihr Gesicht strahlte.

„Ich wusste allerdings nicht, dass du auch lügen kannst wie gedruckt."

Hetzer schüttelte den Kopf, als wäre er entsetzt, die Locken flogen hin und her.

Gerade in dem Moment, als sie in Wolfs Einfahrt standen, kam Armin mit seinem Mercedes angerauscht und wirbelte jede Menge Staub auf.

„Guten Morgen zusammen!"

„Darf ich vorstellen, meine Nachbarin Moni Kahlert."

Klüver schwang sich theatralisch aus dem Zweisitzer und küsste ihr die Hand.

„Sehr angenehm!"

„Ganz meinerseits", sagte Moni etwas irritiert. Sie wusste nicht, was sie von diesem Mann halten sollte.

„Ich geh dann mal rein zu Gaga. Tschüs!"

„Bis nachher", sagte Wolf. Beide Männer winkten.

„Komm, wir nehmen aber mein Auto. In deinen Wagen kriegen wir doch nix rein."

„Ja, stimmt", sagte Klüver zerknirscht. „Du hast recht, daran habe ich überhaupt nicht gedacht, sonst hätte ich unseren Kombi genommen. Aber das Wetter war so schön, da hab ich nur daran gedacht, offen zu fahren."

„Dann werden wir jetzt einfach meinen Ford nehmen! Es ist ja auch mein Einkauf. Ich bin doch schon froh, wenn du mit mir hinfährst. Sonst käme ich gar nicht rein."

„Ist doch selbstverständlich unter alten Freunden."

„Wo hast du eigentlich die ganzen Jahre gesteckt?"

„Jasmin und ich haben einige Zeit im Süden von München gelebt, da habe ich noch bei Tigersenf gearbeitet. Aber die Gegend lag mir nicht besonders. Die Leute haben uns nie wirklich akzeptiert. Und weil Jasmins Eltern schon etwas älter sind, haben wir beschlossen, wieder in die Heimat zurückzugehen. Dann ist man schneller vor Ort, wenn sie Hilfe brauchen."

„Fühlt ihr euch denn wohl in eurem neuen Haus im Rintelner Norden? Ist ja fast schon Todenmann."

„Pudelwohl! Aber der richtige Umzug ist erst im Juni. Bis dahin pendeln wir. In Ottobrunn haben wir nur eine Wohnung im zweiten Stock. Hier haben sie dann einen eigenen Garten zum Toben. Justus und Maja fangen schon an, bayrisch zu sprechen. Es ist also höchste Eisenbahn, dass wir da wegkommen!", grinste Klüver.

„Ja!", antwortete Wolf. „Manchmal ist es einfach Zeit für Veränderungen." Dabei dachte er an den einen schrecklichen Tag, als sie gestorben war. Hinterher war für ihn alles anders geworden. Er wischte den Gedanken beiseite. Sie kamen zwar immer noch, aber weniger häufig. Er konnte sie mittlerweile gut wegschieben und sich auf etwas anderes konzentrieren.

Beim Großmarkt Mios waren sie rasch fertiggeworden. Wolf war froh, als er endlich wieder zu Hause war und die Einkäufe verstaut hatte.

Armin hatte sich gleich verabschiedet. Seine Haare wehten im Wind, als er mit dem Cabrio davonfuhr. Er wollte noch laufen gehen. Heute stand ein Tempotraining auf seinem Plan. Es war nicht mehr lange hin bis zu seinem nächsten Marathon, hatte er Wolf erzählt.

Hetzer war so ein mörderischer Kraftakt von über 40 Kilometern völlig zuwider. Ein bisschen joggen war in Ordnung. Schön war vor allem die Ruhe danach. Aber genau in diesem Moment hatte er überhaupt keine. Ihm ließen die beiden Freier der Toten keine Ruhe. Dabei hatte er sich eben einen Kaffee gekocht, wollte gemütlich auf seiner Terrasse sitzen und ausspannen, da kamen ihm die Männer wieder in den Sinn, die er nicht erreicht hatte. Er seufzte. Anrufen konnte er doch noch mal. Wenn wieder keiner da war, hatte er wenigstens sein Gewissen beruhigt. Geburtstag in einer laufenden Mordermittlung zu haben, war auch wirklich ungünstig. Widerwillig stand er auf und holte das Mobilteil. Dabei fiel ihm auf, dass sein Kreuz gar nicht mehr wehtat. Wenigstens etwas, dachte er.

Beim Ersten hatte er Glück. Es klingelte ins Endlose. Nach dem zwanzigsten Mal gab er auf. Doch gerade, als er beim zweiten Versuch wieder auflegen wollte, meldete sich eine Frauenstimme. Auch das noch, murmelte er leise vor sich hin.

„Wie bitte?"

„Guten Tag, Hetzer mein Name. Ist Ihr Mann zu sprechen?"

„Einen Moment bitte, ich glaube, er ist gerade im Keller. Heinz, kommst du mal? Hier möchte dich jemand sprechen. Keine Ahnung. Kenne ich nicht."

„Behrens, guten Tag."

„Hallo Herr Behrens, Kripo Rinteln, Hauptkommissar Wolf Hetzer ist mein Name, können Sie irgendwo hingehen, wo wir ungestört sprechen können? Es geht um Ihre Besuche bei einer Dame aus dem liegenden Gewerbe."

„Ja, einen kleinen Augenblick. Ich nehme den Hörer mit in den Keller, dann können wir reden. So, jetzt bin ich unten. Worum geht es genau?"

„Das möchte ich jetzt am Telefon nicht erläutern. Aber Sie kennen Silke Everding?"

„Falls Sie Mathilda meinen – sie hat sich immer so genannt – die Dame, die am Exter Weg wohnt. Die kenne ich. Was ist denn mit ihr?"

„Ja, die meine ich. Sie ist tot. Darum möchten wir Ihnen ein paar Fragen stellen. Können wir uns auf der Wache treffen? Sagen wir in einer halben Stunde?"

„Wenn es sich nicht vermeiden lässt. Aber sagen Sie bitte meiner Frau nichts davon."

„Falls es für die Aufklärung nicht relevant ist, muss sie nichts erfahren. Dann bis gleich. Sie wissen wo?"

„Im Hasphurtweg, ja, ich kenne die Wache."

So ein Mist. Er war selbst schuld. Er hätte ja nicht anrufen müssen. Das Pflichtgefühl hatte ihn dazu getrieben. Am besten wäre es, überlegte er, wenn Peter auch mit dabei war.

Aber wie konnte er ihn ködern an seinem freien Tag? Da kam ihm eine Idee.

Er wählte Peters Nummer.

„Kein Anschluss unter dieser Nummer, wenn das Gespräch von deiner Nummer kommt!", brummte Peter und kratzte sich an seinem Bauch, der fast weg war. „Ich habe frei!"

„Ich wollte doch auch nur erzählen, was es morgen Leckeres zu essen gibt."

„Ha, wer's glaubt! Du bist ein schlechter Lügner. Als Mörder würde ich dich sofort entlarven. Also, was ist los?"

„Eigentlich nichts. Du, stell dir vor, ich habe bei Mios ganz tolles argentinisches Rinderfilet bekommen. Dazu noch ein paar Lammlachse und so. Das Rind mache ich in der Salzkruste, denke ich."

„Wolf, nerv mich nicht. Ich bin satt. Ich hatte gerade Frühstück. Raus mit der Sprache!"

„Was, jetzt erst? Um diese Uhrzeit?"

„Geht dich das was an? Ich hab die halbe Nacht auf dem Sofa gepennt. Dementsprechend groggy war ich. Könntest du mir jetzt bitte sagen, was du von mir willst?"

„Wenn du dir jetzt die tollen Vorräte angucken willst, könntest du mich anschließend mitnehmen."

„Ich will mir weder deine Fleischberge ansehen noch dich irgendwo mit hinnehmen. Wohin eigentlich?"

„Nur ganz kurz zur Dienststelle."

„Ich wusste es doch."

„Nein, wirklich nur ganz kurz. Nur eine kleine Befragung unter sechs Augen."

„Bist du bescheuert, Wolf? Ich hab Wochenende, und nur weil du keine Ruhe findest, musst du anderen nicht den Tag versauen. Gestern Abend bin ich schon extra noch ins Krankenhaus gekommen. Widerwillig, versteht sich."

„Meinst du das Gestern, wo du viel zu spät und völlig nutzlos da warst?"

„Ja, du alter Sauknochen! Mensch, du gehst mir auf die Nerven."

„War das ein Ja?"

„Niemals, aber ich bin trotzdem in einer Viertelstunde da. Und ob ich Sonntag komme, steht noch in den Sternen. Wer weiß, welche Verdächtigen du eingeladen hast, die ich dann auf deiner Feier befragen soll, du kranker Mensch du!"

„Hast du nicht gut geschlafen? Dann bist du fast genauso unausstehlich, wie wenn du hungrig bist."

„Lass mich jetzt in Ruhe. Ich muss unter die Dusche." Er legte auf.

Wolf grinste. Ihm war Peter richtig ans Herz gewachsen. Diese knurrige Art liebte er besonders, vor allem weil er genau wusste, wie sie gemeint war.

Der Gastwirt der Paschenburg, Phillip Godewind, war am nächsten Tag nicht mehr davon überzeugt, dass er wirklich gesehen hatte, was die Erinnerung ihm weismachen wollte. Dabei hatte er eigentlich gar nicht so viel getrunken, dass man meinen konnte, er habe Gespenster gesehen. Aber so ähnlich musste es gewesen sein, als er ein wenig beduselt auf der Treppe der Aussichtsplattform saß. Er hätte schwören können, dass da in Richtung Wald ein Werwolf gelaufen war. Aber gab es die nicht nur bei Vollmond? Das war doch jetzt schon ein paar Tage her, und der Mond nahm schon wieder ab. Nein, schimpfte er mit sich und rieb seinen wehen Schädel, die gab es überhaupt nicht. Er durfte nicht so viel trinken.

Heinz Behrens war pünktlich im Hasphurtweg. Er stand eben noch vor der Tür, als auch die Kommissare eintrafen.

„Vielen Dank, dass Sie sofort gekommen sind, Herr Behrens", sagte Hetzer und klingelte an der Tür. Der diensthabende Beamte öffnete.

„Moin Wolf! Sagt mal, habt ihr kein Zuhause? Ihr habt doch über Ostern frei."

„Genau mein Reden ...", murmelte Peter Kruse.

„Wichtige Dinge darf man nicht aufschieben!", sagte Hetzer überzeugt und ging voran. „Wenn ich bitten dürfte!"

Sie nahmen im kleinen Konferenzraum Platz.

„Also, ich brauche jetzt erst mal einen Kaffee!", stellte Peter Kruse fest. „Will noch jemand einen?" Er guckte in die Runde.

„Ja, bitte!", antwortete Hetzer und fragte gleichzeitig: „Sie auch?"

„Sehr gerne, aber bitte mit Milch."

„Sie hatten also Kontakt zu Silke Everding?", begann er die Befragung, während sich Peter an der Maschine zu schaffen machte.

„Ich kannte sie wie gesagt unter dem Namen Mathilda."

„War das diese Frau?" Hetzer zeigte ihm das Bild der Toten.

„Ja, mit ihren roten Locken und diesen verschiedenen Augen war sie etwas Außergewöhnliches. Und auch so. Sie hatte eine unheimlich sinnliche Ausstrahlung."

„Wie haben Sie sie kennengelernt?"

„Über das Internet. Ich chatte mal hier und da, und irgendwann hat sie mich angesprochen, ob ich mal etwas ganz Besonderes erleben will."

„Hat sie von Anfang an durchblicken lassen, dass sie Dienstleistungen für Geld anbietet?"

„Das wurde ziemlich schnell deutlich. Man kann vielleicht sagen, dass sie einen erst heiß und neugierig gemacht hat und dann damit rauskam."

„Welche Dienste hat sie denn angepriesen?"

„Hmm, das ist ein bisschen delikat, wissen Sie. Aber Sie sagten ja, es bliebe unter uns."

„Falls es den Fall nicht berührt, sagte ich."

Kruse kam mit einem Tablett und drei Tassen Kaffee zurück.

„Bitte sehr!", sagte er und sah Behrens mit einem Grinsen im Mundwinkel an. „Die Einrichtung dort sprach doch auch schon ein bisschen für sich, nicht wahr?"

„Ach, Sie waren schon dort in der Wohnung?"

„Selbstverständlich. Wir haben sie sogar schon komplett auseinandergenommen – spurensicherungstechnisch, meine ich."

„Da haben Sie recht, wie dumm von mir. Das müssen Sie natürlich. Na, dann wissen Sie ja im Grunde, was ich mal erleben wollte. Genügt Ihnen das?"

„Leider nein, wir müssen uns ein Bild von der Toten machen, und das muss möglichst genau sein. Daher ist uns jedes noch so kleinste Detail wichtig. Wie sie war, wie sie gelebt hat, welche Vorlieben sie hatte, was sie mit ihren Freiern gemacht hat."

„Das Wort Freier hört sich so billig an. Sagen wir doch einfach, ich war ihr Kunde."

„Meinetwegen", antwortete Kruse und lehnte sich zurück, „aber jetzt erzählen Sie mal schön der Reihe nach, was nach der ersten Kontaktaufnahme geschehen ist."

„Wir haben erst einige Zeit im Chat geschrieben. Sie hat mich wirklich richtig heiß gemacht mit ihrer Art."

„Können Sie das näher beschreiben?"

„Sie war auf eine Art anschmiegsam und dann wieder dominant, auf jeden Fall sehr verführerisch. Dann hat sie mir ein Bild von sich geschickt. Ich war hin und weg. Auf dem Foto trug sie Lederkleidung. Die Haare waren üppig um ihren Kopf drapiert und leuchteten wie Feuer. Aber das Beste war ihr Blick. Eine Mischung aus Überlegenheit und Anlehnungsbedürftigkeit. Ich weiß nicht, wie sie das gemacht hat. Wenn man das dunkle Auge zugehalten hat, sah sie trotz allem unschuldig aus. Hat man das helle bedeckt, sah sie aus wie ein Dämon."

„Haben Sie das Bild noch auf Ihrem Computer?"

„Nein, das habe ich sicherheitshalber gelöscht. Meine Frau geht eigentlich nicht an den Computer. Sie kennt sich nicht mit Rechnern aus, aber ich bin immer vorsichtig."

„Vielleicht kann Seppi das wieder aus den Tiefen des PCs hervorholen", schlug Kruse vor.

„Bestimmt, darin ist er ein wahrer Meister."

„Heißt das, ich muss der Polizei jetzt meinen Computer übergeben? Wie soll ich denn das meiner Frau erklären?"

Kruse kratzte sich das Kinn. Er hatte vergessen, sich heute zu rasieren. Es war ja auch eigentlich Samstag.

„Denken Sie sich doch eine schöne Geschichte aus. Ihnen wird schon was einfallen. Sie können uns das Ding auch herbringen, wenn das einfacher ist."

„Ja, das werde ich tun, dann kann ich ihr erzählen, ich brächte den Computer zur Reparatur oder so."

„Uns ist das egal", stimmte Hetzer zu, „Hauptsache, wir können nach dem Bild suchen. Vielleicht ergeben sich auch noch andere Hinweise. Wie ging es denn nun weiter? Haben Sie sich anschließend gleich mit ihr getroffen?"

„Sie mögen mich für völlig blöd halten, aber mein Verstand war wie ausgeknipst."

„Haben Sie sich denn schon im Chat über Ihre sexuellen Vorlieben ausgetauscht? Wussten Sie, dass Sie das bekommen, wonach Sie suchten?"

„Eigentlich habe ich gar nichts gesucht, wenigstens nicht bewusst. Sie schrieb mit mir und fragte mich, was ich denn schon immer mal mit einer Frau machen wollte oder ob es heimliche Sehnsüchte gäbe. Auch, ob ich etwas völlig Neues kennenlernen wollte und bereit wäre, mich ihr willenlos zu ergeben."

„Und? Was haben Sie geantwortet?"

„Darf ich ehrlich sein?"

„Nur zu, das ist haargenau das, was wir von Ihnen wollen!"

„Meine Frau und ich schlafen kaum noch miteinander und wenn, geht es höchstens darum, den Druck vom Ventil zu lassen. Verstehen Sie? Stinknormaler Hausmachersex. Mir war es egal, was Mathilda mit mir machen wollte. Ich wollte alles ausprobieren, alles mitmachen. Allein der Gedanke daran hat mich geil gemacht."

„Dann ist es also anschließend zu einem Treffen gekommen?"

„Ja, ich bin in ihre Wohnung gefahren und war überwältigt. Von ihr, von den orientalisch eingerichteten Räumen, den Düften und von ihr selbst. Ich hab Unsummen bezahlt und mir das Hirn rausgevögelt. Dafür bin ich sogar an unser Sparbuch gegangen.

185

Meine Frau weiß nichts davon. Eines Tages empfing sie mich in einem engen Lederdress mit freiem Schritt und Busen und fragte mich, ob ich bereit sei für eine neue Erfahrung, für die Erfahrung, ihr Sklave zu werden. Sie wolle mich einführen in die Lust der Macht."

„Sind Sie darauf eingegangen?"

„Aber ja. Ich war ihr schon so weit verfallen, dass ich alles getan hätte. Es begann damit, dass ich niederknien musste und ihre Stiefel lecken sollte – von unten nach oben und wieder zurück, auch die Absätze. Mehrfach musste ich sie befriedigen und sie schlug mich mit der Peitsche, wenn ich es nicht gut genug machte. Ich selbst sollte mich zurückhalten. Erst zum Schluss erlaubte sie mir, sie zu besteigen, und das war so ein irres Erlebnis. Mein Kopf explodierte, als ich kam."

„Wann wären Sie denn wieder zu ihr gegangen?"

„Wir trafen uns einmal in der Woche, immer dienstags. Meiner Frau erzählte ich dann, ich sei beim Schützenstammtisch. Ich glaube ohnehin, dass sie froh war, wenn ich einen Abend weg war."

„Dann haben Sie Silke Everding also am Dienstag zuletzt gesehen?"

„Ja, ich bin gegen 23 Uhr bei ihr weggefahren. Da ging es ihr blendend."

„Können Sie sonst noch etwas über die Tote sagen?"

„Wenn ich genau darüber nachdenke, fällt mir auf, dass es niemals etwas Persönliches gab, das sie von sich preisgegeben hat. Nein, ich wusste im Grunde genommen nichts über sie. Man kann sagen, dass ich ihren Körper sehr gut kannte, aber nicht ihre Seele. Da müssen Sie andere fragen."

„Vielen Dank, Herr Behrens. Es wäre wichtig, dass Sie Ihren Rechner noch heute auf der Wache abgeben, ruhig gleich vorne bei meinem Kollegen. Wir werden dann nicht mehr hier sein."

„Ja, ist gut, das mache ich nachher. Die Uhrzeit ist egal?"

„Eigentlich schon, aber bitte heute noch."

„Alles klar, ich bringe ihn so gegen 16 Uhr her."

Hetzer und Kruse verabschiedeten den Zeugen Behrens und Peter ließ sich wieder in seinen Schreibtischstuhl sinken.

„Mann, Mann, Mann, ist die Welt schlecht."

„Wieso?"

„Hast du den Kerl gesehen? Unscheinbar, nach nix aussehend und dann hat der so ein ausgefeiltes Sexualleben?"

„Ja, warum denn nicht? Das hängt doch nicht von Alter und Aussehen ab!"

„Den Eindruck habe ich auch."

„Das kannste alles haben, Peterchen, da kann ich dir einschlägige Adressen geben. Oder du kannst selbst in deinem Computer gucken."

„Bist du doof? Du glaubst doch nicht, dass ich … also nee!"

Hetzer kringelte sich innerlich vor Lachen.

„Wieso? Das hörte sich doch alles ganz vielversprechend an, was Herrn Behrens da so geboten wurde."

„Ja, ja, träum weiter, Wolf. Bei dir ist wohl auch schon lange Funkstille."

„Apropos träumen. Neuerdings sitze ich im Traum immer in einer Art Bottich oder so."

„Wahrscheinlich träumst du vom Mittelalter und sitzt in einem Badehaus. Da soll es auch immer hoch hergegangen sein. Siehst du, du bist völlig unterversorgt."

„Das werde ich mit dir nicht diskutieren. Das wäre nämlich so, als spräche ich mit einem Bäcker vom Fischen."

„Können wir uns darauf einigen, dass wir uns nicht auch noch mit unseren Schwächen aufziehen? Und damit eins klar ist. Morgen komme ich nur aus einem Grund, und der hat nix mit Fleisch zu tun, wenigstens nicht direkt."

„Glaubst du, das weiß ich nicht? Dein Grund ist riesengroß und hat eine interessante Frisur."

„Mach dich nicht über sie lustig. Ich finde es toll, dass sie eher ungewöhnlich ist und keine solche Modepuppe."

„Das würde auch gar nicht zu dir passen."

„Ach ja?"

„Ja! Wie läuft es denn so mit euch beiden?"

„Keine Ahnung, das ich will ja morgen herausfinden."

„Meinst du denn, sie hat noch nichts gemerkt?"

„Hmm, woher soll ich das wissen? Gesagt hat sie nichts, aber ich habe den Eindruck, sie freut sich immer, wenn ich komme."

„Das ist ein Anfang. So, dann lass uns mal nach Hause fahren. Ich lasse meinen Notizblock hier. Ich denke übrigens nicht, dass Behrens was mit der Sache zu tun hat."

„Denke ich auch nicht, aber mal sehen, was uns sein Computer noch verrät."

Peter Kruse streckte sich und stand auf. Endlich nach Hause, noch ein bisschen schlafen und dann vielleicht einkaufen. Für Sonntag brauchte er nichts, da würde er sich bei Hetzer durchfressen. Am Montag konnte er Nudeln machen oder auch nicht, falls was vom Sonntag übriggeblieben war, was er mitbekommen konnte. Also nur schlafen und ein bisschen in die Sonne. Das hatte er sich verdient. Er setzte seinen Kollegen in Todenmann ab und fuhr weiter nach Kleinenbremen. Als er in seine Einfahrt abbog, wurde ihm heiß und kalt zugleich.

Der Engel

Seitdem er aufgewacht war, war Hannes im Wald herumgestrichen. Vorsichtig, damit ihn niemand sah. Im Hellen war das nicht so einfach. Er wusste nicht, ob er noch ansteckend war. Da hielt er sich lieber von Menschen fern. Sie machten ihm sowieso Angst, wenn sie so guckten, wie der Engel dort oben. Aber der schlief immer noch. Er hatte vorhin nachgesehen.

Langsam plagte ihn auch der Hunger. Darüber hatte er vorher nicht nachgedacht. Essen war für ihn nie ein Thema gewesen. Der Arzt brachte es immer. Jetzt war er aus den Räumen geflohen und wollte nicht zurück. Aber damit hatte er auch nichts im Magen. Wasser hatte er aus dem Bach getrunken. Das half zwar etwas, hielt aber nicht lange vor.

Er hatte schon versucht, Laub zu essen und Gras. Das schmeckte alles nicht. Es würde ihm nichts anderes übrig bleiben, als doch zurückzukehren. Vielleicht konnte er den Arzt überreden, dass er ihm wenigstens nachts seine Freiheit ließ. Dann konnte er am Tag schlafen, wenn die Menschen aktiv waren, und die Nächte nach neuen Erfahrungen durchstöbern. Da waren sowieso wenige auf den Beinen und denen konnte er aus dem Weg gehen. Er roch sie, bevor er sie sah oder hörte. Daher war er ihnen im Dunkeln im Vorteil.

Während er so nachdachte, bemerkte er auf einmal, dass er sich schon wieder auf dem Weg zu den Steinen befand. Warum nicht? Warum nicht den Engel noch einmal besuchen? Aber nur, wenn er schlief. Vorsichtig schlich er näher und wartete hinter einem Baum, dann ging er noch näher heran. Ja, der Engel hatte die Lider zu, aber er war so blass. Er würde doch hoffentlich nicht krank sein. Die geschlossenen Augen sahen so aus, als seien sie in ihre Höhlen gefallen. Überall krabbelten Tiere auf dem Gesicht herum – in die Nase und wieder heraus. Ein Ohrenkneifer kam aus dem Gehörgang. Hannes brach einen Ast mit Laub ab und versuchte die Plagegeister zu verscheuchen, ohne zu viel Lärm oder Wind zu machen. Zum Glück schlief sie tief und wachte auch nicht auf, als er nähertrat. Die Biester gingen nicht weg, auch Ameisen liefen über ihr Gesicht. Er wunderte sich, dass sie das gar nicht merkte. Vielleicht hatte er doch recht und sie war so krank, dass sie sich nicht mehr rühren konnte. Dann brauchte sie Hilfe. Der Arzt musste dringend mit hierher kommen. Sobald es dunkel war, würde er sich durch das Tor schleichen und in seinen Zimmern auf ihn warten. Dann konnte er auch etwas essen. Er erinnerte sich, dass er noch eine Banane auf dem Tisch liegen hatte.

Es war selbstverständlich für Moni, Hetzer Hilfe bei den Vorbereitungen anzubieten, aber der grinste nur und meinte, dass das sehr lieb sei. Dann schob er sie aus der Küche durchs Wohnzimmer in Richtung Terrasse.

„Setz du dich mal schön zur Lady. Ich bringe dir gleich einen Tee. Druidentrank oder etwas anderes?"

„Au ja, den hatte ich lange nicht. Aber ich würde dir wirklich gerne helfen."

„Du willst nur meine Rezepte ausspionieren, um sie später in einem Kochbuch herauszubringen!"

„Angeber!"

„Bisher hast du dich noch nie beschwert."

„Ich habe sogar extra vegetarisches Cordon bleu für dich gekauft."

„Kannst du das etwa nicht selber machen?", frotzelte sie. „Wir könnten das mal Peter unterjubeln."

„Glaub mir, der würde das merken. Seine Fleischsensoren würden nicht ausschlagen."

„Das käme mal irgendwann auf einen Versuch an."

„Puh, Moni, du bist mutig. Von Peters tödlichem Blick möchte ich nicht getroffen werden."

Mit diesen Worten verschwand er wieder in der Küche.

Kurze Zeit später kam er mit einer Tasse dampfenden Tees zurück und hatte bereits seine Schürze um.

„Nach dem Tee gehe ich aber mal wieder rüber. Ihr zwei und die Katerbrüder kommt doch jetzt auch ohne mich klar. Gibt es eigentlich auch Augenblicke, wo die beiden nicht schlafen?"

„Selten."

„Die sind ja sogar zu faul, um rauszugehen."

„Das liegt daran, dass sie das nicht kennen. Bei meiner Verlobten waren sie reine Wohnungskatzen. Sie wohnte zu dicht in der Nähe einer stark befahrenen Straße."

„Okay, das kann ich verstehen. Dann hätte ich sie auch lieber dringelassen. Ich wusste gar nicht, dass du verlobt gewesen warst."

„Doch, wir wollten in diesem Jahr heiraten. Es ist aber leider nicht mehr dazu gekommen."

Moni merkte, dass sie dem Gespräch jetzt lieber eine andere Wendung geben sollte.

„Was willst du eigentlich mit dem Rinderfilet machen? Hast du schon eine Idee, wie du es zubereitest?"

„Entweder mache ich Chateaubriand oder ich backe es in einer Salzkruste. Mal sehen." Wolf war froh, dass er über etwas anderes sprechen konnte. Irgendwann wollte er Moni in einer ruhigen Stunde von damals erzählen, aber jetzt war nicht der richtige Zeitpunkt für so ein Gespräch.

„Das klingt lecker."

„Ich hoffe, das wird es auch. Du musst übrigens noch was testen. Hier, probier mal mein Erdbeer-Tiramisu."

„Woraus besteht das genau?"

„Zerstoßene Cantuccini, Erdbeermousse und einer Mischung aus Quark, Mascarpone und geriebener Zitronenschale."

„Hmm, lecker, das schmeckt ja gigantisch. Gibt es das morgen auch?"

„Unter anderem. So, und nun muss ich in die Küche. Sagst du gleich noch Tschüs?"

„Hältst du mich für unhöflich?"

Hetzer lachte und sagte: „Nein, natürlich nicht."

Moni genoss das leckere Dessert und trank ihren Tee. Dabei überlegte sie, wie atemberaubend schön es hier oben doch war. Der Wald lag einem zu Füßen und wenn man ums Haus ging, das Wesertal. Herrlich. In Wolfs Nähe fühlte sie sich wohl. Das bestärkte sie in ihrer Meinung, dass sie in ihrem Leben nicht länger allein sein wollte. Dabei dachte sie an Pusteblumen, rief Hetzer in der Küche noch ein „Bis morgen" zu und ging nach Hause an ihren Computer.

Als es Abend wurde, beschloss Willi, doch mit einer Mahlzeit in Hannes' Räumen zu warten. Ganz offiziell mit Licht, damit der Junge wusste, was auf ihn zukommt. Ihn im Dunklen zu überraschen, fand Willi schäbig. Er hoffte, dass Hannes so viel Vertrauen zu ihm hatte, dass er sich nach Hause wagte. Es war die Frage, ob der Hunger oder die Sehnsucht nach Freiheit überwog. Da Hannes aber überhaupt keine Erfahrung hatte, wie er sich etwas Essbares beschaffen konnte, war die Wahrscheinlichkeit größer, dass er sich auf etwas besann, das ihm bekannt war.

Und Willi behielt recht. Kurz nach Eintritt der Dämmerung, als es schon fast ganz dunkel war, hörte er leise Schritte. Dann knarrte die Tür und Hannes stand im Raum. Willi war so erleichtert, dass er aufsprang und ihn in die Arme nahm – das hatte er schon seit über zwei Jahrzehnten nicht mehr getan. Aber er spürte, dass etwas geschehen war. Der Junge war aufgeregt, machte sich aus der Umarmung los und ging zum Tisch.

„Schnell, schnell", schrieb er. „Du musst einem Engel helfen. Er ist krank. Komm mit."

„Was, jetzt in der Nacht?", fragte Willi.

„Ja, jetzt. Das Gesicht ist ganz blass."

Es fiel Willi sichtlich schwer, sich im Wald bergauf zu kämpfen. Mitten durchs Dickicht führte ihn Hannes. Er fühlte, dass ihm der Krebs doch schon zugesetzt hatte. Er war nicht mehr der Alte.

Für ihn hatte es eine Ewigkeit gedauert, bis sie endlich an der Stelle angekommen waren, wo der Engel liegen sollte. Willi sah sofort, dass die Frau tot war, mausetot. Diese wächserne Blässe des Gesichts kannte er. Auch dass die kleinen Tiere so ungeniert über und in die Haut krabbelten, sagte ihm, dass kein Leben mehr in ihr war. Hannes gestikulierte wild herum, schnitt eine fürchterliche Grimasse und zeigte auf seinen „Engel". Er verstand erst nicht, doch dann hatte er einen Einfall.

„Hat sie so ein Gesicht gemacht, als du sie gefunden hast?", fragte er.

Hannes nickte.

„Hast du jemanden bei ihr gesehen?"

Hannes schüttelte den Kopf.

Willi überlegte krampfhaft, was zu tun war. Es hatte keinen Sinn, einen Rettungswagen zu rufen. Sie war schon kalt und eindeutig tot. Die Polizei würde ihn fragen, was er zu dieser Zeit im Wald gewollt hatte. Es war doch erst kürzlich ein bisschen weiter westlich eine tote Frau gefunden worden. Sie würden ihn zum Kreis der Verdächtigen zählen. Dann könnte es auch sein, dass sie bei ihm im Torhaus und in der Schaumburg alles durchsuchten. Die Räume von Hannes würden Fragen aufwerfen, die er nicht beantworten wollte. Eine Vernehmung von Sieglind wäre zusätzlich katastrophal. So hatte er sich seine letzten Tage nicht vorgestellt. So nicht. Und was konnten sie auch für diese Leiche? Der Junge musste versehentlich über sie gestolpert sein. In einem Winkel seiner Gedanken erwog er kurz die Möglichkeit, dass Hannes der Täter gewesen sein könnte.

„Hat der Engel noch mit dir gesprochen, als du hierher kamst?"

196

Hannes schüttelte den Kopf.

„Lag sie schon so da mit den großen Augen?"

Hannes nickte.

„Hast du irgendetwas verändert?"

Hannes kniete sich hin und fegte vorsichtig das Laub vom Hals. Da sah Willi die blauschwarze Beule und das Stück Holz, das unter ihrem Kinn lag und es nach oben abstützte. Er blickte Hannes fragend an, der machte den Mund weit auf, nahm das Holz und klemmte es bei sich zwischen Brust und Kinn.

„Ah, hatte sie den Mund weit auf? Und du hast das dazwischen gelegt, damit er zublieb?"

Hannes nickte wild und zeigte auf die Beule.

„Das habe ich gesehen, sieht ja schrecklich aus. Ist sie nackt?"

Hannes zuckte mit den Schultern und wiegte den Kopf hin und her. Er schien es nicht genau zu wissen.

„Aber du hast ihr doch nichts getan, oder?"

Hannes schüttelte entsetzt den Kopf. Er kniete sich hin und streichelte die Wange der Toten.

„Ja, ich weiß, du bist ein lieber Junge. Hör mal, Hannes, dein Engel ist tot. Weißt du, was tot ist? Wir haben doch Geschichten gelesen, wo Menschen starben."

Hannes nickte nachdenklich und legte den Kopf schief.

„Bei dieser Frau hier ist es genauso. Sie lebt nicht mehr. Wir müssen sie begraben."

Hannes guckte traurig, zeigte auf seinen Engel und nahm die Arme über Kreuz auf die Brust.

„Du willst sie mitnehmen? In deine Kammern?"

Erfreut nickte Hannes mit erwartungsvollem Blick.

„Das geht leider nicht, mein Junge. Der Tod ist nicht schön, weil die Körper verfaulen. Sie beginnen zu stinken und zu verfallen. Behalte sie lieber so in Erinnerung. Wir begraben sie hier hinter den Steinkreuzen. Lauf du schnell nach Hause zurück. Wenn du durch den Torbogen nach links gehst die Treppe hinauf in den Garten, dann steht an der Wand ein Spaten. So ein plattes Metallding mit Stiel. Den bringst du mir. Dann bringen wir deinen Engel zu Bett."

Hannes strahlte und lief los.

Als er fort war, musste sich Willi erst mal setzen. Was für ein Albtraum. Da bescherte ihm der Zufall auch noch eine Tote, für die er nichts konnte. Und die musste er verschwinden lassen, um nicht noch weitere Leichen aus seinem Keller zum Vorschein bringen zu lassen. Das war ungerecht. Er war alt und müde. Es hätte doch auch jemand anderes an diesen Ort kommen können. Musste ausgerechnet Hannes darauf stoßen?

Nach rund zwanzig Minuten war der Junge wieder da. Willi zeigte ihm, wie er graben musste. Das war nicht so einfach wegen der vielen kleinen Wurzeln. Irgendwann war es geschafft. Sie trugen die nackte Tote in ihr letztes Bett, beteten kurz und bedeckten sie mit Erde und Laub. Nur mühsam und mit Hannes' Hilfe schaffte Willi den Abstieg. Der Junge brachte ihn in seine beiden Räume und half ihm ins Bett. Er konnte sich kaum noch rühren. Die dreckigen Hände waren den beiden jetzt egal. Dann machte sich Hannes über die Brote und die Banane her und legte sich aufs Sofa. Beide schliefen aufgewühlt und zugleich erschöpft ein.

Vor Wilfried lagen zwei wirklich schreckliche Tage. Die Läden waren zu und er musste mit der Vorstellung leben, seine Mutter von morgens bis abends zu ertragen. Selbst wenn er sich stundenweise in seinem Zimmer einschloss, hörte er sie doch unruhig durch die Wohnung rennen. Oft stand sie auch an der Tür und klopfte, weil sie irgendetwas Wichtiges besprechen musste oder Hilfe brauchte.

„Wilfried, mein Junge, warum hast du dich schon wieder eingeschlossen? Hilf mir mal, ich will die Gardinen waschen. Du kannst sie abnehmen."

Wortlos schloss er die Tür auf und ging ins Wohnzimmer. Die Leiter hatte sie ihm schon hingestellt.

„Aber pass auf, dass du nichts runterreißt. Du bist doch immer so ungeschickt."

Irgendwann würde er die Alte umbringen, dachte er bei sich und murmelte: „Ja, ja!"

„Du kannst sie dann nachher gleich wieder aufhängen. Ich möchte nicht, dass jemand abends hier hineinsehen kann."

Wilfried nickte und beeilte sich, dass er wieder in sein Zimmer kam. Sie ging ihm nach und sagte:

„Na, schließt du wieder ab? Ich möchte gerne mal wissen, was du da so treibst, dass du dich einschließen musst."

Gerne hätte er irgendetwas Unflätiges gesagt, aber er wusste, dass es keinen Zweck hatte. Es war besser, wenn er so wenig wie möglich antwortete. Nachher würde er einen Spaziergang machen, um frische Luft zu schnappen und ihr für eine Stunde zu entrinnen.

Jetzt würde er in den Weiten des Internets verschwinden, diesmal als Werwolf oder Vampir, hatte er sich überlegt. Das war schön unheimlich, und vielleicht konnte er eine der Damen zum Cybersex überreden. Es wurde Zeit, den Druck vom Ventil zu lassen.

Sein Versprechen hatte Armin Klüver gehalten. So war er eben. Auf ihn war Verlass. Noch am Ostersamstag war er, als er mit Hetzer die Einkäufe ausgeräumt hatte, nach Obernkirchen gefahren.

Er hatte sich mit Sibylla von Hohenstein verabredet. Am Telefon hatte er ihr bereits die schwierige Lage geschildert.

Armin kannte Sibylla schon lange genug um zu wissen, dass sie hilfsbereit sein würde. Jetzt parkte er auf dem Marktplatz und ging den Rest zu Fuß.

Er liebte den großen Platz vor dem Stift. Hier standen zahlreiche Bildhauerarbeiten aus Sandstein, manche mystisch, andere gewagt oder auch mit doppeltem Sinn.

Armin Klüver brauchte nicht lange an der Tür zu warten. Sibylla öffnete ihm selbst und lud ihn ein, sich mit ihr auf eine Tasse Kaffee in den Garten des Konvents zu setzen. Die Sonne schien herrlich warm am Vorabend der Auferstehung.

„Armin, mein Sohn, schön, dass du hier bist."

„Ich freue mich auch immer. Hier ist ein Ort der Ruhe. Es ist, als ob man in eine andere Welt eintritt."

„So soll es auch sein. Nun sag, was liegt dir auf dem Herzen? Wir hatten ja nur ansatzweise gesprochen. Wie kann ich dir helfen?"

„Du kennst die Schaumburg? Da lebt ein guter Bekannter von mir. Ich kenne ihn über meine Tätigkeit bei ‚Auesilber'. Wir beliefern ihn mit Getränken."

„Ah ja, ist das der ältere Herr, von dem du am Telefon gesprochen hast, der den Krebs hat?"

„Genau. Das Problem betrifft aber eher seine Tochter, wie ich dir schon sagte. Sie ist etwas übersteigert religiös."

Sibylla lächelte.

„Was hältst du denn für übersteigert religiös, wenn ich fragen darf?"

„Na, wenn jemand nichts anderes im Sinn hat und praktisch den ganzen Tag betet. Bitte versteh mich nicht falsch."

„Deine Beschreibung passt eigentlich ganz gut auf das Dasein einer Nonne, finde ich. Aber ich kann mir vorstellen, was du meinst, mein Sohn. Du meinst, es geht über den normalen Glauben, wie ihn viele im Alltag praktizieren, hinaus."

„Ja, genau das meine ich. Sieglind ist freundlich, aber distanziert und sehr in sich gekehrt. Das Problem ist, dass sie sich deswegen im normalen Leben nicht zurechtfinden wird. Das meint jedenfalls ihr Vater. Sie hat immer nur bei ihm oben auf der Burg gelebt und niemals einen Partner oder Freunde gehabt. Er wäre froh, wenn er einen Ort für sie fände, wo sie bleiben kann und wo man Verständnis für ihr Verhältnis zu Gott hat. Das liegt ihm auf der Seele, vor allem, seitdem er weiß, dass seine Tage gezählt sind."

Sibylla nahm einen Schluck von ihrem Kaffee und dachte nach.

„Ich mache dir einen Vorschlag, und den kannst du mit deinem Freund und seiner Tochter besprechen. Wir laden Sieglind zu einer Zeit der inneren Einkehr und Ruhe hier ins Stift ein, zunächst einmal für vier Wochen. In dieser Zeit wird sich zeigen, ob ein Leben im Konvent für sie infrage kommt und ob wir sie aufnehmen können. Ich muss mir selbst ein Bild machen, und das geht nicht in einem kurzen Gespräch oder in zwei, drei Tagen. Es wäre auch gut, wenn sie in der ersten Woche hier nicht durch Anrufe oder Besuche gestört würde."

„Oh, danke Sibylla, das halte ich für eine sehr gute Idee. Danke auch für deine Hilfsbereitschaft. Wann meinst du denn, dass es der richtige Zeitpunkt ist, Sieglind zu euch zu bringen?"

„Wenn es nicht zu kurzfristig ist, wären die Osterfeiertage eigentlich ein guter Zeitpunkt. Dann sind nicht so viele Schwestern hier, weil einige zu Verwandten reisen. Es wäre also ein sanfter Einstieg. Die Auferstehung Jesu ist auch christlich gesehen wie gemacht für einen Neuanfang. Und es ist ein Fest voller Freude, die sich vielleicht auf Sieglind überträgt. Du sagtest, sie sei Mitte vierzig?"

„Das ist richtig, sechsundvierzig, glaube ich. Und sie ist immer noch eine schöne Frau, auch wenn sie das selbst nicht weiß. Sie lebt, wie gesagt, sehr zurückgezogen."

„Menschliche Schönheit interessiert uns hier überhaupt nicht, mein Sohn. Wir schauen nur in unsere Herzen."

Armin nickte und lächelte.

„Da habt ihr recht. Ich werde so schnell wie möglich mit Willi Kontakt aufnehmen, und dann melde ich mich bei dir."

„Es wird alles bereit sein, wenn sie kommt. Und sag deinem Freund, er soll auf Gott vertrauen. Auch wenn er denkt, dass es keine Heilung für ihn gibt. Wir beten für ihn und möchten auf jeden Fall versuchen, ihm die Sorge um seine Tochter abzunehmen."

Armin bedankte und verabschiedete sich. Willi würde ein Stein von der Seele fallen, dachte er, konnte ihn aber an diesem Tag nicht mehr erreichen.

Als Willi ganz früh am Ostersonntagmorgen erwachte, schlief Hannes noch immer tief und fest. Er beschloss, dem Jungen einen Zettel zu schreiben, auf dem er ihm erklärte, es sei sicherer, tagsüber in den Räumen zu bleiben und sich auszuschlafen und lieber nur nachts draußen zu sein. Es war ihm klar, dass er ihn nicht länger einsperren konnte. Er solle sich auch weiter von Menschen fernhalten, schrieb er ihm.

Am liebsten hätte er ihn überhaupt nicht so ohne Vorbereitung hinausgehen lassen, aber er verstand, dass er ihn ganz verlieren würde, wenn er ihm die Freiheit nahm, die er nun kennengelernt hatte. In seinem Schreiben versprach er ihm, dass er die Tür zum Abend wieder aufschließen würde und dass er nachher noch nach ihm sehen wolle.

Jetzt war es höchste Eisenbahn. Es war viel zu tun. Die Gaststätte musste vorbereitet, die Mitarbeiter eingewiesen werden in den Tagesablauf.

Vorsichtig schlich er aus dem Zellentrakt und verschloss beide Türen. Den Schlüssel nahm er aus Sicherheitsgründen an sich. Er hoffte, Sieglind würde nicht einmal merken, dass der „Dämon" wieder da war.

Als er ins Haus kam, wartete sie auf ihn an der Treppe.

„Wo warst du?"

„Ich war nur kurz draußen und hab die Zellen abgeschlossen."

„Hast du nachgesehen, ob das Monster zurückgekommen ist?"

„Ja, es ist weg!"

„Ein Glück für uns alle!", sagte sie heiter.

Willi atmete innerlich auf. Sie hatte weder bemerkt, dass er drüben geschlafen hatte noch dass Hannes zurückgekommen war. In diesem Augenblick klingelte das Telefon und Willi sah, dass es ohnehin geblinkt hatte.

„Gaststätte auf der Schaumburg, guten Morgen."

„Mensch Willi, bist du schwer zu erreichen."

„Eigentlich nicht, tut mir leid. Hallo Armin, hast du Neuigkeiten?"

„Ja, habe ich und darum rufe ich auch schon so früh bei dir an. Tut mir leid, wenn ich dich gestört habe, aber ich habe eine tolle Nachricht für dich. Sieglind kann erst mal vier Wochen Ferien im Stift machen, und wenn sie sich wohlfühlt, kann sie vielleicht auch dableiben."

„Ach, das ist ja wunderbar."

„Ja, das freut mich wirklich für dich. Es gibt nur einen Haken an der Sache."

„Und der wäre?"

„Sie wird heute oder morgen schon in Obernkirchen erwartet. Momentan sind wenige Damen des Konvents da, da könnte sich die Äbtissin am besten um Sieglind kümmern."

„Gut, dann werde ich das hier gleich mal zur Sprache bringen. Ich will jetzt nicht so laut darüber reden."

„Ist doch klar. Sie muss es ja nicht durch unser Gespräch am Telefon mitkriegen."

„Es gibt nur ein Problem. Es wird nur für mich ein bisschen schwierig werden, jetzt im Ostergeschäft die Zeit zu finden, sie wegzubringen. Wir haben die Tische mittags und abends voll besetzt."

„Das ist kein Problem. Wenn du willst, kann ich sie gerne für dich zum Stift bringen. Du kannst sie später jederzeit besuchen. Nur am Anfang sollte sie zur Ruhe kommen, hat die Äbtissin Sibylla gesagt. Gib ihr die erste Woche zum sich Sammeln und Eingewöhnen."

„Würdest du das wirklich für mich tun? Ich danke dir. Eine Sorge weniger, die mich belastet. Wann würde es dir denn passen."

„Heute Abend müsste ich erst auf einen Geburtstag. Ein Freund von mir feiert, aber ich wollte da sowieso nicht so lange bleiben. Ich könnte sie so gegen 20 Uhr abholen. Morgen passt es mir schlecht. Die Schwiegereltern kommen."

„Gut, ich gebe dir heute noch Bescheid. Ich muss das Thema jetzt erst ansprechen."

„Ja, das ist doch klar. Du musst ihr diese Idee doch schmackhaft machen."

„Das wird nicht allzu schwer sein. Sie ist sowieso fast nur noch in der Kapelle. Bis wann kann ich dich denn erreichen?"

„Ruf auf dem Handy an, das habe ich immer bei mir."

„Alles klar, dann bis später!"

„Ja, bis dann, tschüs."

Willi holte tief Luft und ging in die Küche. Dort stand Sieglind. Sie hatte eben das Frühstück fertig.

„Komm, setz dich Papa, der Kaffee ist so weit."

„Ja, danke mein Kind. Warst du schon in der Kapelle?"

„Vorhin schon, warum fragst du?"

„Weil ich eine Überraschung für dich habe."

„Zu Ostern?"

„Wenn man so will, ja!"

„Na, da bin ich aber gespannt. Was ist es denn?"

„Ich habe einen Urlaub für dich gebucht."

Sieglind stutzte und schüttelte mit dem Kopf.

„Kommt nicht in Frage."

„Warum?"

„Erstens kann ich dich nicht mit allem alleine lassen und zweitens muss ich eine Betmöglichkeit haben an einem geweihten Ort."

„Das Erste kannst du mal vergessen und an das Zweite habe ich doch gedacht, mein Schatz."

„Ach ja, inwiefern?"

„Du machst Urlaub im Obernkirchener Frauenstift. Stell dir mal vor: Ruhe und Erholung ganz nah bei Gott. Und Damen, mit denen du über den Glauben sprechen kannst. Ist das nicht toll?"

„Ich weiß nicht. Wie bist du denn auf diese Idee gekommen?"

„Weil du auch mal Urlaub brauchst und richtig ausspannen sollst. Klüver hat mir neulich davon erzählt, dass die Äbtissin dort Zeit zur Besinnung anbietet."

„Und was wird dann aus dir währenddessen?"

„Mach dir um mich mal keine Sorgen. Ich komme schon zurecht, und mit dem Personal schaffen wir das schon irgendwie alles."

„Es würde mir schon Freude machen, wenn ich mich einmal ganz auf den Glauben konzentrieren könnte. Vor allem an einem Ort ohne Hektik und Verpflichtungen. Aber ich habe ein schlechtes Gewissen."

„Nein, mein Kind, das brauchst du nicht. Ich bin doch froh, wenn es dir gut geht. Wann warst du denn schon mal im Urlaub? Meinst du nicht, ein bisschen Entspannung würde dir guttun?"

„Wann sollte es denn losgehen?"

„Klüver würde dich heute Abend noch ins Stift bringen, dann kannst du morgen am Auferstehungsgottesdienst teilnehmen."

„So plötzlich? Wieso denn schon heute?"

„Da müssen wir uns jetzt einfach nach den Vorgaben der Äbtissin richten, mein Kind. Sie sagte, dass du heute im Laufe des Tages kommen sollst. Vielleicht brauchen sie jede helfende Hand. Aber du hast doch noch den ganzen Tag Zeit, um in Ruhe zu packen. Vor 20 Uhr kommt Klüver nicht."

Sieglind träumte in die Luft. Sie sah sich selbst im schwarzen Gewand durch die altehrwürdigen Räume gehen. Sie wollte dort niederknien, wo schon viele Gläubige gebetet hatten. Der ganze Raum würde erfüllt sein von Andacht und Heiligkeit. Da konnte sich Gott in seiner Herrlichkeit ausbreiten, nicht wie hier in der kleinen Kammer mit dem Betschemel. Wo um sie herum jahrzehntelang das Böse gelauert hatte. Sein Duft hing noch in der Luft. Jetzt konnte sie ihn hinter sich lassen. Ja, sie wollte das Reine spüren, das Unbefleckte. Sie wollte sich in die schützende Hand Gottes begeben.

„Hallo Sieglind, du träumst. Woran denkst du?"

„Ach nichts, Vater. Nur so dahin. Aber ich werde dein Geschenk annehmen, habe ich mir überlegt. Ich glaube, es ist ganz gut, wenn ich mal rauskomme." Die wahren Gründe behielt sie lieber für sich. Sie wusste, wie er darüber dachte.

„So, ich muss dann mal nach oben in die Gaststätte. Wenn du etwas brauchst, kommst du hoch, ja?"

„Sicher, mache ich, aber ich werde jetzt packen gehen." Langsam breitete sich Freude in ihr aus. Sie hatte nie daran gedacht, dass sie diesen Ort hier verlassen könnte. Doch der Gedanke an ein Leben in der Gemeinschaft Gleichgesinnter ließ sie aufleben. Wer konnte in die Zukunft schauen? Vielleicht würde sie nie mehr hierherkommen. Bei diesen Gedanken empfand sie eine Befreiung, die sie sich nicht erklären konnte.

Wolf Hetzer war in seinem Element. Gekonnt schwang er Töpfe und Pfannen in der Küche, würzte hier und dort, schmeckte ab und stellte nach und nach das Menü für den Abend zusammen. Da er selten so ein schönes und vor allem warmes Wetter an seinem Geburtstag genießen konnte, wollte er die Grillsaison einläuten. Die Lammlachse und das Rinderfilet konnten gut auf dem Gasgrill zubereitet werden.

Zufrieden lehnte er sich gegen 17 Uhr in seinem Gartenstuhl zurück. Moni hatte ihm bei der Tischdekoration geholfen.

„Möchtest du schon ein Gläschen Rotwein, Moni?"

„Jetzt schon?"

„Wir könnten auf meinen Geburtstag anstoßen!"

„Ja, dann natürlich gerne."

Wolf holte eine Flasche Rioja aus dem Weinschrank. Dort lagen die Weine immer richtig temperiert. Böse Zungen oder Neider hätten Wolf als Snob bezeichnen können, aber das wäre an ihm abgeperlt wie der Tropfen, der jetzt den Flaschenhals herunterrann.

„Auf dein Wohl, Herr Nachbar und lieber Freund! Mögen wir noch viele Gläser zusammen leeren."

„Vielen Dank und wohl bekomms."

Wunderbar warm breitete sich der El Coto aus dem Magen über die Adern in Arme und Beine aus. Er schmeckte köstlich.

„Was haben wir es doch schön hier, Moni. Mach mal die Augen zu. Was hörst du?"

„Nichts, außer Vogelzwitschern und einem entfernten Rasenmäher vielleicht."

„Siehst du – und das ist das Tolle – vom unromantischen Mäher abgesehen. Du hörst nur Natur. Einfach ein Traum."

„Wirst du jetzt melancholisch auf deine alten Tage?"

„Was heißt hier alte Tage?"

„Du gehst hart auf die fünfzig zu." Sie lachte. „Und dann hast du mich bald eingeholt."

„Na, solange ich dich nicht überhole, geht es ja noch."

Sie prosteten sich zu.

„Lass uns mal diese letzte ruhige Stunde noch genießen."

„Guck mal Wolf, die Lady steht jetzt schon viel besser auf."

„Stimmt. Hauptsache, sie übertreibt es nicht."

„Das glaube ich nicht, Tiere haben da ein viel feineres Empfinden."

Mit einem Mal kam ein dunkler Wagen mit Schwung auf den Hof gefahren.

„Ach nee, was macht Klüver denn schon hier? Ich dachte, wir hätten noch ein bisschen Ruhe."

„Guten Abend Wolf, ich wünsche dir alles Gute zum Geburtstag. Komm, pack mal mit an. Ich habe die Zapfanlage im Auto. Ich dachte, ich komme ein bisschen früher, damit wir sie in Ruhe aufbauen können."

„Dauert das denn so lange?"

„Na ja, ein bisschen schon, wenn's ordentlich werden soll. Außerdem muss ich nachher eher weg. Dann können wir wenigstens jetzt ein bisschen quasseln."

Wolf warf Moni einen gequälten Blick zu, auf den sie zurückzwinkerte.

„Danke, Armin, das ist echt nett von dir. Wo musst du denn so dringend hin?"

„Ich muss einem Kumpel von mir einen Gefallen tun und seine Tochter nach Obernkirchen fahren."

„Ja und, dann kannst du doch hinterher wiederkommen."

„Mal sehen. Je nachdem, wie lange das da dauert."

„Ach so, du musst dableiben."

„Wahrscheinlich schon, aber wir schauen mal, vielleicht wird es noch was."

„Würde mich freuen. Es wird doch bestimmt eine so
laue Nacht."

Small Talk war normalerweise nicht Hetzers Ding,
aber am Geburtstag ließ sich das ohnehin nicht vermeiden. Nach und nach trudelten die Gäste ein. Thomas Eldenhoven hatte er schon lange nicht mehr gesehen. Der Journalist aus Minden war ein wirklich
schräger Vogel.

Die Haare trug er dreifarbig schrill in rot, pink und
lila, aber auch so hätte man ihm angemerkt, dass er
schwul war.

„Mensch Tommi, alter Freund, schön dich zu sehen!",
sagte Hetzer und observierte dessen Pupillen.

Er schien clean zu sein.

Sein Drogenkonsum hatte damals dazu geführt,
dass sie ihn nicht mehr als V-Mann einsetzen konnten.

In diesem Moment kam Mimi angerauscht. Ja, man
konnte es wirklich rauschen nennen, denn sie kam in
Lederkluft mit einer Harley.

„Bist du verrückt!", entfuhr es Hetzer, als die kleine
Person vom Motorrad stieg und die Maschine lässig
aufbockte.

„Was denn, Hetzer, alles Gute erst mal! Hast du ein
Problem mit Frauen auf zwei Rädern?"

„Auf keinen Fall, nur was gegen Frauen *unter* zwei
Rädern."

„Da will ich ja auch nicht hin!", grinste sie.

„Die Gefahr tollwütiger Motorräder geht heute gegen Null. Also komm erst mal rein."

Normalerweise hätte Lady Gaga jeden Gast erst einmal misstrauisch begrüßt und sich dann wieder in ihren Korb gelegt. Das war ihr heute zu anstrengend. Sie knurrte bei jedem Besucher kurz und drehte sich dann vorsichtig um sich selbst, um genau in der Position weiterzuschlafen, in der sie vorher auch gelegen hatte.

Moni ging immer mal wieder zu ihr und streichelte sie. Dazu hatte Hetzer an diesem Abend keine Zeit. Schon wieder klingelte es.

„Mensch, Thorsten, du hast es doch geschafft. Hat dich keine kalte Dame abgehalten? Oder ein mysteriöser Tatort? Das waren noch Zeiten, als wir gemeinsam die norddeutsche Tiefebene unsicher gemacht haben. Manchmal beneide ich dich um deinen Job als Fallanalytiker beim LKA. Du kriegst bestimmt spektakulärere Dinge zu sehen als wir hier. Obwohl wir im letzten Winter wahrscheinlich mithalten konnten mit unserer Kastrationsserie."

„Davon hatte ich schon gehört. Habt ihr nicht sogar unser ViCLAS-System genutzt, um nach Gemeinsamkeiten von Morden und Tatorten zu suchen? Ich glaub', dein Kollege Kruse hatte mich da mal angerufen."

„Stimmt. Aber jetzt lass uns von was anderem sprechen. Wir haben heute frei."

Thorsten Büthe nickte und nahm die Hand hinter dem Rücken hervor.

„Hier, alter Freund, du sollst mal einen ordentlichen Tropfen genießen!"

„Hmm, Cardenal Mendoza. Sehr fein. Hängst du da demnächst auf einen Abend auch mit drin? Ich könnte was für uns kochen."

„Wenn es sich einrichten lässt mit Dienst und Familie. Du weißt ja, dass das immer schwierig ist. Auf jeden Fall bin ich froh, heute hier zu sein. Und notfalls lädst du deinen Kollegen ein oder einen anderen Genießer."

„Ha, ha, hat sich das schon rumgesprochen mit Peter?"

„Klar, man kennt ihn bis Hannover als das wandelnde Fasermonster."

„Fasermonster?"

„Kennst du nicht das Krümelmonster? Das isst gerne Kekse, Peter Kruse isst gerne Fleisch. Darum Fasermonster."

„Jetzt muss ich ihn aber in Schutz nehmen. So schlimm ist er gar nicht."

„Mann, das war auch ein Witz, aber dass er gerne Fleisch isst, weiß doch jeder, der ihn kennt."

In diesem Augenblick ging die Tür auf. Ein strahlender Peter hielt sie für eine Dame in blond auf, von der man sagen konnte, dass sie sich wirklich Mühe mit ihrer Frisur gegeben hatte. Zahlreiche Clips steckten in dem wüsten Haarschopf und versuchten das Durcheinander zu beherrschen. Hetzer war nicht sicher, ob es besser gewesen wäre, die Zotteln erst zu kämmen, oder ob das sowieso keinen Sinn hatte. Er schmunzelte und freute sich, dass Nadja da war und damit ein gutgelaunter Peter – auch ohne Fleisch.

„Geht schon mal durch!", sagte Hetzer und drehte die Gasflasche auf. Kurze Zeit später züngelten die Flammen im Grill und Wolf ging zu seinen Gästen, um mit ihnen auf das Wiedersehen anzustoßen. Einige hatte er seit Jahren nicht gesehen, manche nicht mehr, seit das mit ihr passiert war. Dickmann und Hofmann fehlten noch. Aber denen konnte er auch später noch zuprosten. Es hätte alles in allem ein schöner Abend werden können.

Der Geruchssinn von Hannes war ungewöhnlich scharf. Er erinnerte sich auch gut an Gerüche, wenn er sie schon einmal wahrgenommen hatte.

In der Nacht hatte er gegrübelt. Der Engel ging ihm nicht aus dem Sinn. Jetzt lag er ganz tief unten in der Erde, dort, wo er ihn nie mehr sehen konnte. Der Arzt hatte ihm erklärt, dass selbst Engel hässlich wurden, wenn sie tot waren. Sie veränderten sich in Stunden und Tagen, hatte er gesagt. So recht wollte Hannes das nicht glauben. Wenn Blumen verwelkten, konnte man sie auch aufbewahren. Er hatte einige getrocknet und an seine Wände gehängt. Ihr Duft war vielleicht nicht mehr derselbe, aber es hing noch eine Ahnung an ihnen.

In der Nacht hatte Hannes darüber nachgegrübelt, ob der Arzt recht hatte. Er erinnerte sich an den scheußlichen Gestank, vor dem er neulich geflohen war. Ihm war aufgefallen, wo er ihn ein zweites Mal – wenn auch lieblicher und gedämpfter – wahrgenommen hatte. Der blonde Engel hatte begonnen, so zu riechen. Nicht, als er ihn das erste Mal gesehen hatte, sondern, als er später zu ihm zurückgekehrt war. Ob das mit den kleinen Krabbeltieren zu tun gehabt hatte, die in ihrem Gesicht aus- und eingegangen waren? Er wusste es nicht. Oder ob es daran lag, dass sie dort so nackt im Laub schlief? Aber sie hatte gar nicht geschlafen, hatte der Arzt gesagt. Sie sei tot. Und darum müsse man sie vergraben. Der Tod sei ein so tiefer und endgültiger Schlaf, dass man denjenigen auch ganz sicher zudecken müsse mit einem Oberbett aus Erde. Dann könne man vergessen, was in diesem Bett geschähe, und den Engel in guter Erinnerung behalten.

Hannes wusste nicht, was er davon halten sollte. Er wusste auch nicht mehr, was er glauben sollte. Sagte der Arzt ihm immer die Wahrheit? War er wirklich krank und ansteckend? Und konnte der Engel vielleicht einfach nie mehr aufwachen, weil er aus seinem Bett nicht herauskam? Woher kam der üble Geruch? Was war da, wo er damals geflohen war?

Als es dunkel wurde, glitt er leise durch die Tür nach draußen. Der Arzt hatte Wort gehalten und sie unverschlossen gelassen. Auch er hätte sein Versprechen nicht gebrochen, wenn der Schlüssel nicht umgedreht worden wäre. Er wäre in den Räumen geblieben, solange es hell war, aber die Nacht gehörte ihm.

Wohlige Sattheit dämpfte die Gespräche in Hetzers Garten. Es war ein herrlich warmer Abend. Moni hatte überall auf der Terrasse und auf den Fensterbänken kleine Teelichter aufgestellt.

Klüver hatte das gar nicht mehr mitbekommen. Er war kurz vor acht davongefahren, weil er seinem Freund versprochen hatte, ihm einen Weg abzunehmen. Vielleicht würde er später wiederkommen.

Dickmann und Hofmann waren inzwischen auch eingetrudelt. Die drei Mädchen von Bernhard, alle vorpubertär, hatten ihn nicht gehen lassen wollen. Es war ihm schwergefallen, die beleidigten Gesichter hinter sich zu lassen, und Dickmann hätte schwören können, dass selbst der Hund eines gemacht hatte. Spontan hatte er ein schlechtes Gewissen. Er wusste, dass er sie viel zu oft allein ließ. Seine Frau hatte nur gelacht und ihm einen Klaps auf den Allerwertesten gegeben. „Jetzt sieh mal zu, dass du loskommst!"

Moni hatte sich gut mit Thorsten Büthe unterhalten. Mit seinen Lachfältchen und seiner galanten Art war er ein Charmeur. Aber sie hatte ihre Augen immer wieder bei Wolf, der mit dieser Mimi sehr vertraut tat, wie sie fand. Vielleicht zu vertraut. Dabei hatte Moni eigentlich wieder bei Wolf übernachten wollen. Egal, ob auf dem Sofa mit den Katern oder im Bett. Einfach die Wärme spüren und nicht allein sein. Sie konnte nicht verhindern, dass ihre Laune sank, als sie später etwas abseits saß. Alle waren in ihre Gespräche vertieft, sodass niemand bemerkte, wie sie sich traurig davonstahl – außer Gaga, die den Kopf schieflegte und ihr nachsah.

Der Geschmack, den er immer noch in seinem Mund zu spüren glaubte, war nicht mehr so intensiv wie zuvor. Die Erinnerung ließ bereits nach. Er wusste nur noch, wie er ungefähr gewesen war. Das machte ihn wütend.

Er hatte ihn so sehr genossen.

Zuerst die Vorfreude, der klebrige Genuss an seinem Finger von ihrer Beule. Ein Amuse-Gueule, ein Versprechen nach mehr. Dann ihre Angst, ja selbst die, hatte er auf der Zunge schmecken können. Sie lag in der Luft. Und später der köstliche Augenblick des Jagens und Erlegens. Er hatte sie am Hals erwischt und kräftig zugebissen, dabei mit den Kiefern gemahlen und das Knirschen genossen, als die Arterienwand endlich nachgab. Doch das Blut in seinem Mund war nur aus den oberflächlichen Bisswunden in seinen Speichel geflossen. Venös – leise, rieselnd, wie Nebel oder Nieselregen. Darunter hatte das Inferno getobt. Ein Vulkan, der sein Inneres ausspie. Was für ein Augenblick, als sie mit Entsetzen begriffen hatte, dass es kein Zurück ins Leben geben würde, während er sie noch lustvoll auf seinen Lippen spürte. Das war prickelnd wie der Prosecco auf einer Vernissage. Doch auch hier konnte er das Bild nicht anders mitnehmen als in seiner Erinnerung. Und eines, das Unbeschreibliche, war ihm verwehrt geblieben. Das Gemälde war unvollendet.

Es war kurz vor halb neun, als Hannes das Torhaus verließ. Die Sonne war untergegangen. Späte Vögel stritten noch um Nistplätze, als er sich vorsichtig umschaute und mit schnellen Schritten im Wald verschwand. Immer der Nase nach. Und das war in diesem Fall auch wörtlich zu nehmen. Hannes blieb stehen, als er sich sicher fühlte vor fremden Blicken, und schloss die Augen. Er witterte. Da, ganz entfernt war die Ahnung eines Geruchs, der sein Bild störte. Er bohrte sich wie ein Finger in seine Nase und löste ein Gefühl aus, das Hannes nicht kannte. Es war nicht schön, und doch folgte er dem Locken des Duftes. Stärker und intensiver wurde er, je näher Hannes der Stelle kam, von der er ausging. Und dann, als es fast nicht mehr auszuhalten war, sah er sie, die Engelhaare. Feine lange Locken an etwas, das nichts mit einem Flügelwesen gemein hatte. Hannes wandte sich ab. Gerne hätte er in den Spiegel gesehen und sein Entsetzen gemalt. Er fragte sich, ob sein Ausdruck jetzt so war wie der des Engels, den er bei den Steinen gefunden hatte. Vielleicht hatte er etwas Ähnliches gesehen oder gerochen. Hannes zwang sich, noch einmal hinzusehen. Dabei hielt er sich die Nase zu, denn sein empfindliches Organ befahl seinem Magen unruhig zu werden.

Vertrocknete Haut wechselte mit elfenbeinhellen Stellen. Er glaubte auch, ein paar Bisswunden zu erkennen. Die Augen waren praktisch nicht mehr vorhanden. Nur eingefallene Höhlen zeigten ihren Platz an. Das, was von der Unterlippe übrig geblieben war, hing herunter, als sei sie abgerissen. Die obere war im

Trocknen unter Spannung geraten und hatte sich nach oben geschoben. Darunter grinsten Zähne makaber hervor, als gäbe es etwas zu lachen. Sie leuchteten im Mondlicht und spien wimmelnde, krabbelnde Tierchen aus.

Das war das Schrecklichste, was Hannes jemals gesehen hatte. Am liebsten hätte er den Arzt geholt und ihm gezeigt, was er gefunden hatte. Der Tod sei schrecklich und hässlich, hatte er damals gesagt, und Hannes begriff, was er gemeint haben musste. Auch dieser Engel war bestimmt einmal schön gewesen. Und seiner würde einmal so aussehen wie dieser. Darum hatten sie ihn tief in die Erde gelegt. Der Arzt hatte recht gehabt.

Mit einem Mal wusste Hannes, was zu tun war. Er musste den Engel verstecken, damit niemand ihn zu sehen bekam. Nicht nur mit Laub, das vom Wind verweht werden konnte. Auch nicht mit Erde, denn das würde er allein nicht schaffen. Aber er wusste einen Ort, wo er ihn für immer verschwinden lassen konnte. Er hatte schon Steine dort hineingeworfen und sie waren – plumps – auf Nimmerwiedersehen verschwunden. Da war ein kleiner Teich, ein Stück unter der Schaumburg, gar nicht weit entfernt von hier. Dorthin würde er den Engel bringen und ihn versinken lassen wie das große Schiff, von dem er gelesen hatte.

Doch dazu brauchte er seine beiden Hände. Nur wie die Nase schützen, fragte er sich. Da kam ihm eine Idee. Er formte aus altem Laub kleine Rollen, die er sich in die Nasenlöcher stopfte. Dann befreite er den Engel von Blättern und Zweigen und überlegte, wie er ihn fortschaffen könnte. Als er unter die Schultern greifen wollte, glitt er ab und wischte den Schleim, der an ihm haften blieb, am Boden ab. Beide Füße konnte er nicht gleichzeitig greifen und an ihnen ziehen. Beim Versuch, sie an den Haaren hinter sich herzuziehen, löste sich der Kopf vom Rumpf und der Schädel sprang ihm entgegen. Das war die Lösung, dachte er. Er würde sie stückweise zum Wasser bringen.

Das Pärchen, das den lauen Osterabend zu zweit genießen wollte, hatte den Wagen ein Stück weiter unten am Straßenrand geparkt. Sie waren frisch verliebt und klebten aneinander, während sich der Mond auf der Wasseroberfläche spiegelte.

Gerade als die Zungen fordernder umeinander tanzten und der Wunsch nach mehr immer dringender wurde, gab es ein lautes Klatschen, als wäre jemand ins Wasser gefallen. Die beiden fuhren auseinander und starrten auf den Teich.

„Was war das?", flüsterte sie ängstlich.

„Keine Ahnung. Bleib du hier, ich hole eine Taschenlampe aus dem Auto." Er wisperte nur.

„Mach schnell, ich habe Angst."

„Ich bin sofort wieder hier, Ellen, keine Panik. Du kannst mich doch sehen."

Markus war kaum in Richtung Auto geschlichen, da hörte Ellen etwas im Gebüsch knacken und rascheln, dort hinter dem Teich. Sie sah, wie eine merkwürdige Gestalt mit einem Mal stutzte und dann eilig davonlief.

„Markus, komm schnell, hier ist noch jemand", schrie sie in Panik.

Da war er schon fast wieder bei ihr.

„Beruhig dich. Hast du gesehen, ob es ein Mensch oder ein Tier war?"

„Es war Rübezahl."

„Der Berggeist? Du spinnst!"

Er nahm die Taschenlampe und leuchtete direkt aufs Wasser.

„Siehst du, da liegen nur Äste. Vielleicht hat sich jemand einen Scherz erlaubt."

Doch der eine Ast hatte fünf Finger, und wenn die Hand auch nicht mehr greifen konnte, so sah es doch so aus, als winke sie ihnen aus dem Wasser zu.

Ellen stieß einen ohrenbetäubenden Schrei aus und Markus ließ die Taschenlampe fallen.

Gemeinsam rannten sie zum Wagen, sprangen hinein und fuhren davon, bevor sie sich anschnallen konnten. Ein paar hundert Meter weiter unten hielt Markus an und atmete tief durch.

„Hast du das auch gesehen?"

Ellen nickte, sie weinte und zitterte.

„Und was machen wir jetzt?"

„Wir müssen zur Polizei", sagte sie schluchzend und zog die Nase hoch.

„Meinst du, die Hand war echt?"

„Keine Ahnung, wie soll ich das wissen, aber wenn, müssen wir die Polizei informieren." Langsam beruhigte sich Ellen wieder.

„Okay, du hast recht, und nachschauen will ich nicht. Das können andere machen."

„Bist du bescheuert? Niemand könnte mich da wieder hinbringen."

Markus startete den Wagen wieder und wollte in Richtung Rinteln fahren.

„Halt, warte. Wir können die doch vom Handy aus bei der Polizei anrufen."

„Stimmt." Markus stellte den Motor aus und zog das Handy aus der Tasche.

Wolf Hetzer war bisher kaum dazu gekommen, ein ruhiges Glas Rotwein mit einem seiner Gäste zu trinken. Er hatte die ganze Zeit am Grill gestanden. Dank des guten Wetters hatte er sich entschieden, die Filets auf Rost und Gasflamme zuzubereiten.

Dabei hatte er von dem El Coto probiert, war aber nicht mehr als über ein halbes Glas hinausgekommen. Währenddessen hatte er mit Thorsten Büthe über die Leiche mit den unterschiedlichen Augen gefachsimpelt.

Nachdem alle gesättigt waren und er die Gasflasche abgedreht hatte, setzte er sich zu Peter und Nadja. Peter schien sehr zufrieden zu sein mit dem Verlauf des Abends. Er war auch endlich mal wieder richtig satt geworden und ruhte in sich selbst.

„Ach, was ich euch noch erzählen wollte", ergänzte Nadja, „diese ringförmigen Unterblutungen an Rücken und Hals sind Bissspuren unterschiedlichen Alters."

„Davon weiß ich gar nichts!", antwortete Hetzer erstaunt. „Du hattest am Telefon nichts davon gesagt."

„Das wollte ich auch nicht, bis ich genau wusste, was es damit auf sich hat. Steht aber ausführlich in meinem Bericht." Sie zwinkerte den beiden zu. „Ich hab ihn in der Tasche … Zuerst hielt ich sie auch für Druckstellen aufgrund eines Sturzes – so, als ob sie auf Steine gefallen war. Aber dann hab ich die Ringe genau vermessen und siehe da, es gab gewisse Regelmäßigkeiten. Wären die Bisse noch frischer gewesen, hätten sie noch mehr Aussagekraft gehabt."

„Sie lebte also nach den Bisswunden noch einige Zeit. Kannst du sagen, wie lange?"

„Nicht genau, aber ich schätze, so um die fünf Tage. Nagelt mich bloß nicht fest. Das Interessante ist aber, dass wir auch einen entzündlich veränderten Bereich untersucht haben, in dem sich zwei Bakterien finden ließen, die nur beim Menschen vorkommen: Eikenella corrodens und Haemophilus influenzae. Wir haben es also mit Menschenbissen zu tun."

„Na, das ist ja ein Ding!", sagte Peter und hielt sich den Bauch vor Lachen. „Dann wurde in der Wohnung nicht nur die neunschwänzige Katze geschwungen, sondern auch gebissen. Das soll doch vorkommen bei Sadomaso-Sex."

„Du scheinst dich aber gut auszukennen", schmunzelte Nadja.

„Nicht wirklich, jedenfalls nicht persönlich, mehr so aus der Erfahrung mit den Merkwürdigkeiten der menschlichen Natur." Hetzer nickte.

„Hmm, da dachte ich nun, ich könnte euch was Tolles erzählen, aber wenn sie im liegenden Gewerbe tätig war, können diese Bisse natürlich alles und nichts bedeuten."

„Mach dir nichts draus", sagte Hetzer und klopfte ihr auf die Schulter, „wenn du uns einen komplett erhaltenen Zahnabdruck liefern könntest, das wäre was, aber so …! Wir sind sowieso dabei, die Freier abzuklappern. Einige scheinen aber über Ostern weg zu sein. Da sind wir noch nicht so richtig weitergekommen."

In diesem Moment klingelte das Handy in Wolfs Hosentasche.

„Schon wieder ein Gratulant. Bist echt beliebt, Alter." Peter setzte sich aufrecht hin, um an sein Bierglas zu kommen.

„Nicht so ganz. Es ist die Wache."

„Ist doch toll, dass die auch an dich denken."

„Hetzer!"

„N'abend Kollege. Wie sieht's aus? Herzlichen Glückwunsch überhaupt."

„Ach, hallo Eberhard, danke. Wir feiern hier ein bisschen."

„Kannst du noch fahren, Wolf?"

„Äh ja, warum?"

„Wir hatten eben so einen merkwürdigen Anruf. Zwei junge Leute haben angeblich einen Arm auf einem Teich schwimmen sehen. Wir fahren da jetzt mal raus. Ich wollte dich nur informieren. Falls was dran ist, melde ich mich von dort."

„Von wo genau?"

„Der kleine Teich an der Burgstraße unterhalb der Schaumburg. Kennst du den? Da soll der Arm aus dem Wasser winken. Die jungen Leute warten ein Stück weiter unten."

„Vielleicht will sich jemand einen Osterscherz erlauben. Falls nicht, ruf mich an. Ich habe alle hier. Spusi, Pathologie, Kripo."

„Na dann! Ich melde mich auf jeden Fall von dort und hoffe, ich kann euch den Startschuss zum Weiterfeiern geben."

„Okay, Eberhard, dann bis gleich. Wir werden das Trinken erst mal einstellen, bis du anrufst."

Hetzer legte auf, steckte das Mobilfon zurück in die Hosentasche und überlegte, ob er jetzt schon etwas sagen sollte.

Amüsiert stellte er fest, dass – bis auf Eldenhoven – nur noch die da waren, die er ohnehin brauchen würde, wenn etwas an der Sache dran war. Aber Eldenhoven war in diesem Fall auch das Problem, denn er arbeitete für die Mindener Zeitung. Wo war überhaupt Moni? Es fiel ihm jetzt erst auf, dass sie fehlte.

Peter Kruse runzelte genervt die Stirn. „Nun sag schon! Was ist los?"

Hetzer senkte die Stimme und flüsterte Peter und Nadja zu, dass der Abend vielleicht anders enden könnte, als jeder so für sich gedacht hatte.

„Mensch Wolf, das gelingt auch echt nur dir, dass du dir zum Geburtstag eine Leiche zum Dessert bestellst."

„Hab ich mir auch nicht ausgesucht, das kannst du mir glauben. Am besten ihr lasst so lange den Alkohol, bis wir Bescheid wissen."

„Wären wir nicht drauf gekommen!", gab Nadja belustigt zurück. „Danke für den Tipp!"

„Er muss immer alles regeln, du kennst ihn doch. Er kann nicht anders."

Hetzer ging vorsichtig von Gast zu Gast, tat so, als ob er plaudern würde und setzte alle in Kenntnis. Er hätte auch damit warten können, bis Klarheit herrschte, aber irgendwie hatte er das Gefühl, dass sich der Arm nicht als nächtlicher Spuk herausstellen würde. Außerdem wollte er vermeiden, dass noch mehr Alkohol getrunken wurde. Es konnte locker eine halbe Stunde oder mehr vergehen, bis sich Kleinschmidt von diesem Teich melden würde.

Eldenhoven hatte von all dem nichts mitbekommen. Er saß ein bisschen abseits an einem Tisch und nahm melancholisch einen großen Schluck Rotwein.

„Tut mir leid, dass du hier niemanden kennst."

„Die zwei aus Bückeburg kenne ich schon, aber mit denen will ich nichts zu tun haben." Er grinste.

„Starke Haarfarben hast du zurzeit!"

„Ja, krass, ne? Hör mal, du bist mir doch nicht böse, wenn ich gleich abdüse, oder? Wenn ich weitertrinke, muss ich nämlich auf deinem Sofa schlafen. Dabei wollte ich noch ein bisschen was losmachen heute Nacht. Du verstehst schon. Ich kann mir hier schlecht einen brennen, wenn diese ganze Polzeikohorte hier ist."

„Nein, kein Problem, Hauptsache, es hat dir geschmeckt, und wir haben uns mal wiedergesehen."

„Das nächste Mal lieber irgendwo in einer Kneipe und ohne dein Gefolge!" Thomas Eldenhoven gab ihm einen Klaps auf den Po.

„Gerne, aber du weißt, dass ich …"

„Ja, leider! Also bis demnächst mal und vielen Dank, war echt lecker."

Eldenhoven schnappte sich seine Lederjacke von der Stuhllehne und ging in Richtung Auto. Während Wolf ihm nachsah, fiel ihm wieder ein, dass Moni gar nicht da war. Bei ihr brannte Licht. Vielleicht war sie nur eben mal rübergegangen und kam gleich wieder. Da klingelte es schon wieder in seiner Hosentasche.

Es war schon nach elf Uhr, als Willi die Gaststätte endlich zuschließen konnte. Draußen war es immer noch lau, ziemlich ungewöhnlich für Ende April. Da war es nachts normalerweise eher frisch.

Von heute an war alles anders. Sieglind war in Obernkirchen.

Zeit, sich ein bisschen zu sammeln, dachte er und ging in Richtung Torhaus. Willi wollte noch einen Moment bei seiner Rose auf der Bank sitzen. Es waren bereits die ersten Ansätze von Knospen zu sehen. Er hoffte, dass es ihm noch einmal vergönnt sein würde, sie blühen zu sehen. Sie war einzigartig in Farbe und Duft. In jedem Jahr brachte er Hannes eine der Blüten, und aus seinem Duftgefühl für diese Blüte war das schönste Bild entstanden, das Hannes je gemalt hatte. Doch jetzt roch es von irgendwoher ganz scheußlich.

Mit einem Mal traf ihn ein Stein am Fuß, dann noch einer am Schienbein. Er schaute in die Richtung, woher die Wurfgeschosse gekommen sein mussten. Dort raschelte es leise, dann kam eine Hand hinter den Blättern zum Vorschein und winkte ihn zu sich.

Im Dunklen konnte Willi schlecht sehen, aber das konnte nur Hannes sein.

„Hannes?", flüsterte er. Ein Kopf kam zum Vorschein und nickte. „Komm mit ins Haus. Da ist niemand außer uns." Es war das erste Mal, dass Hannes diese Räume betrat. Er staunte und sah sich um, dann machte er Zeichen.

„Willst du mir etwas aufschreiben?" Willi hielt den Atem an.

Er nickte und schien nervös.

„Hier hast du Papier und Stift."

Hannes begann zu schreiben: „Schrecklich, Engel gefunden, ganz tot, Gestank, hässlich." In der Aufregung schrieb er nur Fragmente und Willi wusste plötzlich, woran ihn dieser widerliche Duft erinnerte.

„Du hast noch eine Tote gefunden. Wo?"

„Weiter oben im Wald bei der Lichtung."

„Warte, ich komme mit."

„Schon fast alles weg."

„Wie? Schon weg?"

„Im Wasser begraben."

„In welchem Wasser?"

„Im Teich unter der Burg."

„Wie hast du das alleine geschafft?"

„Erst den Kopf, dann die Arme und ein Bein."

„Lag alles einzeln herum?"

„Nein, der Kopf ging alleine ab. Was noch festhing, habe ich mit dem Taschenmesser durchgeschnitten. Sonst war sie zu schwer."

Willi wurde ganz anders zumute. Seine Magennerven kämpften mit der Vorstellung, die durch den Gestank untermalt wurde.

„Hat dich jemand gesehen?"

„Vielleicht."

„Wie vielleicht? Das musst du doch wissen!"

„Es schrie jemand. Dann habe ich mich nicht mehr zum Wasser getraut."

„Und was hast du mit dem Rest gemacht?"

„Bein und Bauch?"

„Ja."

„Hab ich mit Erde und Laub zugedeckt."

„Gut. Du bleibst jetzt erst mal hier. Komm, ich zeige dir das Bad. Du legst alles, was du anhast, hier auf den

Boden und gehst unter die Dusche. Wasch dich mit dem Essig hier gründlich ab. Wir schmeißen die Sachen weg. Ich hole dir schnell etwas anderes zum Anziehen. Dann fahre ich zum Tümpel und gucke, ob da jemand ist."

Hannes nickte und zog sich aus.

Nachdem Willi die stinkenden Klamotten in einem blauen Sack verschnürt und in den Container der Gaststätte geworfen hatte, holte er aus Hannes' Schrank eine neue Garnitur und legte sie auf den Badhocker. Er war so müde. Wahrscheinlich frisst der Krebs an mir, dachte er. Ich kämpfe an zu vielen Fronten. Alles nagt an mir. Sieglind, Hannes, die Vergangenheit, mein Gewissen und der Tumor. Alles zu viel für einen einzelnen Menschen.

Mit diesen Gedanken stieg er ins Auto und fuhr die Burgstraße hinab, in Richtung der alten Domäne. Doch ganz so weit kam er gar nicht. In der Biegung davor stoppte ihn ein Polizist an einer Sperre. Weiter unten war alles hell erleuchtet. Er meinte zu erkennen, dass es dort von Fahrzeugen und Menschen nur so wimmelte. Mist, dachte er, der Junge hatte recht gehabt. Er war gesehen worden.

„Guten Abend, Führerschein und Fahrzeugpapiere bitte!"

„Guten Abend oder besser gesagt, gute Nacht. Was ist denn hier los?" Willi zog die Papiere aus dem Handschuhfach.

„Wo möchten Sie hin?"

„Wieso?"

„Bitte antworten Sie mir, sonst muss ich Sie mit auf die Wache nehmen. Was machen Sie hier mitten in der Nacht?"

„Entschuldigen Sie, aber ich bin der Wirt von der Schaumburg. Ich wohne da oben."

„Das erklärt noch nicht, was Sie um diese Uhrzeit hier machen."

„Wenn ich auch nur irgendwohin will, muss ich diese Straße hinabfahren oder über den Ort Schaumburg oder die andere im Norden. Und ich glaube nicht, dass ich Sie exakt über meine Absichten informieren muss."

„Doch, das müssen Sie. Sagen wir morgen früh um acht Uhr im Hasphurtweg auf der Wache in Rinteln? Bitte wenden Sie sich an die Kommissare Hetzer und Kruse."

„Hören Sie, ich weiß doch überhaupt nicht, was hier los ist. Auf einmal darf ich nicht mehr ungefragt und ohne mich zu rechtfertigen meinen Wohnort verlassen. Und wenn Sie es genau wissen wollen, ich habe Krebs im Endstadium und hatte so große Schmerzen, dass ich nach Rinteln ins Krankenhaus fahren wollte, um mir Hilfe zu holen. Eine Spritze oder Tabletten oder sonst irgendwas."

„Warum sagen Sie das nicht gleich? Hier ist abgesperrt. Bitte fahren Sie über den Ort Schaumburg nach Rinteln. Haben Sie irgendjemanden gesehen, als Sie bergab fuhren?"

„Nein, niemanden."

„In Ordnung, die Kollegen Hetzer und Kruse werden dann eventuell noch auf Sie zukommen. Sind Sie morgen oben auf der Schaumburg erreichbar?"

„Ja, wir haben am Ostermontag reichlich Vorbestellungen. Sie finden mich in der Gaststätte. Doch dazu muss ich halbwegs fit sein. Vielleicht versuche ich es jetzt erst doch mit den Ibuprofen, die ich noch zu Hause habe. Ich bin so müde und erschlagen."

„Soll ich den Notarzt für Sie rufen?"

„Nein, danke, der weist mich nur ein, und ich habe noch keinen Nachfolger für das Lokal. Ich muss durchhalten."

„Dann gute Besserung und eine ruhige Nacht!"

„Vielen Dank."

Willi wendete seinen Wagen und fuhr zur Burg zurück. Er war froh, dass ihm der Trick mit dem Krankenhaus eingefallen war. Fieberhaft hatte er überlegt, was er sagen könnte, während er das Gespräch in die Länge zog. Jetzt merkte er, dass er gar nicht wirklich gelogen hatte. Intervallartige, stechende Schmerzen quälten ihn in seinem Unterleib. Er musste auch und dachte, dass er es nicht mehr bis oben ins Torhaus schaffen würde. Im letzten Moment erreichte er Hannes' Toilette und stellte fest, dass sein Urin eine rote Farbe angenommen hatte.

„Na, das ist ja eine tolle Geburtstagsfeier!", grummelte Peter Kruse, als er sich aus dem bequemen Gartenstuhl erheben musste. Der Abend würde nun ganz anders weitergehen, als er es sich vorgesellt hatte. In seinen Gedanken war alles perfekt gewesen: Ein gutes Essen, Wein, die laue Frühlingsnacht, und Nadja hatte ihm zugezwinkert. Er war nicht von ihrer Seite gewichen. Dabei war es ihm egal gewesen, dass sie ihm von Larvenstadien oder den Größenverhältnissen von Einschuss- zu Austrittswunden erzählt hatte. Ihrer Stimme hatte er gelauscht, halb in Trance, ohne großartig auf den Inhalt zu achten. Jetzt nervte Hetzer mit seinem „Kollegen, wir müssen los! Es gibt einen neuen Leichenfundort." Sein ganzer Plan war zunichte.

Wolf jedoch beobachtete etwas amüsiert die restliche Geburtstagsgesellschaft. Es war so, als habe er mit seiner Nachricht einen Schalter umgelegt. Mit einem Mal fanden sich die zusammen, die arbeitstechnisch zusammengehörten. Mimi ließ ihn aus ihren Fängen und sprang in Seppis Auto. Der hatte sowieso immer alles dabei. Dickmann schlug seinem Kollegen Hofmann auf die Schulter und sagte: „Komm, min Jung, das wollen wir uns doch nicht entgehen lassen!", während Hofmann leidvoll auf seine neuen Hirschlederschuhe blickte. Nadja schnappte sich ihre Arzttasche und stieg zu Hetzer und Kruse ins Auto. Dort saß auch schon Thorsten Büthe vom LKA. Mit dem wollte sie sich sowieso noch unterhalten haben. Etwas umständlich wuchtete sie die Tasche in die Mitte der Rücksitzbank und strich sich ihre wirren Haare in eine andere Richtung, allerdings ohne erkennbaren Erfolg.

„Sie sind also der Fallanalytiker vom LKA Niedersachsen? Wir sind leider heute Abend noch gar nicht dazu gekommen, uns zu unterhalten. Mein Name ist Nadja Serafin."

„Angenehm, Thorsten Büthe, ich denke aber, wir können ruhig beim Vornamen bleiben, oder?"

„Auf jeden Fall!"

„Der Tasche nach sind Sie wohl die Pathologin?"

Nadja lachte. „Das war aber jetzt nicht schwer zu analysieren, falls Sie mir imponieren wollten."

Für Peters Ohren nahm das Gespräch eine Wendung, die ihm nicht schmeckte. Er drehte sich um und sagte: „Du, Nadja, im Prinzip macht er doch nichts anderes als du. Du suchst in Leichen und er reimt sich an Tat- oder Fundorten was über den Mörder zusammen."

Hetzer schwieg grinsend vor sich hin.

„Na ja, wie man's nimmt ...", antwortete Büthe. „Ein bisschen anderes ist es schon noch, aber wichtig ist doch, dass wir alle Hand in Hand zum Ziel kommen."

Peter rollte mit den Augen. Sofort sah er Büthe und Nadja händchenhaltend und musste sich eingestehen, dass er eifersüchtig war.

„So, da wären wir!" Mit diesem einfachen Satz holte er seinen Kollegen wieder in die Realität zurück. Die untere Straßensperre ließ den Konvoi durch. Wenig später parkten die Wagen am Straßenrand, wie Perlen an einer Schnur. Das Pärchen saß im Bulli der Rintelner Polizei. Sie hatte eine Decke umgelegt. Man konnte noch erkennen, dass sie geweint hatte, aber sie schien sich beruhigt zu haben. Hetzer steckte kurz seinen

Kopf durch die Tür und sagte, dass sie gleich zu ihnen kommen würden. Dann wandte er sich an Eberhard Kleinschmidt:

„Was für eine Nacht! Komm, zeig mir die Hand, die aus dem Tümpel ragt."

„Es ist gleich da vorne."

„Na, groß ist er ja nicht, aber ziemlich umwachsen von Bäumen und Gestrüpp."

Kleinschmidt hatte bereits für Beleuchtung gesorgt.

„Da, siehst du, da hinten rechts."

„Lass uns mal da hingehen."

Gemeinsam bahnten sie sich einen Weg zum östlichen Ufer.

„Ja, das ist eindeutig eine Hand, und wenn wir davon absehen, dass es sich um einen Transvestiten handelt, dann ist es eine Frauenhand. Die Nägel sind lackiert. Wir ziehen sie mal raus. Gibt mir bitte einer einen Plastikbeutel?"

Der Arm blieb zuerst an dem Ast hängen, ließ sich dann aber leicht aus dem Wasser ziehen. Hetzer legte ihn auf einer Plane ab.

„Hast du die Enten schon angerufen, Eberhard? Wir müssen wissen, ob sich noch mehr Leichenteile oder der Rest der Dame in diesem Teich befinden."

„Ja, ein Taucher der Wasserschutzpolizei ist schon unterwegs."

„Gute Arbeit!"

Nadja beugte sich über den Arm und seufzte.

„Darf ich dich korrigieren, Wolf. Das ist kein Nagellack auf ihren Nägeln."

„Wieso? Sie sind doch lackiert, was soll es sonst sein?"

„Das sind Gelnägel! Sieht aus wie lackiert, muss aber irgendwo im Nagelstudio oder privat angefertigt werden. Ich habe mal gehört, diese Prozedur dauert zwei Stunden."

„Ah, gut, vielleicht erkennt jemand sein Nagelkunstwerk wieder."

„In dem Fall ist das gut möglich. Sie sind schon ziemlich speziell."

„Wir machen Fotos und geben sie mit in die Fahndung. Was kannst du sonst noch sagen?"

„Also, meiner Meinung nach ist das eindeutig eine Frauenhand, wenn man die Feingliedrigkeit bedenkt. Der Arm hat aber nicht lange im Wasser gelegen. Auch die Teile, die jetzt nass sind, sind eher am Knochen festgetrocknet oder weggefressen als aufgeweicht. Möglicherweise war das das Plumpsen, was die Zeugen gehört haben."

„Ach, hast du schon mit ihnen gesprochen?"

„Nur kurz, weil ich wissen wollte, ob die junge Frau ärztliche Hilfe braucht."

Peter lachte.

„Dafür ging es der aber nicht schlecht genug!", sagte er und fing sich einen bösen Blick von Nadja ein. Im diffusen Licht, in das er sich wegdrehte, konnte sie nicht sehen, dass er rot wurde. Warum konnte er auch manchmal nicht einfach die Klappe halten, fragte er sich.

„Eins können wir auf jeden Fall schon mal festhalten", Hetzer stand aus der Hocke wieder auf und streckte sich. Mit siebenundvierzig merkte man auch langsam seine Knochen, dachte er bei sich, „der Fundort ist nicht der Tatort. Sei es, wie es sei. Egal, ob sie ganz oder zum Teil hier drinliegt. Irgendwo gibt es Spuren von ihr, vielleicht hier im Wald. Kann mal einer von euch die Hundestaffel anfordern? Wir brauchen Leichenspürhunde."

„Das mache ich eben! Ich kenne den Jens persönlich. Er leitet die Staffel. Seine Privatnummer hab ich im Phone." Dickmann ging ein wenig zur Seite und zog das Handy aus der Hosentasche.

In diesem Moment kam ein weiterer Polizeibulli die Straße hochgefahren. Er hielt knapp unter dem Teich.

Heraus stiegen zwei Beamte in schwarzen Neoprenanzügen.

„Könnt ihr einen denn nicht wenigstens in der Osternacht in Ruhe lassen? Endlich ein langes Wochenende und was wird daraus? Eine Schlammsuche. Keine Ahnung, ob wir in dem Loch überhaupt was finden. Na, dann lasst uns mal im Trüben fischen."

Ausgerüstet mit Lampe und Tauchanzug, glitt Kommissar Jens Westphal vorsichtig ins Wasser, um möglichst wenig Verwirbelungen zu verursachen. Es war auch so schon schwierig, etwas auf kurze Distanz zu erkennen. Aber er musste sich nicht groß anstrengen, denn dort, wo der Arm gefunden worden war, zog er kurze Zeit später einen zweiten hervor. Das Bein lag näher am nördlichen Ufer und war bei der Bergung instabil. Nur mit großer Mühe und der Hilfe seines Kollegen gelang es Westphal, es im Ganzen hinauszuheben.

Die Sicht war jetzt noch schlechter. Es war nicht zu vermeiden gewesen, Unruhe ins Wasser zu bringen, als er die Leichenteile ans Ufer hob. Vielleicht wäre der Schreck nicht so groß gewesen, wenn er ihn aus größerer Entfernung schon diffus gesehen hätte. Doch so hatte er den Kopf ganz plötzlich vor Augen, der sich mit seinen Haaren im Wasserwurzelwerk eines Baumes verfangen hatte und ihn aus leeren Höhlen grinsend anglotzte. Zwei ruhige Atemzüge brauchte er, um sich zu fangen, dann versuchte er, die Haare zu lösen. Als dies nicht gelang, schnitt er die Strähnen ab, packte den Schädel am Rest des Blondschopfes und hob ihn aus dem Wasser. Ein Raunen ging durch die Umstehenden.

Jens Westphal übergab den Kopf an Nadja, schüttelte seinen, als der Kollege ihn fragend ansah, und tauchte wieder ab. Er wollte die restlichen Haare bergen und dann weitersuchen. Doch die Mühe brachte nichts, es fand sich keine Spur eines Torsos. Auch das zweite Bein blieb verschwunden.

„Tja", sagte Kommissar Wolf Hetzer, „dann werden wir wohl mit den Hunden weitermachen müssen. Da scheint jemand bei der Beseitigung der Leiche gestört worden zu sein."

„Auch das noch!", seufzte Kruse, der allmählich wieder ein leichtes Hungergefühl verspürte und jetzt gerne ein Dessert gegessen hätte. Etwas Süßes für die Nerven! Nicht wegen der Leichenteile, sondern wegen Nadja, die sich mit den Worten verabschiedet hatte: „Falls ihr den Rest noch findet, lasst ihn einfach zu mir nach Stadthagen schicken. Ihr müsst mich nicht extra wecken. Ich lasse mich fahren."

Peter sah ihr wehmütig nach, als sie in einen Streifenwagen stieg und ohne ihn davonfuhr.

„Du Wolf, wir können doch wieder zu dir fahren und darauf warten, bis sich die Kollegen Hundeführer melden."

„Wir müssen erst noch die beiden jungen Leute befragen, die im Bulli auf uns warten. Kommst du mit, Thorsten? Ihr anderen könnt ruhig nach Hause fahren."

„Wir auch?", grinste ihn Mimi frech an.

„Untersteht euch und sammelt fein Spuren. Wenn ihr damit fertig seid, haben die Hunde bestimmt den

Tatort gefunden und ihr könnt dort weitermachen." Er lachte mehr aus Sarkasmus und fing sich einen tödlichen Blick von Seppi ein.

„Mensch Seppi, guck nicht so. Ich habe Geburtstag und eigentlich feiere ich gerade mit euch. Glaubst du, dass ich das hier toll finde?"

Seppi knurrte nur und Wolf fand, dass Mimi eine niedliche Zunge hatte.

Endlich war er am Ziel oder wenigstens kurz davor. Es lag greifbar vor ihm. Hinaus in die Dunkelheit fuhr er mit ihr, immer tiefer in den Wald, wo nachts niemand war.

Es war nicht einfach, sie aus dem Auto zu ziehen. Bewusstlos war sie. Wie ein nasser Sack ließ sie sich hängen und wachte auch nicht auf, als er sie unsanft auf dem Boden ablegte. Hoffentlich hatte er sie nicht zu doll geschlagen, dachte er bei sich. Es wäre nicht dasselbe. Er wollte ihre Augen sehen.

Willi war in Panik geraten. Es war nicht das Blut im Urin, das ihm zu schaffen machte. Er musste den Jungen schützen. Das Polizeiaufgebot hatte ihm Angst gemacht. Hannes war beobachtet worden, als er die Körperteile des zweiten „Engels" ins Wasser geworfen hatte. Inzwischen hatten sie sicher den Tümpel durchforstet und würden nach dem Rest der Leiche im angrenzenden Gebiet suchen. Dazu würden sie Hunde einsetzen, Leichenspürhunde. Man musste kein Kenner polizeilicher Untersuchungen sein, um das zu wissen. Und hier lag auch das Problem. Hannes hatte die Leiche angefasst und weggeschleift. Er musste jetzt schnell handeln.

Zuerst holte er den Beutel mit Hannes Anziehsachen wieder aus dem Container und goss Essigsäure verteilt auf den Müll. Im Kamin der Vorburg fachte er ein Feuer an. Hannes sah wortlos zu. Als Willi zu ihm hinüberschaute, machte er ein fragendes Gesicht und deutete auf das Feuer. Es war nicht kalt.

„Hannes, du bist gesehen worden, als du sie im Teich versenkt hast. Die Polizei ist schon dort. Ich muss ein paar Sachen erledigen, damit wir nicht in den Verdacht kommen, etwas mit der Sache zu tun zu haben. Du hast sie doch nicht totgemacht, oder? Ich meine, als du neulich nachts draußen warst."

Hannes schüttelte entsetzt den Kopf.

„Komm, du gehst am besten rüber zu dir. Dort bist du sicherer."

Hannes nickte. Er wusste nicht, ob er irgendetwas falsch gemacht hatte. Er spürte die Panik, die von seinem Arzt ausging.

„Hör mal, Hannes, ich sperre bei dir zu, und mach bitte kein Licht. Am besten, du legst dich gleich schlafen. Morgen früh komme ich rüber und wir sprechen über die Sache."

Hannes nickte zögerlich und machte ein unglückliches Gesicht.

„Du hast nichts falsch gemacht, mein Junge!", sagte er und strich ihm über den Kopf.

Da lächelte Hannes, denn das war ein schönes Gefühl, an das er nur eine entfernte Erinnerung hatte. Er nahm die Hand und berührte die Wange seines Arztes. Sie war ganz weich.

„Schlaf jetzt schön, Hannes. Morgen ist ein neuer Tag. Ich habe dir viel zu erklären."

Hannes winkte zum Abschied, ging hinüber in seine Räume und legte sich aufs Bett. Er musste nachdenken. Währenddessen ging Willi leise davon und schloss die Außentür des alten Gefängnisses ab. Auf dem Weg ins Torhaus musste er sich an der Hausecke abstützen. Ein böser Husten nahm ihm den Atem und sagte ihm, dass seine Zeit bald abgelaufen war.

Die Zeugin im Streifenwagen war an der Schulter ihres Freundes eingeschlafen. Die warme Decke und die Aufregung hatten sie müde gemacht. Als Hetzer und seine Kollegen den Bulli betraten, rüttelte der Freund die junge Dame wach.

„Menno, lass mich doch schlafen!", murmelte sie.

„Nein Schatz, die Polizei ist hier."

„Die ist schon die ganze Zeit hier." Sie hatte die Augen noch immer geschlossen.

„Darf ich mich vorstellen, mein Name ist Kommissar Wolf Hetzer. Das hier sind meine Kollegen Peter Kruse und Thorsten Büthe."

Mit einem Schlag war sie wach und richtete sich auf.

„Verzeihung! Ich bin eingeschlafen."

„Das ist doch gut, vor allem nach dem Stress. Wir möchten Sie auch gar nicht lange aufhalten. Sie wollen sicher nach Hause. Wir haben nur ein, zwei Fragen, dann können Sie fahren. Schaffen Sie das?"

Sie nickte.

„Beschreiben Sie bitte genau, was Sie gesehen haben, als Sie dort am Ufer des Teiches waren."

„Ich saß mit meinem Freund auf einer Decke. Es war sehr romantisch. Die Luft war noch warm und wir haben – na ja – ziemlich heftig geknutscht. Mit einem Mal hat es ganz laut geplatscht und wir sind auseinandergefahren."

„Was war das für ein Geräusch? Können Sie das näher beschreiben?"

„Es hörte sich so an, als habe jemand etwas Großes ins Wasser geworfen."

„Haben Sie das auch so empfunden, Herr … Maas?"
Hetzer sah auf seinen Zettel.

„Ja, wir sind in dem Moment echt zusammenge-
zuckt. Es hätte auch ein Hund ins Wasser gesprungen
sein können. So laut war das."

„Was haben Sie dann getan?"

„Ich bin sofort zum Auto gerannt und habe eine Taschenlampe geholt. Nach dem Platschen kam nämlich
kein weiteres Geräusch. Wir konnten uns einfach nicht
erklären, was es gewesen sein konnte."

„Und Ihre Freundin haben Sie da am Ufer zurückgelassen?"

„Das Auto stand fast direkt dort oben am Teich. Ich
hatte sie die ganze Zeit im Blick. Es waren wirklich nur
wenige Meter. Ich hatte trotzdem eine Scheißangst!"

„Das ist verständlich. Und was haben Sie gesehen,
als Sie mit der Taschenlampe auf die Teichoberfläche
geleuchtet haben?"

„Zuerst nur Äste, die aus dem Wasser ragten, aber
dann haben wir gemerkt, dass der eine da hinten
rechts gar kein Ast war, sondern eine Hand, geformt
wie eine Kralle."

Ellen Steinberg fing wieder an, leise zu schluchzen.

„Das war so eklig und widerlich, aber schlimmer
noch waren diese Augen von Rübezahl."

„Was meinen Sie mit Rübezahl, Frau Steinberg?"

„Ich glaube, meine Freundin hat Gespenster gesehen, Herr Kommissar."

„Moment, das möchte ich trotzdem etwas genauer
wissen."

„Es war kein Gespenst. Jemand war da auf der anderen Seite. Ein Yeti oder ein Rübezahl oder ein
Mensch in einem Karnevalskostüm – ganz dunkel. Ich
konnte nur die Augen erkennen, und die waren gelb."

Markus Maas lachte. „Falls sie auch noch Schlitze hatten, war es ein Werwolf."

„Blödmann!"

„Nun mal Spaß beiseite. Meinen Sie, derjenige, der dort stand, hatte eine Maske auf?"

„Ja, das könnte auch sein. Ich habe auf jeden Fall vor lauter Schiss geschrien, und da ist das Vieh – oder was auch immer es war – zum Glück abgehauen."

„Was haben Sie gedacht, als Sie dann auch noch die Hand gesehen haben?"

„Mann, wir haben da nicht mehr viel gedacht, außer dass wir es vielleicht mit einem beschissenen Mörder zu tun gehabt hatten. Wir sind sofort ins Auto gesprungen und ein Stück von hier weggefahren. Da, die Straße runter, wo unser Vehikel jetzt noch steht. Ich wollte zur Polizei, bis Ellen einfiel, dass wir auch anrufen könnten."

„Frau Steinberg, Sie haben den Unbekannten gesehen. Können Sie einschätzen, wie groß er war oder wie alt? War sein Gesicht trotzdem irgendwie erkennbar?"

Ellen zog die Nase hoch und wischte sich mit dem Ärmel die Tränen ab.

„Mittelgroß würde ich sagen, aber außer den Augen habe ich kein Gesicht gesehen. Tut mir leid. Etwas war noch ungewöhnlich. Ich hatte den Eindruck, er oder es hätte durch meinen Schrei auch einen Schreck bekommen, aber ich kann mich natürlich täuschen. Wissen Sie denn schon irgendetwas wegen der Hand?"

„Dazu kann ich Ihnen leider nichts sagen. Sie können jetzt nach Hause fahren und sich ausruhen. Mein Kollege hat Ihre Daten aufgeschrieben. Wir wissen ja, wie wir Sie erreichen können. Frohe Ostern noch."

„Tolle Ostern …", murmelte Peter im Hintergrund, während sich das Pärchen verabschiedete und erleichtert den Heimweg antrat.

Hetzer überhörte es einfach und sagte: „Na, was meint ihr, wollen wir zu mir fahren? Wir sind hier fertig, und das Dessert wartet auf uns."

Beide nickten und stiegen zu Hetzer in den Wagen.

„Tja, für mich lohnt es sich jetzt sowieso nicht mehr, nach Hannover zu fahren. Ich glaube, es ist besser, wenn ich mir gleich erst mal eine Mütze voll Schlaf genehmige."

„Da ich damit rechne, dass wir sowieso bald wieder raus müssen, schlage ich vor, wir essen noch das Tiramisu und legen uns alle bei mir hin. Du auch, Peter. Kannst in meinem Bett schlafen."

„Gott bewahre, du hast keine Freundin. Wer weiß, wie ausgehungert du bist!", sagte Peter mit gespielter Entrüstung.

„Falsch, ich schlafe auf einer Liege im Arbeitszimmer. Die würde dich nicht aushalten und übrigens: Du bist auch Single."

„Na, vielen Dank auch."

„Geht das bei euch immer so?"

„Meistens!", lachte Wolf und ging in Richtung Hauswirtschaftsraum, um das Dessert und eine Liege zu holen. Gaga schlief längst und blinzelte nur.

Die italienische Nachspeise brachte Peter wieder ins Gleichgewicht. Er legte sich nackt in die schnell bezogene zweite Seite von Hetzers Bett und war in Sekunden eingeschlafen. Thorsten Büthe kämpfte noch mit den Katern um den Platz auf dem Sofa, bis einer schließlich aufgab und lieber zwischen Hetzers Füßen Platz nahm.

Wohlige Ruhe kehrte ein unter der Frankenburg. Es war höchstens ein Glucksen oder Schmatzen im Schlaf zu hören. Darum dachte Hetzer auch, jemand hätte ihm mit dem Hammer vor den Kopf geschlagen, als sein Handy plötzlich klingelte, der Kater floh und er mit der Liege zusammenklappte. Wenigstens war er wach!

Sie war noch immer nicht aufgewacht. Was war das für ein blödes Spiel, das sie da mit ihm trieb? Er ohrfeigte sie, aber sie stöhnte nur, ohne wirklich wach zu werden. So nützte sie ihm nichts. Er empfand nichts bei diesem leblosen Stück Fleisch, das er hätte nehmen oder töten können, wenn er gewollt hätte – ganz ohne Gegenwehr oder Fluchtgedanken. So fühlte er nichts.

Er sah ihre Augen nicht. Noch einmal stieß er sie mit dem Fuß. Keine Reaktion.

Er verstand jetzt plötzlich. Sie wollte ihn hinhalten. Das konnte sie haben. Bis zum nächsten Baumstamm schleifte er sie und band sie sitzend daran fest.

Dann überlegte er, wie er sich sicher sein konnte, dass sie ihn nicht verriet, wenn sie aufwachte. Da kam ihm eine Idee. Sie war ein bisschen mühselig umzusetzen, aber es gelang ihm, ihren Slip unter dem Po hervorzuziehen und von den Beinen abzustreifen. Er stopfte ihn ihr in den Mund, damit sie nicht schreien konnte, bevor er wieder hier war. Sie brauchte ihn sowieso nicht mehr. Es war zwar schade um jedes bisschen Angst, die er nicht miterleben konnte, aber das war jetzt nicht zu ändern. Wenn sie merkte, dass sie unten nackt war, würde dies ihre Panik noch steigern. Vor allem, wenn sie sich selbst in ihrem Mund schmeckte. Dieser Gedanke gefiel ihm. Er stellte sich ihre geweiteten Augen vor und spürte, wie die Erregung zurückkehrte. Sie konnte nicht wissen, dass sie etwas ganz Besonderes für ihn war.

Und niemand beobachtete ihn dabei, wie er seine Vorfreude auskostete.

Moni war mit gemischten Gefühlen nach Hause gegangen. Einerseits wegen dieser Mimi, die sich so gut mit Wolf verstanden hatte, andererseits, weil sie noch mit „Löwenzahn" chatten wollte. Sie war sich selbst nicht ganz im Klaren darüber, was sie eigentlich wollte. Obwohl – das war nicht ganz richtig. Sie wusste, was sie wollte, nur nicht, mit wem sie es wollte. Hetzer war einige Jahre jünger. Er lag ihr am meisten am Herzen. Doch was sollte er mit einer alten Schachtel? Dieser Büthe war auch interessant, aber ebenfalls zu jung. Wie alt „Löwenzahn" war, hatte sie noch nicht herausgefunden. Das Einzige, was sie definitiv wusste, war, dass sie nicht länger allein leben wollte.

Das Lachen aus dem Nachbargarten begleitete ihre Gedanken und verstärkte das Gefühl der Einsamkeit. Sie hätte zurückgehen können, aber sie konnte sich nicht überwinden. Vielleicht war es möglich, irgendwo stundenweise als Heilpädagogin zu arbeiten und auch dadurch wieder mehr am Leben teilzunehmen. In ihr war alles durcheinander, sie ruhte nicht in sich selbst. Sie musste zuerst ihre innere Mitte wiederfinden.

Langsam ging sie nach oben, stellte ihre Meditations-CD an und legte sich auf die Matte. Sie konzentrierte sich auf die wohltuende Stimme. Alles wurde leichter. Sie selbst, die Sorgen, die Nacht um sie herum. Fast wäre sie eingeschlafen, doch ein Geräusch ließ sie hochschrecken.

Wolf Hetzer befreite sich aus seiner Liege und griff nach dem Telefon.

„Hetzer."

„Guten Morgen, ihr könnt eure ausgeruhten Körper wieder herbemühen!", sagte Seppi süffisant.

„Von ausgeruht kann keine Rede sein." Hetzer war noch etwas wortkarg. „Habt ihr was gefunden?"

„Das kann man wohl sagen. Willst du die Kurzform?"

„Ja, bitte, nur einen kurzen Abriss."

„Wir können den Körper jetzt wieder zusammensetzen, sprich, wir haben alle Teile und noch ein Zusatzpräsent."

„Komm Seppi, nerv mich nicht. Bitte nur die nackten Fakten."

„Na gut. Wir haben ein Bein und einen Torso, wahrscheinlich zu den Leichenteilen aus dem Teich gehörend, und noch eine zweite weibliche Leiche, diesmal vollständig und ziemlich frisch."

„Was?" Hetzer stand etwas zu ruckartig auf und stieß sich an der Lampe.

„Bist du schon wach, Wolf? Oder muss ich alles noch mal wiederholen?"

Hetzer überhörte ihn und sagte: „Wir sprechen von zwei toten Frauen?"

„So ist es!"

„Wir kommen."

„Wird euch wohl nichts anderes übrig bleiben, als euch auch die Nacht um die Ohren zu schlagen, so wie wir. Bis gleich."

Hetzer ging leise ins Wohnzimmer und rüttelte Thorsten Büthe aus dem Schlaf. Er schnarchte gemütlich mit dem Kater um die Wette und knurrte, als man ihm das verdarb.

„Steh auf Thorsten, wir müssen los. Ich brauche dich dabei."

„Hmm, sofort", sagte er und drehte sich auf die andere Seite.

Wolf beschloss, erst nach oben zu gehen, um Peter aufzuwecken. Der lag in Embryostellung, zuckte aber sofort hoch, als Hetzer auf eine knarrende Diele trat.

„Was ist los? Willst du doch kuscheln?"

„Mach keine blöden Witze. Zieh dich an, wir müssen wieder raus. Sie haben was gefunden."

„Hat das nicht bis morgen Zeit?"

„Es ist schon morgen, los jetzt! Ich gehe Thorsten wecken."

Gegen halb drei stiegen die völlig übernächtigten, unrasierten Kommissare in Hetzers Ford. Peter kaute noch. Er hatte schnell in der Küche etwas Salat gegessen und sich noch ein belegtes Baguette mitgenommen.

„Dass du jetzt essen kannst! Ich würde keinen Bissen runterkriegen", sagte Wolf und fuhr die Kirschenallee bergab. Über Engern erreichten sie die B83 und waren bald wieder dort, wo sie die Kollegen zurückgelassen hatten.

„Wo müssen wir hin?", fragte Hetzer, als sie die Straßensperre erreichten.

„Das kommt ganz darauf an, zu welchem Fundort ihr wollt", grinste der Beamte.

„Erst mal zu dem mit den restlichen Leichenteilen."

„Gut, ihr fahrt an der Schaumburg vorbei weiter bergauf, und wo die Straße oben einen Rechtsknick macht, da steht ein weiterer Streifenwagen. Die bringen euch hin."

„Alles klar, danke."

Hetzer umrundete die Sperre und fuhr weiter nach oben. In Serpentinen ging es in Richtung Schaumburg. Sie lag dunkel auf der linken Seite, als die Kommissare vorbeifuhren.

„Ganz schön unheimlich hier oben in der Nacht", schmunzelte Büthe, „wie gemacht für ein Verbrechen!"

„Na, wenn es danach geht, hätten wir hier Orte genug", antwortete Peter, der den ausgeglichensten Eindruck machte. „Aber ich gebe dir recht, das ist schon anders als in der Großstadt."

„Wollt ihr jetzt untersuchen, wie die Art der Morde im Verhältnis zur Örtlichkeit steht?" Hetzer war immer noch müde.

„So was gibt es schon längst. Das ist kalter Kaffee. Mit dem ViCLAS-System hast du noch ganz andere Möglichkeiten."

„Okay, ich komme darauf zurück. Jetzt müssen wir uns erst mal durch den Wald kämpfen, fürchte ich!"

„Siehste Wolf, du hättest eben auch was essen sollen." Peter grinste zufrieden, bis seine Wangen Grübchen zeigten.

„Ich dachte da mehr an meine Schuhe, aber es ja trocken!"

Thorsten schüttelte den Kopf und dachte sich seinen Teil. Sie brauchten ungefähr zehn Minuten, bis sie am

Rand einer Lichtung ankamen. Das Suchen war unproblematisch bei den nächtlichen Fundorten, da sie immer hell erleuchtet waren.

Die Spurensicherung hatte sich aufgeteilt. Seppi war schon unterwegs zur zweiten Toten, während Mimi noch weitere Spuren sicherte. Sie fixierte Wolf mit einer Energie, die ihn erstaunte.

„Da ist es ja wieder, das Untier!", zischte sie ihm leise zu.

„Hast du schön in deiner Höhle geschlafen, während wir hier geschuftet haben?"

„Nur kurz, Mimi, wirklich nur sehr kurz, und es war nicht wirklich erholsam, weil wir sowieso damit gerechnet haben, dass wir wieder rausmüssen."

„Mir kommen die Tränen. Was sollen wir denn sagen? Ich falle gleich um vor Müdigkeit."

„Du wirkst aber überhaupt nicht so."

„Alles Tarnung!"

„Dann erzähl mal, was ihr wie gefunden habt."

„Kommt mit!" Mimi ging voran, ein Stück hangabwärts an der Lichtung entlang. „So, hier haben wir einen Torso und ein linkes Bein, nicht mehr in so leckerem Zustand oder höchstens für andere, wenn man die Krabbeltiere oder andere Aasfresser bedenkt. Nadja ist leider auch schon beim anderen Fundort. Ich habe aber gehört, dass sie gesagt hat, dass das Ableben dieser Dame wohl schon mehr als zwei Wochen zurückliegt. Ihr wisst doch, wie schwammig sie sich da immer ausdrückt."

„Stimmt!", sagte Hetzer und zog Mentholsalbe aus der Tasche. Die bot er den Umstehenden an. Keiner lehnte ab.

„Hier habt ihr wohl keine Hunde gebraucht, um die Reste aufzuspüren?"

„Vielleicht, wenn wir nahe genug daran vorbeige-gangen wären, aber so weit reichen unsere Nasen auch nicht. Lass mal, die Hunde sind wirklich klasse. Sie haben nicht nur diese zwei Teile gefunden, sondern sogar noch eine weitere Tote, die vergraben in der Erde lag. Dabei stank die noch gar nicht so wie diese hier."

„Habt ihr Fotos gemacht?"

„Ja, haben wir, auch von dort, wo sie zuerst lag und wahrscheinlich mit Blättern bedeckt war. Die Schleif-spur bis runter zum Teich haben wir ebenfalls doku-mentiert. Ich denke, das Bein war zu schwer zum Tra-gen, da hat er es hinter sich hergezogen. Auf diese Weise haben die Hunde auch die Spur aufgenommen. Ein paar andere Beamte haben das angrenzende Ge-biet durchkämmt. Ein Leichenspürhund hat oben in der Nähe der Paschenburg angeschlagen. Du kennst doch diesen kleinen Friedhof mit den Kriegsgräbern."

„Die werden doch nicht mehr gerochen haben!" Pe-ters Witz entlockte Mimi ein lautes Stöhnen.

„Sehr lustig. Der Herr Kruse hat einen seltsamen Humor."

„Man wird doch auch in einer ernsten Situation einen Spaß machen dürfen." Peter schubste beleidigt einen Stein mit dem Fuß weg.

Mit ihren 1,55 Metern baute sich Mimi vor ihm auf. „Jetzt ist keine Zeit für deine blöden Witze. Ich bin schon fast 24 Stunden auf den Beinen. Es ist kein Ende abzusehen. Ich will hier einfach nur meine Arbeit ab-schließen. Also sag nur etwas, wenn es dazu führt, dass wir weiterkommen. Ansonsten tu mir einen Ge-fallen und halt einfach die Klappe!"

Hetzer zog die Augenbrauen hoch und war froh, dass sie hier fertig waren. Den Zustand des Beins und des Torsos konnte er sich besser und hoffentlich freundlicher von Nadja beschreiben lassen. Er sagte: „Danke Mimi, wir gehen jetzt zu dem anderen Leichenfundort. Du kannst mir die Ergebnisse dann zumailen."

„In Ordnung Wolf. Bitte nicht sauer sein, aber ich bin einfach kaputt, da kann ich einen Clown schwer ertragen."

Hetzer war froh, dass Peter schon vorgegangen war und das nicht auch noch hören musste. Er hatte sich auf dem Fleck umgedreht und war nach der Standpauke schon in Richtung Auto gegangen.

Thorsten und Wolf folgten ihm.

„Ganz schön bissig, deine Kollegin von der Spusi."

„Eigentlich nicht. Sie ist sonst nicht so. Peter hat es nicht böse gemeint, aber es ist verständlich, dass sie aufgrund der Situation etwas überreagiert hat."

„Ich denke, das sollte niemand überbewerten in so einer Nacht."

„Da gebe ich dir recht, Thorsten. Ich bin gespannt, was uns noch erwartet."

Mit einem schweigsamen Peter ging es weiter bergauf in Richtung Paschenburg. Kurz nach der Abzweigung hielten sie auf der linken Seite in Höhe des Ehrenfriedhofs. In nicht allzu weiter Entfernung konnten sie bereits die Scheinwerfer erkennen.

Nadja, die bei den Leichenteilen nur kurz genickt hatte, weil sie vom Verwesungszustand und dem Geschlecht zu den übrigen passten, kniete hier interessierter neben der Toten, die noch in gutem Zustand war.

„Hallo Nadja, ich weiß, es ist eine schreckliche Nacht. Kannst du uns etwas sagen?"

„Schrecklich ist gar kein Ausdruck. Ich war kaum eingeschlafen, da klingelte das blöde Handy schon wieder. Also wieder rein in die Klamotten und los. Es hat sich echt nicht gelohnt, nach Hause zu fahren. Ich hätte mich im Streifenwagen aufs Ohr legen sollen."

„Das wäre auch nicht entspannend gewesen, glaub mir."

„Da kannst du recht haben. Also, diese Dame hier ist verblutet. In gewisser Weise wenigstens."

Hetzer machte ein verblüfftes Gesicht, Peter und Thorsten traten ein Stück näher an die Tote heran.

„Wie kommst du denn darauf? Ich kann überhaupt kein Blut sehen. Auch keine Stelle, an der es ausgetreten sein könnte."

„Komm mal rum auf die andere Seite. Siehst du die Beule an ihrer Halsseite? Ziemlich dunkel und ganz schön groß. Ich vermute, ihre Halsschlagader ist irgendwie zu Schaden gekommen. Und hier, siehst du, das könnte ein Biss sein. Das kann ich natürlich erst später genauer sagen."

„Hmm, was denkst du, wie lange sie tot ist?"

„Schwer zu sagen. Auf jeden Fall noch nicht allzu lange. Die Totenstarre ist noch nicht vollständig gelöst. Ich vermute, dass sie zunächst so dagelegen hat und erst nachträglich begraben worden ist."

„Wie kommst du darauf?"

„Guck mal, hier am Ohr und an der einen Ferse finden sich Biss- oder Nagespuren, wahrscheinlich von einem Tier. Das heißt, dass sie da noch oberirdisch gelegen haben muss. Irgendjemand hat sie dann aber doch noch vergraben. Wenn meine Vermutung richtig ist, haben wir es mit zwei Temperaturzonen zu tun. Es war ziemlich warm in den letzten Tagen, in der Erde ist es natürlich kühler. Ganz grobe Schätzung: zwei, drei Tage vielleicht. Ich muss sie erst auf dem Tisch haben, Wolf."

„Gut, sonst noch irgendetwas auf die Schnelle?"

„Kratzer auf dem Rücken und im vorderen Schulterbereich, zwei Beulen am Schädel, eine im linken Schläfenbereich, eine an der rechten Stirnseite. Die kann ich mir nicht erklären."

„Ist sie missbraucht worden?"

„Das sieht auf den ersten Blick nicht danach aus. Keine Verletzungen im Intimbereich, keine Einblutungen oder Risse."

„Gut, dann gib mir bitte Bescheid, sobald du mehr weißt. Wo ist denn der Hundeführer?"

„Der sitzt da hinten auf dem Baumstamm. Holger Pinell. Ein netter Kerl, finde ich."

Hetzer nickte. Er kannte Pinell. Peters Blick verdüsterte sich. Er war froh, dass sie ihn nicht ansah.

Die belgische Schäferhündin Aischa lag ruhig neben ihrem Herrchen und blickte die drei Kommissare aufmerksam an.

„Hallo Holger, lange nicht gesehen. Hast du eine neue Begleiterin?"

„Hi, Wolf, ja, Tasso lebt nicht mehr. Aber Aischa ist ein Ass als Leichenspürhund. Wir werden mittlerweile deutschlandweit angefordert."

„Und sie hat die Leiche jetzt durch die Erde gerochen?"

„Nicht nur das, sie hat auch den Platz gefunden, wo die Tote vorher gelegen hat, da hinter den Grabsteinen. Möglicherweise ist diese Gegend auch der Tatort. Aischa hat nichts weiter angezeigt."

„Faszinierend, wirklich, vor allem, weil doch diese Spur, die vom Teich ausging, eine ganz andere war."

„Mein Kollege ist der Spur gefolgt, wir sind anders vorgegangen. Wir haben das Gelände durchstreift, praktisch aus der anderen Richtung. Allerdings haben wir nicht damit gerechnet, dass wir noch eine weitere Leiche finden. Morgen werden wir auch die Gebiete noch untersuchen, die wir heute nicht mehr abdecken konnten. Die Hundenasen brauchen zwischendurch eine Pause."

„Gut, danke, bitte ruf mich an, wenn ihr noch etwas finden solltet. Kleidungsstücke oder ähnliches."

„Ja, machen wir. Bis dann."

Hetzer, Kruse und Klüver gingen in Richtung der Grabsteine. Wenn dieser Bereich wirklich der Tatort war, dann war das ziemlich wagemutig ausgewählt, so dicht an der Straße, fand Hetzer.

„Guckt mal, hier ist das Laub ziemlich aufgewühlt", sagte Peter. Ein Stück weiter stand Seppi und grübelte.

„Was ist los, Seppi?" Wolf riss seinen Kollegen aus tiefsten Gedanken.

„Äh, ja, ich überlege, was hier passiert sein kann und hatte eben die Idee, jemand könnte weggelaufen, dann eingeholt worden und später zurückgeschleppt worden sein. Die Spur endet nämlich dort. Sie ist ziemlich breit, mit unterschiedlich tiefen Abdrücken, die jemand versucht hat zu verwischen."

„Interessant! Was du so alles aus einem Stück Boden lesen kannst. Gibt es Parallelen zu dem anderen Fundort?"

„Das ist nicht so einfach zu sagen, weil die Tat schon länger zurückliegt. Es spricht aber viel dafür, dass beide Frauen nur mit Laub bedeckt wurden, nachdem sie gestorben waren. Warum die zweite später begraben wurde, kann ich nicht sagen. Ich denke aber, ich werde auch chemisch die Gerbsäure des Laubes auf dem Körper der beiden nachweisen können. So wie es aussieht, haben beide Frauen auf dem Rücken gelegen. Die Totenflecken waren auch bei der ersten noch teilweise erkennbar. Aber ob man das als Gemeinsamkeit anführen kann? Bei der Lichtung habe ich Schleifspuren gefunden, dafür keine unterschiedlich tiefen Fußabdrücke. Jetzt könnte man spekulieren ..."

„Mach doch mal, Seppi."

„Ach, ich weiß nicht, es ist wirklich reine Spekulation. Nachher lacht ihr über mich. Ich bin auch nur auf die Idee gekommen, weil Nadja mir von dem möglichen Biss erzählt hat."

„Nun mal raus damit!"

„Vielleicht hat der Täter seine Opfer gejagt, erlegt und dann zurückgetragen oder -geschleift."

„Wie erlegt?"

„Das weiß ich ja auch nicht so genau. Es wäre mit einer Schlinge oder einem Lasso möglich. Aber der Biss geht mir nicht aus dem Kopf, vor allem in Verbindung mit den Kratzern. Habt ihr die gesehen? Völlig irre! Und dann dieser blauschwarze Hals mit irgendwelchen Abdrücken. Das sah mir nicht wie ein Biss aus, sondern als ob sich ein Tier darin an mehreren Stellen verbissen hätte. Und da kam mir diese wahnwitzige Idee."

„Du kannst einen schön auf die Folter spannen."

„Das ist nicht meine Absicht. Es ist nur ein bisschen sensibel. Entschuldige, aber ich dachte an ein Raubtier."

„Wir haben hier keine Löwen, die Menschen erlegen."

„Ehrlich gesagt dachte ich auch mehr an einen – äh, Wolf."

Hetzer stutzte und wusste dann kaum, wie er sich das Lachen verkneifen sollte.

„Hör mal Seppi, du müsstest doch eigentlich in Biologie gut gewesen sein. Wölfe oder Löwen jagen im Rudel und sie jagen nur, weil sie Hunger haben. Der Mensch ist das einzige Raubtier, das aus niederen Gründen tötet."

„Danke für die Belehrung, wär ich nicht drauf gekommen. Aber vielleicht weiß das der Mörder nicht und hält sich für ein Raubtier – Wolf!" Das letzte Wort betonte er süffisant. Hetzer zwinkerte ihm zu und antwortete:

„Möglich ist das natürlich. Es ist auf jeden Fall eine Idee, die wir im Auge behalten werden. Danke, Seppi. Ich habe übrigens ein Alibi." Dabei grinste er und schlug seinem rothaarigen Kollegen von der Spusi auf die Schulter. „Auf mich brauchst du als Wolfsfigur nicht zu zählen. Aber wenn ich jetzt so darüber nachdenke, fällt mir ein, was die junge Frau am Teich gesagt hat."

„Wieso, was hat sie denn gesagt?"

„Sie hat erzählt, sie habe einen Yeti oder einen Rübezahl gesehen. Das ist doch merkwürdig. Vielleicht verkleidet sich jemand, der sich für ein Raubtier hält. Das habe ich vorhin nicht so ernst genommen. Ich hielt es mehr für die blühende Phantasie einer Zeugin. Durch deine Idee hat das jetzt ein anderes Gewicht bekommen. Wir sollten sie dahingehend noch einmal befragen."

„Morgen, Hetzer, alles morgen. Wenn ihr nichts dagegen habt, würde ich vorschlagen, dass wir die restlichen Nachtstunden mit Schlaf vergeuden und dann gemütlich frühstücken", schlug Peter Kruse vor.

„Ja, wir machen jetzt auch Schluss", antwortete Seppi. „Tut mir leid, dass dein Geburtstag so verlaufen ist, Wolf."

„Ist nicht zu ändern. Wir müssen morgen versuchen herauszufinden, wer die Toten sind. Das hat oberste Priorität. Irgendjemand wird sie vermissen, wobei ich mich nicht erinnern kann, dass wir Vermisstenanzeigen vorliegen haben."

„Gut, dann lass uns jetzt fahren. Wir haben alle Schlaf nötig."

Peter hatte zunächst überlegt, ob er nicht vielleicht doch nach Hause fahren sollte, aber Hetzers Bett war sowieso schon bezogen und er wollte nur noch eins: Schlafen! Und das war ihm wichtiger als die Lockrufe seines Magens.

Der würde sich gedulden müssen. Er konnte einfach nicht mehr.

Mühsam schleppte er sich die Stufen zu Hetzers Schlafzimmer hoch, streifte eilig die Kleidung ab und ließ sich aufs Bett fallen.

Unten sagte Wolf zu seinem Freund Thorsten: „Sag mal, du bist ziemlich still gewesen bei den Ermittlungen. Hat das einen Grund?"

Thorsten Büthe schmunzelte. Seine blonden Haare fielen ihm ins Gesicht.

„Ja, schon. Ich höre zu. Und ich schaue mir alles ganz genau an. Ich sauge praktisch alles auf wie ein Schwamm. Morgen gebe ich dann die Essenz ins ViCLAS-System ein. Vielleicht bringt uns das weiter, wenn euer Täter schon einmal irgendwo irgendwie ähnlich vorgegangen ist. Es wäre auch gut, wenn ihr Kameras anbringen würdet, an der Lichtung und bei den Gräbern, vielleicht auch auf der Straße, die vom Teich zur Schaumburg und von dort zur Paschenburg führt. Immerhin habt ihr hier zwei Frauen gefunden. Es könnte derselbe Täter gewesen sein. Das Gebiet wäre dann möglicherweise auch interessant für einen dritten Mord."

„Meinst du wirklich, dass der Mörder hier wieder zuschlägt nach diesem Polizeiaufgebot?"

„Das kommt darauf an, wie sicher er sich fühlt und ob er mit dir spielen will."

„Wieso mit mir?"

„Ich glaube nicht an Zufälle. Vielleicht will sich Wolf mit Wolf messen. Eine Art Revierkampf. Du solltest auch darüber nachdenken."

Hetzer nickte abwesend. Er wollte nicht mehr denken, jetzt nicht.

„Komm, wir nehmen noch einen Schlummertrunk auf meinen Geburtstag. Magst du einen Cardenal Mendoza?"

„Sehr gerne. Auf dein Wohl, Wolf!"

In der Ferne schrie ein Käuzchen und in ihm heulte er, der Wolf. Er hatte Witterung aufgenommen.

Das Geräusch, das Moni geweckt hatte, war das „Pling" in ihrem Computer gewesen. Es zeigte ihr, dass „Löwenzahn" endlich online war, jetzt – mitten in der Nacht. Sie musste sowieso aufstehen. Alle Knochen taten ihr weh. Sie war auf der Yogamatte eingeschlafen. Vorsichtig streckte sie sich und nahm vor dem Bildschirm Platz.

In diesem Moment sah sie, wie ein Wagen eilig von Hetzers Hof fuhr. Wo wollte denn da jemand so spät in der Nacht noch hin? Hatte die Feier so lange gedauert? Das Motorrad von dieser Mimi stand immer noch auf Hetzers Hof. Sie schien wohl über Nacht zu bleiben. Der Gedanke versetzte ihr einen Stich bis ins Innerste. Warum fühlte sie das jetzt so?

„Hallo, Lavendelrose, bist du noch wach?", erschien mit einem Mal auf dem Bildschirm.

„Wie man's nimmt, wach wäre übertrieben."

„Antworten kannst du aber!", stand da mit einem Zwinkersmiley.

„Ja, das geht grade noch. Hallo, Löwenzahn, was machst du so spät in der Nacht noch?"

„Ein Gedanke hat mich nicht losgelassen seit neulich."

„Aha, und welcher?"

„Der Gedanke, wie wohl eine Lavendelrose riechen könnte. Nach Lavendel oder nach Rose oder nach einer Kombination aus beidem?"

„Tja, das ist eine gute Frage, die sich wohl so nicht beantworten lässt. Genauso wenig wie die Frage, wie weit die Schirmchen einer Pusteblume fliegen."

„Oh, da gibt es bestimmt empirische Untersuchungen … Ich würde meinen, bei guten Bedingungen ist ihnen kein Weg zu weit."

„Wann wären denn die Bedingungen dementsprechend?"

„Bei Wind, denke ich, da wird auch der Lavendelrosenduft am weitesten durchs Weserbergland getragen."

Moni lächelte.

Dieser Austausch machte ihr Spaß, er war etwas Besonderes.

Sie schrieb:

„Vielleicht magst du mir deine Mailadresse geben? Dann können wir uns auch bei Windstille erreichen."

„Aber sehr gerne, schreib doch bitte an *loewenzahn@ kakuly.de*."

„Das mache ich und möglicherweise wirst du eines Tages erfahren, wie eine Lavendelrose duftet."

„Oh ja, das wäre sehr wichtig. Ich muss wissen, wie sehr meine Vorstellung mit der Realität übereinstimmt."

„Dann sage ich: Auf bald, Löwenzahn, und schreibe dir gleich noch eine Mail zur guten Nacht."

„Danke, schlaf gut, ich werde von dir träumen – von der Duftmischung aus feurigem Rot und intensivem Lilablau."

Moni schloss das Chatfenster und lehnte sich zurück. Der Wolfsschmerz war jetzt nicht mehr so stark. Löwenzähne hatten an ihm gefressen und ihn kleiner gemacht.

Beschwingt ging sie ins Bad und machte sich für die Nacht fertig. Sie war überhaupt nicht mehr müde. Mit einer Tasse Tee kehrte sie an ihren Computer zurück und öffnete eine neue Mail.

„Lieber Löwenzahn oder Pusteblume – ich weiß gar nicht, in welcher Gestalt du mir besser gefällst, es ist sehr schön, mit dir zu schreiben. Der Austausch mit dir lässt vermuten, dass du ein sehr gefühlvoller Mensch bist.

Eine gute Nacht wünscht dir Moni"

Mit dem Klick auf „Senden" entschwand die Mail in Richtung Empfänger. Moni nahm noch einen Schluck Tee und lehnte sich wohlig zurück. Gerade, als sie den Rechner ausmachen wollte, kam noch eine Antwort.

„Liebe Lavendelrose – ich will euch beide als Kombination, vielen Dank für deine Zeilen. Ich habe mich sehr gefreut, dass du dich wirklich noch gemeldet hast. Damit habe ich nicht gerechnet. Wenn du einmal einen Freund oder Hilfe brauchst, hier ist meine Handynummer 0127-898327. Ansonsten freue ich mich, wieder von dir zu lesen und dich näher kennenzulernen.

Schlaf schön, Dieter"

Ganz warm wurde Moni ums Herz. Das war nicht nur der Tee, von dem sie nun den letzten Schluck trank und endlich ins Bett ging. Doch der Wolf in ihr ließ sich nicht ganz vertreiben und fast fühlte sie sich, als ob sie ihn betrog, weil sie mit den Gedanken an Löwenzahn in den Schlaf fiel.

Irgendwann war sie aufgewacht und konnte sich an nichts erinnern. Sie wusste nicht, wie sie hierhergekommen war. Es war dunkel um sie herum. Noch während des Aufwachens merkte sie, dass etwas nicht stimmte. Ihre Arme waren nach hinten gebogen, die Hände fest hinter einem Baum zusammengebunden. In ihrem Mund steckte etwas, das sich mit der Zunge merkwürdig anfühlte, irgendwie pelzig. Es hatte einen säuerlichen Geschmack. Sie selbst saß an diesen Stamm gelehnt, der stark nach Harz roch und kam nicht weg. Panik stieg in ihrem Körper hoch und lähmte sie. Sie war allein. Jemand hatte sie hier ausgesetzt. Sie sollte verrecken. Allein. Tränen stiegen in ihre Augen. Sie liefen in kleinen Rinnsalen die Wangen hinab und tropften auf ihr Shirt. Alles schmerzte. Das Schicksal, ihr Po, der Rücken, aber sie konnte sich an nichts erinnern. Auch an ihren Namen nicht oder wo sie hergekommen war oder hinwollte. Der Kopf tat so entsetzlich weh und sie musste mal. Ihre Blase war zum Platzen voll, aber sie kam nicht weg. Unruhig rutschte sie auf dem Boden herum, der Rock schob sich immer weiter nach oben und gab den Blick auf ihren nackten Unterkörper frei. Ihr Schrei blieb ungehört. Er erstickte in ihrer Unterwäsche. Doch die Angst wurde übermächtig und nahm ihr die Kontrolle ihrer Blasenfunktion. Schluchzend saß sie in ihrer eigenen Pfütze und gab auf.

Er war zurückgekehrt. Seine Freude war unbändig, als er sah, dass sie aufgewacht war.

„Na, kleines Nickerchen gemacht, Süße?"

Sie schreckte hoch, dann erkannte sie ihn und war erleichtert. Er würde sie retten.

„Soll ich dich losbinden?"

Sie nickte verzweifelt. Die Hoffnung kam zurück, der Glaube, dass doch noch alles gut ausgehen würde.

„Bist du denn auch ein braves Mädchen?"

Sie stutzte und nickte dann. Das gefiel ihm nicht. Er wollte, dass sie sich widersetzte. Vielleicht tat sie das, wenn sie losgebunden war und die Freiheit greifbarer wurde. Er löste die Fesseln an ihren Handgelenken und stieß sie zu Boden. Mit einem Ruck riss er ihr den dünnen Stoffrock vom Körper, das Shirt leistete etwas mehr Widerstand, aber sie blieb auf dem Bauch liegen. Sie rührte sich keinen Millimeter und murmelte nur. Er zog sich aus.

„Willst du denn nicht abhauen?", fragte er. „Ich bin nackt!"

Sie schüttelte mit dem Kopf, obwohl er ihr mit jeder Bewegung noch mehr wehtat.

„Und wenn ich dich ficken will?"

Sie winselte.

„Ja, dann hau doch ab!"

Wieder schüttelte sie mit dem Kopf und gab ein leierndes Murmeln von sich, das immer intensiver wurde.

„Bist du bescheuert, du sollst abhauen, sage ich!" Als sie sich immer noch nicht bewegte, trat er sie. Zuerst in den Hintern, dann in die Seiten, bis seine Zehen schmerzten. Sie krümmte sich wimmernd, auch jetzt floh sie nicht. Er wurde rasend vor Wut und trat ihr zwischen die Beine. Ihr Schrei war lang und erstickt, er war die leise Version dessen, was sich in ihrem Kopf abspielte. Längst war es ihr auch körperlich unmöglich, noch zu fliehen, selbst wenn die Lähmung aus Schock und Erinnerung nicht gewesen wäre.

Sie war kein gutes Opfer, dachte er. Sie war ein Lamm, das sich willig schlachten lassen wollte. Er liebte die Widerspenstigen, die er jagen und erlegen konnte. Die Lust war der Wut gewichen. Auch aus ihr heraus konnte er töten, nur die Befriedigung würde sich nicht einstellen. Er fand keinen Geschmack an ihr und brauchte schnell Ersatz. Ihr Bewusstsein verklärte sich bereits, als er einen großen Sandstein aufhob und ihre Welt für immer dunkel bleiben ließ.

Willi war am Morgen erleichtert gewesen. Seine Vorsichtsmaßnahmen hatten dazu geführt, dass niemand das Burggelände mit Hunden untersucht hatte. Möglicherweise waren andere Düfte zu intensiv gewesen. Er atmete auf.

Bevor er Hannes wieder hinausließ, würde er mit ihm sprechen müssen. Er musste unbedingt verhindern, dass der Junge Dinge berührte, die ihn nichts angingen. Sie hätten in Teufels Küche kommen können, wenn die Gebäude untersucht worden wären. Offiziell gab es Hannes nicht. Wie sollte er erklären, welches Geheimnis sich um den Jungen rankte?

Mit einem Frühstück samt Ostermontagsei verließ er das Torhaus und sperrte die Türen zu Hannes Zimmern auf. Hannes lag missmutig auf dem Bett und schmollte.

„Du musst nicht böse auf mich sein. Du solltest heute Nacht zu deinem eigenen Schutz im Zimmer bleiben. Auf dem ganzen Nessel- und Möncheberg wimmelte es von Polizei."

Hannes blickte in die Luft an ihm vorbei.

„Sie haben die anderen Teile des Engels gesucht. Du hättest ihn nicht berühren dürfen."

Hannes zuckte mit den Schultern.

„Ja, ich weiß. Im Grunde hätten wir den anderen Engel auch nicht vergraben dürfen. Es ist so schwer zu erklären. Weißt du, im Grunde sind das erst jetzt Engel, wo sie tot sind. Als sie noch lebten, waren es einfach Frauen."

Hannes sah ihn entrüstet an und schüttelte den Kopf.

„Doch, Hannes, ganz normale Frauen, die wahrscheinlich jemand umgebracht hat. Jemand hat sie zu Engeln gemacht, ihnen das Leben weggenommen."

Hannes stutzte, stand auf und nahm ein Buch aus dem Regal „Das Böse unter der Sonne" von Agatha Christie.

„Ja, genau, das ist ein gutes Beispiel. Hier in unserer Nähe gibt es jemanden, der sehr böse ist. Er tötet Frauen. Zwei haben wir gefunden. Möglicherweise gibt es auch noch andere oder er wird weitere umbringen. Darum musst du ganz vorsichtig sein, wenn du nachts rausgehst. Versprichst du mir das? Halte dich immer schön im Dunklen und komm niemandem zu nahe."

Hannes nickte und nahm einen Stift:

„Bin ich noch ansteckend?"

„Ich weiß es nicht, Hannes. Es ist sicherer, wenn wir dabeibleiben, dass du dich von den Menschen fernhältst. So, und nun iss erst mal dein Frühstück. Ich muss mich um die Gaststätte kümmern. Nachher komme ich wieder."

Er streichelte Hannes' Kopf und verriegelte die Türen hinter sich.

Es war gegen acht Uhr, als Thorsten Büthe erwachte und sich vorsichtig zwischen den Katern ausstreckte. Er hatte in dieser Gesellschaft wirklich gut geschlafen. Hetzers Hündin legte den Kopf schief, erhob sich etwas schwerfällig auf ihren drei Beinen und humpelte zur Terrassentür.

„Ja, ja, Mädchen, ich lasse dich raus!", flüsterte er leise. In Hetzers Küche suchte er sich Zettel und Stift und schrieb eine Nachricht. Ein Blick in den Kühlschrank verlockte ihn zu einem Erdbeer-Tiramisu. Er fand, dass das auch gut als Frühstück dienen konnte und trank eine Milch dazu. Dann ließ er Gaga wieder rein und schlich sich aus dem Haus.

Wolf Hetzer wachte erst Viertel vor neun auf und bekam einen Riesenschreck. Das schlechte Gewissen meldete sich. Er hatte Gaga vergessen. Schnell sprang er auf, doch die Hündin lag friedlich schlafend in ihrem Korb und dachte gar nicht daran, sich wecken zu lassen. Im Wohnzimmer sah er, dass Thorsten schon aufgestanden war. Er vermutete ihn in der Küche. Doch da lag nur ein Zettel von ihm.

Er sei schon gefahren, um die Ermittlungen von Hannover aus zu unterstützen, und er habe Gaga bereits in den Garten gelassen. Hetzer entspannte sich. Jetzt erst mal ein schönes Frühstück. Ein guter Tag begann damit. Diese Erfahrung hatte er immer wieder gemacht. Ein bisschen gerädert fühlte er sich noch, doch ein Kaffee würde diesen Zustand verbessern, hoffte er.

Während die Moldau musikalisch durch seine Ohren floss, deckte er für Peter und sich den Frühstückstisch. In der Küche dufteten bereits die Croissants mit dem Kaffee um die Wette, und weil immer noch Ostern war, fand Wolf auch Eier passend.

Als alles angerichtet war, stieg er vorsichtig die Treppe nach oben und drückte die Klinke zum Schlafzimmer hinunter. Mit allem hätte er gerechnet, mit mürrischem Schimpfen oder Knurren, aber damit, dass ihm Peter ein fröhlich grinsendes „Guten Morgen" zurief, das hätte er nie erwartet.

„Wunderbar, ich rieche Croissants und Kaffee!", rief er und schwang sich aus dem Bett. „Bin gleich da!"

Hetzer schüttelte auf der Treppe grinsend den Kopf und setzte sich an den Esstisch.

Er hatte gerade den Kaffee eingeschenkt, als sich Peter ihm gegenüber zufrieden niederließ.

„Oh, ein Osterei gibt es auch noch!"

„Wenigstens etwas nach der Nacht."

„So schlimm war sie doch gar nicht. Wir konnten jetzt noch schön ausschlafen."

„Wie man's nimmt."

„Du scheinst nicht so gut in Form zu sein, Wolf. Ich mache dir ein einmaliges Angebot."

„Und das wäre?"

„Ich erspare dir die Obduktion heute."

„*Nadjagall,* ick hör dir trapsen. Und was muss ich dafür tun?"

„Du fährst ins Büro und schreibst den Bericht von heute Nacht."

„Sehr amüsant, da musst du aber schon noch was drauflegen."

„Nicht das, Hetzer, bitte nicht, nicht schon wieder den Friedrichs von der Zeitung."

„Okay, sagen wir, nicht nur das."

„Wolf, du bist gemein, du nutzt die Situation aus."

„Wieso, du fährst ins Vergnügen und ich hab die Arbeit am Hals. Irgendwo muss es doch ein bisschen Gerechtigkeit geben. Sonst übernehme ich gerne deinen Part."

„Gut, ich rufe den Friedrichs an und …"

„Und wen?"

„Ja, gut, ich mach's, ich rufe auch den Mensching und die Kukla an. Bist du dann zufrieden?"

„Schlag ein, Kollege, das ist ein fairer Deal."

„Ich fühle mich leicht übervorteilt, aber mit einer guten Grundlage im Magen will ich dir das mal nicht übel nehmen."

„Sehr liebenswürzig von dir!" Hetzer köpfte sein Ei und öffnete die Silberdose mit dem Meersalz.

„Hast du die Croissants selbst gebacken?"

„Nein, samstags bekomme ich immer zwei mehr, die backe ich dann am Sonntag auf oder friere sie ein."

„Da bin ich aber gerührt, dass du welche für mich opferst."

„Weil Ostern ist!", lachte Hetzer und lehnte sich zurück.

„Na, dann will ich mal", sagte Kruse und stand auf, „Nadja wollte so gegen zehn Uhr mit der ersten beginnen."

„Ja, ich fahre auch gleich runter zur Dienststelle, damit ich es hinter mir habe und wenigstens noch etwas vom freien Osterwochenende bleibt."

„Höre ich da einen kleinen sarkastischen Unterton in deiner Stimme?"

„Keinesfalls, und nun raus mit dir, ich will unter die Dusche."

„Ich finde den Weg schon allein."

„Kann sein, aber das ist unhöflich. Sag mal, was mir gerade noch einfällt. Weißt du, was gestern mit Moni war? Sie war plötzlich verschwunden."

„Keine Ahnung. Ich habe nur gesehen, dass sie sich eine Weile mit deinem Freund Klüver unterhalten hat, bis der gefahren ist. Vielleicht hast du ja Mimi zu tief in die Augen oder in die Bluse geschaut?"

„Keine Ahnung und wenn, was hat das mit Moni zu tun?"

Peter rollte mit den Augen und tätschelte Hetzers Rücken.

„Lass gut sein, Alter, du wirst schon noch dahinterkommen. Ciao!"

Etwas verdattert blieb Wolf in seinem Flur stehen. Hatte er etwas nicht mitbekommen? Er verwarf den Gedanken und rechnete es Peters Verliebtheit zu, dass er überall in seinem Umfeld mögliche Beziehungen sah. Das war ein ganz normales Phänomen. Schwangere sahen auch ständig dicke Bäuche oder Kinderwagen um sich herum.

Wie ein Schuljunge kam sich Wilfried vor, als er am frühen Ostermontagmorgen die Wohnungstür aufschloss. Er hatte nicht direkt Angst, aber es war ihm unangenehm, was nun folgen würde.

„Wilfried! Wo kommst du jetzt her?"

„Von draußen."

„Sei nicht so frech. Wo warst du die ganze Nacht. Ich bin tausend Tode gestorben, als du nicht wiederkamst."

„Mutter, ich bin schon lange erwachsen. Ich war aus."

„Einer wie du wird nie erwachsen. Was du schon wieder anhast. Liederlich. So wirst du keiner Frau gefallen. Warst du etwa bei einer, du weißt schon was?"

„Mutter, ich gehe zu keiner Nutte und wenn, geht es dich nichts an."

„Nimm das Wort nicht in den Mund, Junge. Du hast es doch nicht nötig, dafür zu bezahlen."

Wilfried versuchte, sich an seiner Mutter vorbei in sein Zimmer zu drängeln.

„So leicht kommst du mir nicht davon. Ich will jetzt wissen, wo du gewesen bist."

„Mutter, jetzt lass mich in Ruhe. Ich war auf einem Osterfeuer, habe zu viel getrunken und dann im Auto geschlafen, bis ich wieder nüchtern genug war. Reicht das?"

„Das hast du dir doch jetzt ausgedacht."

Wilfried war an und für sich eine ruhige Person, aber seine Mutter ließ ihn nicht durch. Er konnte es direkt fühlen, wie die Wut in ihm hochstieg und seinen Kopf rot werden ließ.

„Mutter", sagte er mit beherrschtem Ton, „lass mich jetzt durch!"

„Erst, wenn du die Wahrheit gesagt hast!"

Er hatte genug, in seinen Ohren rauschte es laut. Mit einem kleinen Schubs stieß er sie zur Seite, flüchtete in sein Zimmer und schloss die Tür ab. Darum hörte er auch nicht, dass die alte Dame ins Torkeln gekommen war, das Gleichgewicht verlor und im Sturz mit dem Hinterkopf auf der Kante des Telefontischchens aufkam.

Er war nur froh, dass er endlich seine Ruhe hatte. Vielleicht war es doch ganz gut, wenn er in den letzten Tagen der Osterferien noch verreiste. Das waren immerhin noch sechs Tage, die er woanders friedlich verbringen konnte. Weg, nur weg ins Warme, Mallorca vielleicht, Last minute am besten und am liebsten noch heute.

Er öffnete den Internetbrowser und lauschte an der Tür. Es war ruhig. Ob er es wohl wagen konnte, sich etwas zu trinken aus der Küche zu holen, ohne dem Drachen wieder zum Opfer zu fallen? Er hörte nichts und drückte vorsichtig die Klinke. Durch den Spalt war sie nicht zu sehen. Schnell öffnete er die Tür ganz und trat in den Flur.

Da sah er sie. Sie lag in einer Lache aus Blut, die ihren Kopf wie einen Heiligenschein umgab. Wilfried zuckte zusammen. Er konnte sich nicht erklären, wie das passiert sein konnte. Es war doch nur ein kleiner Schubser gewesen. Der Blick in ihr Gesicht sagte ihm, dass nichts mehr zu machen war. Ihre Augen starrten ins Leere. Ihm blieb keine Wahl. Er machte kehrt und buchte einen Flug nach Südamerika.

Als Wolf seine Kate gegen zehn Uhr zuschloss, ließ ihm ein Gedanke keine Ruhe. Er hatte ein komisches Gefühl wegen Moni. Sie war so früh weggegangen von seiner Geburtstagsfeier und hatte sich seitdem auch nicht mehr gemeldet. Das war komisch und ganz untypisch für sie. Sie war doch seine Freundin, sein Kumpel. Einer konnte sich auf den anderen verlassen.

Er war unruhig, fragte sich, ob sie vielleicht krank geworden war, aber dann hätte sie ihm doch Bescheid geben können.

Etwas ratlos klingelte er bei ihr und war erleichtert, als sie ihm im Bademantel öffnete.

„Mensch Moni, was bin ich froh, dass du da bist."

„Wo soll ich denn sonst sein? Willst du reinkommen?"

„Nein, danke, geht leider nicht, ich muss zur Wache. Wir hatten heute eine Nacht ... Aber das erzähle ich dir lieber später, wenn wir ein bisschen Ruhe haben. Geht es dir gut und kannst du nach Gaga schauen? Ich weiß nicht, wann ich wieder da bin. Vielleicht lässt du sie gegen Mittag noch mal raus. Geht das?"

„Ist alles in Ordnung mit dir, Wolf?"

„Etwas müde bin ich, mehr nicht."

Monis Stich war wieder da, tief unten in seiner Magengegend.

„Na, dann war es wohl eine wilde Nacht."

„Das kannst du laut sagen. Erzähl ich dir später mal."

Darauf könnte sie gut verzichten, dachte Moni bei sich und sagte:

„Mach dir keine Gedanken um Gaga, ich hole sie gleich rüber. Du solltest dir aber auch eine Ruhepause gönnen."

„Später, Moni. Ich weiß noch nicht, wann ich zurück sein werde."

„Das spielt keine Rolle."

„Danke! Wollen wir heute Abend zusammen essen und den Geburtstag nachholen?"

Jetzt verstand Moni gar nichts mehr. Sie stand etwas verdattert da und nickte nur.

„Also Tschüs, bis dann!", rief Hetzer und war schon auf der Treppe.

Sonntags war wenigstens kein Verkehr. Wolf freute sich, dass er so zügig bis zur Wache durchkam und parkte auf dem Hof.

Unten beim Diensthabenden geriet er in einen Tumult. Er konnte zuerst nicht verstehen, worum es ging, weil drei Personen durcheinandersprachen. Die ältere Dame weinte.

„Was ist hier denn los, kann ich helfen?", fragte er mit sonorer Stimme und alles drehte sich zu ihm um. Jetzt redeten sie auf ihn ein.

„Hallo, Ruhe bitte, einer nach dem anderen. Nun möchte ich erst mal hören, was mein Kollege zu sagen hat. Einen Moment Geduld bitte. Gero, was ist hier los?"

„Das Ehepaar Grimm vermisst ihre Tochter. Sie ist gestern Abend nicht zum Osteressen erschienen. Ich habe ihnen gesagt, dass die Dauer der Abwesenheit noch nicht ausreicht für eine Vermisstenanzeige. Vielleicht ist ihr etwas dazwischengekommen."

„Nie im Leben!", schluchzte die ältere Dame, „unsere Iris ist immer zuverlässig. Sie hätte uns zu Ostern nicht sitzen lassen mit dem Festtagsmenü, ohne wenigstens abzusagen."

„Haben Sie schon versucht, sie auf allen Telefonen zu erreichen? Haben Sie bei ihr geklingelt? Haben Sie vielleicht einen Schlüssel zu ihrer Wohnung?"

„Ja, wir haben alles probiert, aber sie ist nicht da. In ihre Wohnung sind wir noch nicht gegangen. Einen Schlüssel hätten wir aber zu Hause."

„Haben Sie ein Bild Ihrer Tochter dabei?"

„Nein, leider nicht!", sagte der Vater bedauernd.

„Doch Heinz, natürlich habe ich eines im Portemonnaie."

„Dürfte ich das bitte sehen?"

„Sehr gerne! Sie ist unser einziges Kind. Siehst du Heinz, endlich nimmt man uns ernst."

„Ich bin mir sicher, dass mein Kollege Sie vorhin auch ernst genommen hat. Bitte nehmen Sie hier Platz. Ich mache mir eben eine Kopie des Bildes. Kommst du, Gero?"

„Vielen Dank, Herr Wachtmeister! Wir warten hier."

Wolf nickte ihnen zu und ging mit Gero in den Nebenraum. Er hatte auf den ersten Blick erkannt, dass es sich bei der jungen Frau um die besser erhaltene Tote handelte.

„Hör mal Gero, du hast es vielleicht schon gehört, dass wir uns die Nacht wegen zwei Frauenleichen um die Ohren geschlagen haben?"

„Das ist mir nicht verborgen geblieben." Geros Platte kräuselte sich beim Lächeln nach hinten.

„Die älteren Herrschaften sind mit gutem Grund hier. Eine der Frauen ist die gesuchte Tochter."

„Oh je, das ist ja schrecklich. Die Mutter hat eben schon so geweint. Willst du es ihnen jetzt sagen?"

„Kannst du bitte erst einen Arzt anrufen und einen Seelsorger? Die beiden werden das schlecht verkraften. Sie haben keine anderen Kinder."

„Welche Konfession?"

„Das ist doch jetzt egal. Am besten der, der im Krankenhaus heute Dienst hat. Hast du die Adresse der Tochter?"

„Klar, die hab ich vorhin aufgeschrieben."

„Schick bitte die Spusi hin. Ich danke dir."

„Ich rufe eben Kruse in der Gerichtsmedizin an und sage ihm, dass unsere Tote einen Namen hat – na ja, wenigstens die eine. Und du gibst mir bitte Bescheid, wenn Arzt und Pfarrer eingetroffen sind."

„Wird gemacht, Wolf."

Das mit dem guten Frühstück schien sich heute nicht zu bewahrheiten. Der Tag würde augenscheinlich nicht so angenehm weitergehen. Wolf musste sich setzen, als er in seinem Büro ankam. Ganz fit fühlte er sich nicht, aber es half nichts. Er startete den Computer und dachte, dass er sich besser einen Tee kochen sollte, während er hochfuhr. Kamille hatte doch beruhigende Eigenschaften, erinnerte er sich.

Mit der dampfenden Tasse in der linken Hand gab er einhändig sein Passwort ein und stellte den Becher ab. Ein Klingeln zeigte ihm an, dass der Server die neuen Nachrichten auf seinen Account geladen hatte. Die schaffe ich noch eben, dachte er bei sich und scrollte im Bildschirm.

Sie stachen ihm ins Auge, die merkwürdigen Mails. Eine war von Samstag, eine von gestern. Schon wieder zwei von diesen ohne Absender, die sich nicht zurückverfolgen ließen. Der Text war ähnlich wie bei den ersten beiden. In der dritten Nachricht stand: *Sie lebt noch,* bei Nummer vier las er: *Sie lebt noch immer* – und da endlich ging ihm ein Licht auf. Es war derselbe Satz. Von Anfang an war es derselbe Satz gewesen. Es kam nur immer ein Wort dazu. Die allererste hatte er überhaupt nicht ernst genommen und sie vielmehr für einen Scherz gehalten. Was soll man auch schon unter einem einzigen Wort „Sie" verstehen. Bei „Sie lebt" war er schwer ins Grübeln gekommen, ob das eine Botschaft sein sollte, aber sie waren nicht weitergekommen. Nun hatte der Satz eine andere Dimension. Einmal von der Aussage her und einmal wegen der drei zurückliegenden Morde. Eine Frau lebte noch, aber ihr Leben war in Gefahr. In Hetzers Kopf rotierte es. Warum bekam gerade er diese Botschaften? Dafür musste es doch einen Grund geben. Sie konnten nur vom Mörder oder einem Mitwisser kommen.

Wolf schreckte hoch, als ihn das Telefon aus seinen Gedanken riss.

„Ja, Hetzer."

„Wolf, ich bin's, Gero. Der Geistliche und der Arzt sind jetzt hier. Soll ich sie zu dir schicken?"

„Ja, vielen Dank. Rufst du Peter in der Rechtsmedizin an, ich bin noch nicht dazu gekommen. Die Eheleute hole ich selbst ab. Ich möchte die Helfer erst einweihen."

„Ist gut. Bis später."

Hetzer schob seine eigenen Gedanken weg, als es an der Tür klopfte. Er begrüßte Dr. Fred Passmann, von Kennern der internistischen Szene auch Inter-Fred genannt, und den Seelsorger, der sich als Pastor Henning Schwarz vorstellte.

„Meine Herren, ich will es kurz machen. Ich muss ein älteres Ehepaar vom Tod ihrer einzigen Tochter in

Kenntnis setzen. Die Frau ist sehr labil. Beide müssen schon Ende sechzig sein. Das Kind kam wohl erst spät und war sehr behütet. So hat es zumindest den Anschein. Ich denke, sie werden ihre Hilfe brauchen. Es wäre mir lieb, wenn Sie dabei sind, wenn ich den beiden diese schmerzliche Nachricht übermittle. Ich hole sie jetzt."

Mit langsamen Schritten ging Wolf dem Paar entgegen, das noch auf die Rückkehr seiner Tochter wartete. Er würde ihnen diese Hoffnung unwiederbringlich nehmen müssen. Es fiel Wolf schwer, seine Gefühle zu verbergen. Sein Gesichtsausdruck reichte aus, um die Eltern von Iris in Schrecken zu versetzen.

„Herr Kommissar, bitte sagen Sie uns, was passiert ist. Ist Iris etwas geschehen? Ist ihr etwas Schlimmes zugestoßen? So reden Sie doch."

„Bitte kommen Sie mit in mein Büro, da können wir in Ruhe sprechen. Nehmen Sie doch Platz."

Iris' Mutter begann wieder zu weinen. Es war die Ahnung des Unausweichlichen. Arzt und Pastor hielten sich abseits.

„Frau Grimm, Herr Grimm, ich muss Ihnen eine traurige Mitteilung machen. Wir haben Ihre Tochter heute Nacht tot in der Nähe der Paschenburg gefunden. Haben Sie eine Ahnung, was sie dort gemacht haben könnte?"

Ingrid Grimm sackte auf ihrem Stuhl zusammen. Dr. Passmann nahm sich ihrer an.

Obwohl sich Heinz Grimm bemühte, nicht die Fassung zu verlieren, konnte er doch die Tränen nicht ganz unterdrücken. Henning Schwarz legte ihm die Hand auf die Schulter.

„Iris war unser einziges Kind. Sie war ein Geschenk. Wir hatten damals schon gedacht, dass wir überhaupt keine Kinder bekommen könnten, und hatten uns damit abgefunden, allein zu bleiben. Wir hatten die Hoffnung aufgegeben, da wurde Ingrid mit fast vierzig Jahren schwanger. Es war wie ein Wunder. Sie werden verstehen, wie nahe uns das geht. Kein Elternteil sollte sein Kind überleben müssen. Es gibt keinen größeren Schmerz, sagt man, und ich kann Ihnen bestätigen, dass das nicht übertrieben ist. Ich hatte gleich so ein komisches Gefühl, als sie gestern Abend nicht kam oder absagte. Das war nicht ihre Art. Es musste etwas Schreckliches geschehen sein. Daran gab es für mich keinen Zweifel. Sie haben das jetzt nur bestätigt, was wir befürchtet haben."

Wolf Hetzer nickte.

„Herr Grimm", sagte Dr. Passmann, „ich würde Ihre Frau gerne zur Beobachtung mit ins Rintelner Klinikum nehmen. Ich habe ihr etwas zur Beruhigung gespritzt, aber der Blutdruck ist sehr schwankend. Sind Sie damit einverstanden?"

„Ja, Herr Doktor, bitte kümmern Sie sich um Ingrid. Ich komme schon zurecht."

„Dann rufe ich jetzt den Rettungswagen an." Passmann ging in den Nebenraum.

Hetzer drehte sich ein Stück zur Seite und flüsterte, damit Ingrid Grimm seine Worte nicht hören konnte.

„Herr Grimm, was war Iris für ein Mensch?"

„Iris war jemand, der sich im Leben gut zurechtfand. Bei ihren Freunden war sie sehr beliebt, und die Arbeit im Kindergarten füllte sie aus."

„Was können Sie Negatives über Iris sagen. Bitte verzeihen Sie, aber auch das müssen wir wissen. Es hilft uns dabei herauszufinden, warum ihr etwas zugestoßen ist."

„Hmm, vielleicht kann man sagen, dass sie etwas leichtgläubig war oder besser gesagt, zu schnell vertraut hat. Das führte manchmal dazu, dass sie schnell Freundschaften schloss, sich diese aber irgendwann wieder zerschlugen. Denn wenn Iris erst einmal begriffen hatte, wie der Charakter einer Person wirklich war, war das für sie oft eine Überraschung. Sie sah immer erst nur das Gute in anderen."

„Würden Sie sagen, dass das im Grunde auch auf Männer zutraf?"

„Mit den Männern hatte unsere Iris meistens Pech. Sie ließ sich ausnutzen oder für deren Zwecke einspannen. Einmal wäre sie deshalb fast nach Amerika gegangen. Verstehen Sie, sie war herzensgut, aber sie hatte kein Gespür für etwas, das ihr nicht guttat. Sie ging immer aufs Ganze, gab den Männern Unterstützung bis zur Selbstaufgabe, bis der Moment kam, wo sie aufwachte. Dann allerdings zog sie rasch die Konsequenzen. In letzter Zeit hatte sie keinen festen Freund mehr."

„Gab es Männer, die sich durch diese ‚Konsequenzen' verletzt fühlten? Ich nehme mal an, sie trennte sich dann immer kurzfristig?"

„Das stimmt. Mit einem hatte sie sogar zusammengewohnt. Das änderte aber nichts. Sie suchte sich, als sie ihn durchschaut hatte, sofort eine neue Wohnung und war innerhalb kürzester Zeit ausgezogen. Ich kann mir nicht vorstellen, dass einer dieser Herren so viel Hass auf Iris verspürte, dass ..." Die Worte blieben ihm im Hals stecken.

Hetzer nickte.

„Gut, ich will Sie heute nicht weiter mit Fragen belasten. Ich muss Sie aber bitten, mich nach Stadthagen in die Rechtsmedizin zu begleiten, um Ihre Tochter zu identifizieren."

„Muss das sein, Herr Kommissar? Ich weiß nicht, ob ich den Anblick ertragen kann."

„Herr Grimm, das kann ich verstehen. Es wird jemand an Ihrer Seite bleiben, aber wir können es Ihnen leider nicht ersparen. Ich muss Sie auch noch um eine Liste mit allen Freunden, Bekannten und ehemaligen Lebenspartnern bitten."

Es sah so aus, als ob Heinz Grimm in seinem Stuhl kleiner geworden war, aber er nickte leicht.

„Wann soll die Identifizierung sein? Jetzt gleich?"

„Einen Moment bitte, ich muss erst in der Rechtsmedizin anrufen. Vielleicht kann dann auch Pfarrer Schwarz mitfahren und Ihnen eine zusätzliche Stütze sein."

Er sah zu dem Geistlichen hinüber.

„Ich helfe gerne und begleite Sie auf diesem schweren Weg, Herr Grimm, wenn Sie es wünschen."

„Vielen Dank, das wird nicht nötig sein", antwortete Heinz Grimm. „Sie haben bestimmt andere Dinge zu tun. Ich schaffe das schon. Kommissar Hetzer ist ja bei mir."

„Wie Sie wünschen, Herr Grimm. Ich gebe Ihnen aber meine Karte mit. Sollte es Ihnen heute oder in den nächsten Tagen schlecht gehen, rufen Sie mich bitte an, auch nachts."

„Danke, das ist sehr freundlich von Ihnen."

Wolf ging in den Nachbarraum und rief in Stadthagen an.

„Serafin, ach hallo, du bist es, Wolf! Ich habe eben erst die Nummer erkannt."

„Hallo Nadja, machst du grade Pause?"

„Wie man's nimmt. Ich musste mal frische Luft schnappen. Die eine Dame riecht doch etwas streng."

„Ah, ihr habt erst mit der älteren Leiche angefangen."

„Genau, das Unangenehme erledige ich gerne immer zuerst."

„Könnten wir dann mit dem Vater der zweiten Toten vorbeikommen? Sie muss noch identifiziert werden. Dann kann er sie sehen, bevor du Hand angelegt hast."

„Dann müsst ihr euch aber beeilen. Ich liege hier in den letzten Zügen und wollte dann eigentlich gleich weitermachen. Aber weißt du was, im Grunde ist das egal, dann kann ich dir auch gleich alles von der ersten Sektion erzählen, wenn du hier bist. Das müssen wir dann nicht am Telefon machen."

„In Ordnung, wir fahren gleich los."

Hetzer legte auf und ging wieder zu den beiden Männern zurück. Henning Schwarz erhob sich, half Herrn Grimm aufzustehen und legte ihm die Hand auf seinen Arm.

„Bitte denken Sie daran, mich anzurufen, wenn der Schmerz zu groß wird."

Dann verabschiedete er sich.

Auf der Fahrt nach Stadthagen sprachen die Männer nicht. Jeder hing seinen Gedanken nach. Sie erreichten die rechtsmedizinische Abteilung gegen Mittag. Peter Kruse stand draußen vor der Tür und biss von einem Brötchen ab, das er sich vorsichtshalber noch mitgenommen hatte.

„Darf ich vorstellen, das ist mein Kollege Peter Kruse. Wir ermitteln gemeinsam. Und das ist Herr Grimm, der Vater von Iris Grimm."

„Guten Tag!", sagte Peter und reichte die linke Hand, weil er in der rechten das Brötchen hielt. Dabei dachte er, dass die Begrüßung saublöd gewesen war. Es war kein guter Tag für den Vater der Toten.

„Peter, kannst du eben Herrn Grimm zu seiner Tochter begleiten, dann kann ich mit Nadja sprechen? Es ist Ihnen doch recht, Herr Grimm?"

Heinz Grimm konnte nichts sagen. Er brachte nur ein zustimmendes Murmeln hervor. Peter drehte sich heimlich zur Seite, steckte den letzten Bissen in den Mund und nickte Wolf zu. Als die beiden verschwunden waren, suchte Hetzer nach Nadja. Sie war nicht da. Er konnte sie auch nicht finden.

Als Armin Klüver an diesem Ostermontagmorgen aufgewacht war, hatte er sich erst einmal wohlig ge-
streckt. Er fragte sich, ob er sich ärgern sollte, dass er
erst so spät wieder zu Hetzers Feier gefahren war. Er
hatte vor verschlossener Tür gestanden. Keiner hatte
ihm aufgemacht, obwohl innen das Licht angewesen
war. Merkwürdige Geschichte.

Dabei wäre es richtig nett gewesen, sich ein, zwei
Bier zu genehmigen und neue Leute kennenzulernen,
auch wenn die meisten irgendwie mit der Polizei zu
tun hatten.

Hier im Haus war es ruhig. Das lag daran, dass seine
Frau mit den Kindern im Süden war. Bei diesem Gedanken fiel ihm ein, dass er den Kleinen versprochen
hatte, das Baumhaus fertig zu machen. Er hatte nur
noch ein paar Tage, bis sie wiederkamen. Heute hatte
er eine gute Entschuldigung. Er durfte wegen des Fei-
ertags keinen Krach machen und drehte sich wohlig
um. Als er wieder auf die Uhr sah, war es bereits halb
elf. Mist, dachte er, ich muss noch bei Willi anrufen
und ihm sagen, dass ich Sieglind gut abgegeben habe.
Er wollte nicht, dass Willi sich Sorgen machte. Vielleicht war es gut, wenn er ihm sagte, wie zufrieden sie
sich von ihm verabschiedet hatte. Unrasiert, aber mit
einem Kaffee ausgestattet, griff er zum Hörer.

„Gaststätte auf der Schaumburg, Schäfer mein
Name, guten Tag!"

„Hallo Willi, ich bin's, Armin. Ich wollte dir nur
schnell erzählen, dass ich Sieglind gut untergebracht
habe."

„Ach, das ist ja wunderbar, danke noch mal, Armin. Ich weiß nicht, wie ich das hätte schaffen sollen wegen der Gäste."

„Ist doch kein Problem unter Freunden. Das habe ich gerne gemacht. Du sollst dich übernächsten Sonntag mal bei der Äbtissin melden und nachfragen. Vorher nicht, sagte sie, weil es immer erst eine gewisse Eingewöhnungszeit gibt. Falls Probleme auftreten sollten, wendet sie sich sowieso an dich, sagte sie."

„Dann bin ich beruhigt. Ich hoffe so sehr, dass sie sich dort wohlfühlt und in Zukunft leben kann.

„Das kann ich mir vorstellen. Sie ist schon ein bisschen wunderlich."

„Wie meinst du das? Wegen ihrer besonderen Beziehung zu Gott?"

„Wohl eher wegen der, die sie zu Menschen nicht hat. Sie hat kein einziges Wort zu mir gesagt, nur vor sich hergebetet. Dabei kennt sie mich doch von früher."

„Das musst du ihr nachsehen, sie hatte eine schwere Kindheit. Die Mutter war früh gestorben, sie musste in der Gaststätte aushelfen. Eigentlich hatte sie gar keine Zeit, Kind zu sein. Sie hat sich einen Freund gesucht, der sie nicht enttäuscht und der immer Zeit für sie hatte, wenn sie ihn brauchte – Gott."

„Hmm, da hätte es vielleicht auch noch andere gegeben, aber was soll's. Wollen wir hoffen, dass sie es jetzt dort bei ihrem Gott gut hat und zufrieden ist."

„Genau, das ist das Wichtigste und mich beruhigt es. Du weißt, ich bin ein kranker Mann, und ich fühle seit einigen Tagen, dass meine Kraft zu Ende geht. Ich glaube nicht, dass ich den Herbst noch erlebe."

„Na, na, na, nun mach mal halblang! Jetzt kommt doch erst mal der Sommer und den solltest du genießen. Der gibt dir Kraft zurück und Lebensfreude, wenn du dir um Siggi keine Sorgen mehr machen musst."

„Noch einmal vielen Dank! Sag mal, kannst du nächste Woche einmal hochkommen? Ich möchte Getränke bestellen. Dann können wir ein schönes Bier zusammen trinken. Ich lade dich ein."

„Okay, das wird wahrscheinlich Mittwoch oder Donnerstag. Reicht das?"

„Ja, das reicht, also einen schönen Tag noch, bis nächste Woche dann."

„Bis nächste Woche!"

Der Willi war ein feiner Kerl, dachte er bei sich und überlegte, dass es schön gewesen wäre, ihn noch intensiver kennengelernt zu haben. Aber das hatte nicht sein sollen und jetzt war die Zeit zu knapp.

Zeit war ohnehin ein Faktor, der sich nur sehr schwer beeinflussen ließ. Es hing immer alles von so vielen Faktoren ab. Da fiel ihm ein, dass er doch die Bretter für das Baumhaus schon in der Garage streichen konnte. Streichen machte keinen Lärm, dann musste er es später nur noch zusammensetzen.

Hetzer kam sich blöd vor. Da lief er nun durch die Räume der Rechtsmedizin und suchte nach Nadja, die wie vom Boden verschluckt schien. Gerade, als er aufgeben wollte und es doch vorzog lieber mit ihr zu telefonieren, lief sie ihm direkt in die Arme. Sie war leichenblass.

„Hey, da bist du ja, aber wer hat gesagt, dass du aussehen sollst wie die, die du obduzierst? Geht es dir nicht gut?"

„Überhaupt nicht, ich habe wohl einen Magen-Darm-Virus und dann auch noch dieser Geruch. Das war jetzt irgendwie zu viel."

„Dann gib die zweite doch ab und geh nach Hause in dein Bett!"

„Bist du verrückt? Glaubst du, das lasse ich mir entgehen? Sie wird doch vielleicht von demselben Täter ermordet worden sein. Da muss ich zwingend auch die zweite Obduktion durchführen. Du lässt doch auch nicht andere weiterermitteln."

„Ist ja schon gut. Nun sei doch nicht so hitzköpfig. Kann ich dir irgendwas holen? Einen Tee oder so? Zwieback?"

„Nee, danke, ich hab schon Kohletabletten eingeworfen, die Krämpfe mit Buscopan behandelt und meinen Magen mit Iberogast beruhigt. Das muss reichen. Ich bin nicht so leicht aus der Form zu bringen, aber das hier ist echt heftig. Wo ist Kruse? Ich will gleich weitermachen."

„Ein, zwei Worte kannst du aber erst mit mir wechseln. Konntest du an den Teilen noch irgendetwas feststellen? Schnitte, Verzierungen, runde Male?"

„Die Schnitte zum Abtrennen der Gliedmaßen sind post mortem ausgeführt worden und da war sie auch schon länger tot. Sie dienten wohl nur dazu, die Leiche leichter wegschleppen zu können. Ansonsten habe ich so keine weiteren Male irgendeiner Klinge gefunden. Tut mir leid. Sie war natürlich auch nicht mehr so ganz vollständig, was die Haut und das Fleisch angeht. Daran hatte sich schon das eine oder andere Tier gütlich getan – kleine und größere. Aber auf dem Rücken habe ich was gefunden, was diesen runden Malen ähnlich war."

„Vielleicht waren es doch Totenflecken?"

„Nein, ganz bestimmt nicht, weder bei der Toten von neulich, noch bei dieser hier. Ich konnte noch eine Verdickung, eine Gewebeunterblutung feststellen, aber woher die stammen könnte, weiß ich noch nicht. Ich bin gespannt, ob uns dies die etwas frischere Dame verrät. Also lass mich jetzt erst loslegen, wir können nachher telefonieren."

Schon während des Gesprächs war Nadja wieder in Richtung Sektionssaal gegangen. Sie hatte keine Ruhe.

„Oh Mann, wo ist denn nun Peter schon wieder hin? Man kann doch nicht den ganzen Tag essen!"

„Kruse schon", lachte Hetzer, „aber in diesem Fall ist er entschuldigt, weil er mit dem Vater der Toten beschäftigt ist, die du gleich aufschneiden willst. Wir brauchten noch einen eindeutigen Nachweis für ihre Identität. Siehst du, da kommt er schon."

Peter Kruse stützte Heinz Grimm und führte ihn an die frische Luft. Er schien um Jahre gealtert. Die Falten waren zu Furchen geworden, die Augen waren in ihre Höhlen gesunken, als ob das Gesehene sie zurückgedrängt hätte. Hetzer nahm den Vater am Arm und fragte ihn, ob er Hilfe bräuchte. Doch der schüttelte den Kopf und sagte, dass er gerne nach Hause wolle. Wolf winkte Kruse zu, der schon wieder an der Tür stand, um Nadja nachzueilen. Dann öffnete er die Tür seines Dienstwagens und half Heinz Grimm beim Einsteigen.

An diesem Tag waren keine Worte übrig geblieben, die von einem verwaisten Vater noch gesagt oder gehört werden wollten. Wolf hatte Verständnis dafür. Er setzte Herrn Grimm nach schweigsamer Fahrt vor dessen Haus ab und half ihm, die Tür aufzuschließen. Seine Hände zitterten zu sehr. Als er im Inneren verschwunden war, blieb Wolf noch eine Zeit lang im Auto sitzen und dachte an den Mann, der nun allein war – allein mit seinem Schmerz um die Tochter und der Sorge um seine Frau.

Im Wald

Es war warm an diesem Ostermontag, auch im Wald freuten sich die Tiere über eine angenehm laue Temperatur, die schon den einen oder anderen Wurm aus der Erde lockte und die Vögel ans Brüten denken ließ.

Fortpflanzung und Erneuerung waren Sache des Frühlings, der heute auch den Fliegen eine Einladung schickte, ihre Kinderstube in einem toten Frauenkörper einzurichten.

Der Tag hätte heute so schön anders sein können, dachte Wolf, als er sich wieder an seinem Schreibtisch niederließ. Auf seinem Bildschirm warteten über dreißig Mails auf Bearbeitung – von der Spusi, von den Tauchern der Wasserschutzpolizei, von etlichen anderen, die in der letzten Nacht mit dabei waren, und von Thorsten Büthe. Die öffnete er zuerst.

„Hallo Wolf,
   wie versprochen, habe ich alles, was ich wusste, ins ViCLAS eingegeben, aber die Fakten sind noch zu dünn. Bitte schick mir sofort alles, was ihr herausfindet. Dann habe ich noch deutschlandweit nach vermissten Frauen gesucht. Ihr hattet euch logischerweise zuerst auf die Umgebung konzentriert. Doch im Süden bin ich eventuell fündig geworden. Vermisst wird eine blonde, langhaarige Frau aus Neubiberg, 22 Jahre alt. Es gibt keine Anhaltshaltspunkte über ihren Verbleib. Sie ist vor circa vier Wochen verschwunden und niemals wieder irgendwo aufgetaucht. Vielleicht ist nichts dran, aber ich habe das Zahnprofil zur Sicherheit trotzdem an eure Pathologin geschickt. Die anderen Vermissten passen nicht vom Alter her. Ich melde mich wieder, wenn ich mehr weiß. Haltet mich auf dem Laufenden!
   Viele Grüße, Thorsten"

Das klang interessant. Darauf würde er nachher gleich Nadja ansprechen. Doch nun musste er sich den unliebsamen Pflichten widmen und würde jetzt Frau

Dr. Kukla und Herrn Mensching anrufen, um sie über den Stand der Dinge zu informieren. Es würde bestimmt Nachmittag werden, bis er dann mit dem Bericht fertig war, wenn nichts Neues dazukam.

Es war so ruhig in der Wohnung. Mittlerweile war es Mittag. Wilfried saß vor seinem Computer und starrte seit Stunden auf die Internetseite des Flughafens von Hannover. Er musste über Frankfurt, Paris oder London fliegen, wenn er nach Rio wollte.

Aber warum wollte er eigentlich weg? War das nur der erste Schreck, das schlechte Gewissen, weil er im Grunde genommen froh war, dass die alte Hexe tot war? Er war doch nicht schuld. Sie hatte ihn nicht durchgelassen und er hatte ihr höchstens einen klitzekleinen Schubs gegeben, damit er an ihr vorbeigehen konnte. Vielleicht war das auch gar nicht der Auslöser für den Sturz gewesen. Keinen Laut hatte er gehört, dass sie gefallen, auch nicht, dass sie mit dem Hinterkopf auf dem Tischchen aufgeschlagen war. Es war ein Unfall gewesen. Dafür konnte er nichts, selbst wenn er es sich tausendmal gewünscht hatte. Für seine Gedanken konnte man nicht bestraft werden.

Nein, er wollte nicht mehr wegfliegen. Er wollte hierbleiben. Sie würden ihn als Mörder suchen, der er nicht war, wenn er abhauen würde. Dann könnte er niemals zurückkommen. Dabei liebte er sein Zuhause, das jetzt endlich wirklich seins war. Seins ganz allein, in dem er die Ruhe hatte, die er brauchte, und die er verdiente.

Entschlossen ging er zum Telefon und rief den Hausarzt an. Er kannte Dr. Passmann seit Jahren, weil sie gemeinsam in der Kantorei sangen. Darum hatte er auch dessen Privatnummer. Doch von Passmanns Frau erfuhr Wilfried nur, dass der Doktor heute Not-

dienst hatte. Über die Zentrale des Rintelner Kranken-
hauses erreichte er ihn endlich und erzählte ihm, wie
er seine Mutter vorgefunden hatte. Dr. Fred Passmann
versprach, sofort zu kommen.

Mit Argusaugen hatte Moni das Motorrad im Blick, das immer noch auf Hetzers Hof stand. Diese Mimi und er schienen wohl zusammen mit dem Auto weggefahren zu sein oder sie war noch dort allein im Haus. Dann hätte Wolf sie aber nicht darum gebeten, dass sie sich um Gaga kümmern sollte.

Was soll's, dachte Moni bei sich und musste sich eingestehen, dass die junge Frau vom Alter her auch viel besser zu Wolf passte als sie selbst, auch wenn das schmerzte. Eine Familie zu gründen war mit ihr nicht mehr möglich. Ihre biologische Uhr war in dieser Hinsicht abgelaufen, aber Hetzer war mit Mitte vierzig vielleicht noch daran interessiert. Sie wusste es nicht, weil sie nie mit ihm darüber gesprochen hatte.

Mit gemischten Gefühlen betrat Moni das Nachbarhaus. Gaga freute sich und kam inzwischen auf drei Beinen schon gut zurecht.

„Na, meine Kleine, hast du mich vermisst?"

Gaga wedelte und legte den Kopf schief. Das Haus schien leer, bis auf die Katerbrüder, die nur müde den Kopf von der Chaiselongue hoben und dann weiterschliefen. Moni kämpfte mit sich selbst. Sollte sie nach oben gehen und nach dem Rechten sehen? Eigentlich wollte sie überhaupt nicht nach dem Rechten sehen, sondern danach, ob jemand in Hetzers Bett übernachtet hatte. Sie schüttelte den Kopf über sich selbst, weil sie wusste, dass sie dies überhaupt nichts anging, aber der innere Schweinehund siegte. Sie musste sich davon überzeugen, dass Mimi einen Platz in Wolfs Leben eingenommen hatte, der ihr selbst versagt geblieben war.

Auch wenn es schön gewesen war auf dem Sofa – das Bett hatte eindeutig ein anderes Gewicht.

Sie stand vor Hetzers Schlafzimmertür und drückte trotz ihres schlechten Gewissens die Klinke hinunter. Die Tür ging auf und gab den Blick auf ein komplett bezogenes Ehebett frei. Die andere Seite war nicht länger leer. Also doch! Auch im Bad hingen zwei Handtücher, weitere weibliche Utensilien waren nicht zu sehen, was allerdings auch kein Wunder war, so sagte sich Moni, denn das Techtelmechtel war sicher nicht geplant gewesen.

Nun wusste sie wenigstens Bescheid und musste sich nicht weiter zum Affen machen. Wolf war an ihr nicht interessiert. Traurig schloss sie die Tür und ging die Treppe hinab. Gaga wartete schon ungeduldig wedelnd mit der Leine im Maul.

„Ja, mein Mädchen, wir drehen eine kurze Runde, aber wir lassen es langsam angehen."

Ein Spaziergang war jetzt das Richtige, um den Kopf wieder freizukriegen und die Realität zu akzeptieren. Es hatte auch sein Gutes. Sie wusste Bescheid und konnte sich anderweitig orientieren. Vielleicht würde sie sich doch mal mit dem „Löwenzahn" treffen. Er wohnte ganz in der Nähe, in Kohlenstädt. Das war ein Katzensprung. Dort konnte sie praktisch hingucken. Dieser Gedanke hob ihre Stimmung etwas.

Gemeinsam mit Gaga ging sie ein Stück auf der Straße „Unter der Frankenburg" entlang. Moni hing ihren Gedanken nach, während die Hündin neben ihr herhumpelte. Der Seitenstreifen des Asphaltweges ließ Gaga genug Raum zum Schnüffeln und ermöglichte ihr zugleich das Laufen auf sicherem Untergrund. Nach rund einhundert Metern machten sie kehrt. Gaga sah Moni fragend an, als sie vor deren Haus standen.

„Du hast richtig geraten, wir gehen zu mir. Ich habe noch einen schönen Kauknochen für dich. Mit dem kannst du dich im Garten beschäftigen. Ich will noch kurz an den Computer."

Als die Hündin zufrieden mit ihrem Knochen auf der Wiese lag, startete Moni ihren Laptop und holte sich ein Wasser aus dem Kühlschrank. Vielleicht hatte sie Glück und „Löwenzahn" war an diesem Feiertag im Netz.

Sie ignorierte den „Ackerschachtelhalm" und ging die Namen der angemeldeten User durch. Mit einem Doppelklick konnte sie „Löwenzahn" direkt und ganz privat ansprechen.

„Frohe Ostern, du schirmchentragendes Wolfsmilchgewächs!"

„Oh, guten Morgen, du bist schon da, liebe Lavendelrose. Das freut mich aber und es trifft sich gut, denn ich habe mir was überlegt."

„So? Was denn? Nun bin ich aber neugierig."

„Wir könnten doch heute mal ganz unverbindlich spazieren gehen. Ich wollte hoch zur Paschenburg und die Aussicht genießen. Es ist ein herrlicher Tag. Die Luft ist ganz klar. Man müsste richtig weit sehen können. Vielleicht können wir auch einen Kaffee zusammen trinken."

Moni zuckte zusammen.

Sie war hin- und hergerissen von dem Gedanken, „Löwenzahn" wirklich und leibhaftig vor sich zu sehen.

„Du zögerst?"

„Nein, nein, ich bin nur etwas überrascht von deiner spontanen Idee."

„Positiv oder negativ überrascht?"

„Doch, ich freue mich. Es kommt nur etwas plötzlich, und heute ist es leider schlecht, weil ich auf den Hund meines Nachbarn aufpassen muss."

„Bring ihn doch mit. Das ist kein Problem. Er wird seinen Spaß haben im Wald."

„Das wäre schön, aber die Hündin ist verletzt. Sie kann nur auf drei Beinen laufen, weil sie frisch operiert ist. Dreibeinig bekomme ich sie nie und nimmer ins Auto. Wir gehen momentan auch nur Asphaltwege, damit sie nicht auf unwegsamem Gelände stolpert."

„Vielleicht kannst du sie ein, zwei Stunden alleine lassen?"

„Lieber nicht. Ich habe die Verantwortung für sie übernommen. Da möchte ich schon warten, bis mein Nachbar wieder hier ist."

„Weißt du denn, wann er wiederkommt?"

„Leider nein, er arbeitet bei der Kripo. Das ist immer ungewiss. Tut mir leid, aber ich fürchte, das wird heute nichts."

„Das ist sehr schade, liebe Lavendelrose. Dann muss ich wohl heute allein spazieren gehen. Aber ich melde mich später noch mal. Vielleicht finden wir einen anderen Tag?"

„Sehr gerne, wirklich, ich freue mich, dich kennenzulernen. Du bist doch nicht böse, dass es heute nicht klappt? Ich habe einfach kein gutes Gefühl dabei, die Hündin hier allein zu lassen."

„Keineswegs. Es ehrt dich doch, dass du so sorgsam mit denen umgehst, die dir anvertraut sind." Er sendete ihr ein Zwinkersmiley.

„Dann bin ich beruhigt. Ich wünsche dir viel Spaß bei deinem Ausflug und hoffe, dass wir uns heute noch lesen, wenn du wieder zurück bist."

„Ganz bestimmt, ich berichte dann. Bis später!"
„Ja, bis nachher und pass auf dich auf!"
Er sendete ihr zum Abschied folgendes Zeichen :-*

Das war ein Kuss, jubelte sie innerlich, ein Küsschen zumindest. Sie fühlte sich sofort besser. Sollte doch Wolf seine Mimi mit ins Bett nehmen. Das hieß auf keinen Fall, dass sie nun Trübsal blasen musste. Sicher, sie hing an ihm, Wolf lag ihr wirklich am Herzen, aber das konnte er ebenfalls als guter Freund.

Es war nicht so, dass sie nun unbedingt auf eine Liebesbeziehung aus war. Sie glaubte auch nicht, dass Sex so wichtig war, obwohl sie ihn gelegentlich ganz gerne genossen hatte. Eine harmonische Lebensgemeinschaft war genauso viel wert. Sie wollte einfach nicht länger alleine leben und hoffte, dass sie diese alltägliche Einsamkeit irgendwann loswerden konnte.

Ohnmacht

Gegen Nachmittag saß Wolf Hetzer immer noch über dem Rest seiner zahlreichen Mails, als wieder eine von diesen ominösen ankam, die sich nicht zurückverfolgen ließen. Sie lautete: *„Sie lebt noch immer weiter ..."* und ließ ihn wütend werden. Musste er jetzt davon ausgehen, dass jemand schon verletzt irgendwo lag, dem der Garaus gemacht werden sollte? Und er war so hilflos in dieser Situation. Die Technik hatte alles Mögliche versucht, um hinter den Absender dieser Nachrichten zu kommen, aber ohne Erfolg. Er musste tatenlos zusehen, wie dieser Satz nach und nach vervollständigt wurde, während jemand dabei zugrunde ging. Der Schreiber wechselte die IP-Adressen und Sendeorte wie die Unterhosen. Hetzer war machtlos.

In dieses Gefühl von Ohnmacht und Hoffnungslosigkeit klingelte sein Telefon. Hoffentlich nicht schon wieder diese Staatsanwältin Dr. Kukla. Er hatte vorhin schon fast eine Stunde mit ihr gesprochen. Aber nein, es war die Rechtsmedizin. Hoffentlich gab es wenigstens hier gute Neuigkeiten.

Sein Blutdurst war groß. Vor allem jetzt, wo er nicht zum Zuge gekommen war bei ihr. Von ihr hatte er sich einiges versprochen. Es wäre besonderes Blut gewesen, das er in seine Kehle rinnen lassen wollte wie einen köstlichen Tropfen. Doch sie war zu seiner größten Enttäuschung geworden. Seinen Jagdtrieb hatte sie erlöschen lassen. Mitleid, nur Mitleid hatte er für diese kriechende Kreatur empfunden, die es nicht einmal vermocht hatte zu fliehen. Er überlegte, ob das Absicht gewesen war, ob sie ihn hatte abermals verhöhnen wollen. Aber wen kümmerte das noch? Sie war tot.

Jetzt brauchte er Ersatz. Und er wusste auch endlich, wie er ihn beschaffen konnte.

Noch immer fühlte Hannes die Unruhe in sich. Er war jetzt lange Zeit nicht mehr draußen gewesen – wenigstens kam es ihm so vor – und es fehlte ihm. Die Düfte, die durch das Fenster drangen, genügten ihm längst nicht mehr. Draußen war es anders, voller, lebendiger. Er hatte angefangen, in seinen Zimmern auf und ab zu gehen. Wenn er gewusst hätte, wie er sich ernähren konnte, wäre er fortgeblieben. Aber er musste auch an die Winter denken, die zu kalt waren, um draußen zu schlafen. Da war es selbst in seinen Zimmern kühl, obwohl die Heizung voll aufgedreht war. Die Kälte kroch durch die Wände.

Willi ahnte von alldem nichts. Er war sich sicher, dass es Hannes genügen würde, wenn er nachts durch die Gegend streifen konnte. Er hatte ein ganz anderes Problem, das mit jedem Tag dringender wurde, je näher er seinem eigenen Ende kam. Was würde aus dem Jungen? Er konnte ihn nicht einfach freilassen. Er konnte ihn aber auch nicht mitnehmen in die Ewigkeit! Oder doch? Was, wenn er ihnen beiden ein rasches und frühzeitiges Ende bereiten würde? Diese Idee fiel als Samen in sein Inneres und schlug dort Wurzeln. Das war in der Tat eine Möglichkeit. Sieglind war gut untergebracht. Sie würde auch von alldem nichts mitbekommen. Dafür würde er in seinem Abschiedsbrief sorgen. Nun musste er nur darüber nachdenken, wie er am besten vorgehen könnte. Nach den Feiertagen, wenn wieder etwas mehr Ruhe einkehrte auf der Schaumburg, würde er genug Zeit haben, sich mit seinem Plan etwas näher zu befassen.

Wolf griff zum Hörer und lehnte sich im Stuhl zurück.

„Hallo Nadja, schön, dass du anrufst. Bist du endlich durch?"

„Puh, ja, endlich, Mann, bin ich fertig. Ich muss mich gleich zu Hause erst mal hinlegen und 48 Stunden durchschlafen."

„Ja, das solltest du nach diesem Sektionsmarathon. Gib mir einfach eine Kurzzusammenfassung. Ist Kruse noch bei dir?"

„Er isst gerade meinen Zwieback, weil er Angst vor Unterzuckerung hat. Dafür bringt er mich auch nach Hause und holt mir neuen bei der Tankstelle."

„Oh je, wenn er freiwillig Zwieback isst, muss es schon schlimm sein."

Oder er muss wahnsinnig verknallt sein, dachte Hetzter.

„Wie dem auch sei. Jetzt zu den Leichen. Fangen wir mit der ersten an, du weißt schon, die stinkende. Da habe ich wirklich sensationelle Erkenntnisse. Du erinnerst dich an diese komischen, fast kreisrunden Ringe mit Hautunterblutungen, die auch die Frankenburg-Tote, Silke Everding, hatte? Es sind identische Bissmuster. Ich habe das von Anfang an vermutet und hatte recht!", sagte sie triumphierend.

„Warum hast du das nicht angedeutet? Das hätte uns schon weiterbringen können."

„Nee, das war zu vage, nur so ein Bauchgefühl. Ich will dir auch erklären, warum. Wir wissen das ganz sicher erst seit Leiche Nummer drei, weil da die Bissspuren noch viel deutlicher waren, aber die meisten post mortem. Das sieht dann anders aus. Nur etwas ist an allen Ringen gleich!"

„Und was wäre das?"

„Der Durchmesser! Wir haben es mit demselben Mund zu tun, mit denselben Unregelmäßigkeiten im Umriss, das heißt mit demselben Gebiss."

„Also auch mit demselben Mörder bei allen drei Frauen? Das ist doch eine tolle Nachricht."

„Moment Wolf, nicht so voreilig. Das habe ich nicht gesagt. Ich habe gesagt, derjenige – ein Mann oder eine große Frau (Sie kicherte.), nein, es ist ein Mann – hat alle gebissen, aber ich habe nicht gesagt, dass er sie alle umgebracht hat. Das ist ein Unterschied. Ich werde die Abdrücke noch an unsere Zahnspezialisten weitergeben. Vielleicht können die noch mehr sagen. Bestenfalls ist sein Zahnprofil irgendwo gespeichert."

„So, jetzt noch mal von vorn. Ihr habt an den drei Leichen Spuren von Menschenbissen gefunden. Ist das richtig?"

„Ja, vollkommen korrekt."

„Sie waren unterschiedlicher Art?"

„Ja, bei der ersten lagen sie länger zurück, waren teilweise vernarbt und auf jeden Fall in lebendigem Zustand zugefügt worden, zum Teil schon Tage vor ihrem Tod. Bei der zweiten konnten wir nicht mehr viel sagen. Wir haben aber einen fast kompletten Bissumriss gefunden und einige unvollständige. Hier würde ich vermuten, dass die Bisse zum Zeitpunkt des Todes erfolgten oder kurz danach. Nagel mich bloß nicht fest!"

„Und bei dieser Iris?"

„Iris lebte auf keinen Fall mehr, als sie gebissen wurde und was noch besser ist: Wir haben Speichelrückstände gefunden!"

„Hat der Abgleich mit der Kartei was ergeben?"

„Nein, leider nicht. Der Mörder hat sich auch keine Mühe gegeben, Spuren zu verwischen. Ich fand noch Haare und Hautschuppen desselben genetischen Materials, das der Speichel aufwies. Den haben wir übrigens auch in der Halswunde nachgewiesen. Und jetzt kommt es: Die Todesursache von Iris war definitiv das Durchbeißen der Halsschlagader. Die hat er – ich denke, wir können jetzt wirklich „er" sagen – durch die Haut zerbissen, ohne dass die äußere so großen Schaden genommen hat, dass das Blut nach außen austrat. Wobei wohl nicht viel gefehlt hat und der Hals wäre geplatzt, aber da hat der Kreislauf nicht mehr mitgemacht."

„Puh, das ist ja widerlich."

„Glaub mir, es wäre noch ekliger gewesen, wenn es aus der Halsarterie gespritzt hätte. Hast du so was schon mal gesehen? Du kannst dir gar nicht vorstellen, was da für ein Druck drauf ist."

„Danke auch für die detailgenaue Schilderung. Ich denke, dir ist schlecht?"

„Ach, geht schon wieder. Eins sollte ich noch erwähnen. Nummer zwei und drei hatten Kratzspuren auf dem Rücken. Und willst du gar nicht wissen, wie Madame deux gestorben ist, deren Namen wir jetzt übrigens kennen?"

„Servierst du mir heute die Informationen häppchenweise?"

„Tut mir leid, Wolf, es geht zwar schon besser, aber so richtig strukturiert bin ich heute noch nicht. Was willst du zuerst wissen?"

„Die Todesursache von Nummer zwei."

„Erwürgen, das Zungenbein ist eingedrückt worden. Vorher hat sie wahrscheinlich einen Schlag an die

Schläfe bekommen. Dort fanden sich Reste eines Hämatoms. Es sah nach einem gezielten Handkantenschlag aus. Das war übrigens auch bei Iris so, wobei wir eins links schräg über der Schläfe und eins rechts gefunden haben. Es könnte sein, dass sie bei dem Schlag irgendwo gegen etwas gestoßen ist. Man könnte vermuten, dass der Täter sie vorher ausgeknockt hat."

„Ich fasse zusammen. Wir haben drei tote Frauen, der ersten ist mit einem Messer die Kehle durchgeschnitten worden, die zweite wurde erdrosselt oder erwürgt, die dritte starb durch eine Bissverletzung der Halsschlagader. Alle drei hatten zusätzlich Spuren von identischen Zahnabdrücken unterschiedlichen Alters am lebenden oder toten Körper ausgeführt. Die letzten beiden hatten zusätzlich Kratzspuren. Das ergibt doch alles keinen Sinn. Verbindendes Element sind nur die Körperbisse. Die haben sie alle."

„Da liegst du vollkommen richtig. Du musst auch bedenken, dass Nummer zwei eigentlich Nummer eins ist. Sie ist schon länger tot."

„Stimmt, aber das ergibt noch weniger Sinn. Die mittlere mit dem Kehlschnitt passt trotz der Bisse irgendwie nicht richtig ins Bild."

„Silke Everding hat auch sonst nichts mit den anderen gemein. Lass sie uns mal beim Namen nennen, sonst kommen wir noch durcheinander."

„Gut, wie heißt denn die erste, halbverweste?"

„Sie heißt Lisa Kupper und stammt aus Neubiberg, Alter: 22 Jahre."

„Das war der Tipp von Thorsten Büthe?"

„Genau, er hatte das Zahnprofil der Vermissten zu uns schicken lassen, und voilà, es stimmt überein mit der nicht mehr ganz frischen Dame vom Möncheberg."

„Etwas unterscheidet den Mord von Silke Everding und die der anderen beiden", gab Wolf zu bedenken.

„Und das wäre?"

„Sie sind mit bloßen Händen umgebracht worden, bei Silke wurde ein Gegenstand benutzt."

„Mensch Wolf, das stimmt. Kratzen, Beißen, Würgen wird alles in direktem Körperkontakt ausgeführt, ohne Werkzeug."

„Tja, und wenn wir jetzt überlegen, dass Lisa und Iris von demselben Täter umgebracht worden sind, was ist dann mit Silke? Hat der Mörder etwas anderes ausprobiert und ist dann zu seiner üblichen Handlungsweise zurückgekehrt?"

„Vielleicht?"

„Möglich, das glaube ich aber nicht. Serientäter bauen ihre Morde nach und nach aus. Sie verfeinern sie, fügen Elemente hinzu, aber sie ändern weder ihren ursprünglichen Ablauf noch kehren sie nach einer Erweiterung zum Alten zurück. Ich bin der Meinung, dass wir es hier trotz der übereinstimmenden Bissspuren mit zwei Mördern zu tun haben. Ihre Handschrift ist eine vollkommen andere."

„Nun gut, das Grübeln überlasse ich Peter und dir. Er wollte später zu dir kommen, wenn er mich nach Hause gebracht hat."

„Er soll sich ruhig Zeit lassen, ich habe an diesem Wochenende nichts mehr vor – hoffe ich." Hetzer schmunzelte in sich hinein, als er an Kruse dachte, der sogar ihretwegen Zwieback gegessen hatte.

Sie verabschiedeten sich und Wolf wünschte Nadja gute Besserung.

Die Bisse, so dachte er, nachdem er den Hörer aufgelegt hatte, die Bisse sind wichtig und ein guter Hinweis. Irgendjemand schlug seine Zähne gerne in die

Rücken von Frauen. Das musste wehgetan haben, wenn die Abdrücke noch lange Zeit später zu sehen waren. Er erinnerte sich an Silkes Folterkeller, in dem sie zur Mathilda geworden war. Vielleicht wusste die Freundin etwas oder es gab Aufzeichnungen oder Dateien. Die Spusi würde den Rechner schon auseinandergenommen haben. Möglicherweise ergaben sich Hinweise auf Gewalt, die irgendwie verschlüsselt waren. Auch auf die Gefahr hin, dass Seppi ihm den Kopf abreißen würde, wählte er dessen Nummer.

Wunderbar warme Ostertage hatten die Jungen der evangelischen Jugendfreizeit auf dem Bückeberg verbracht. Nicht ein Regentropfen war gefallen. Sie hatten gegrillt und bis spät in die Nacht am Lagerfeuer gesessen. Heute war als Abschluss eine Schnitzeljagd rund um die Fahrstraße geplant. Die Betreuer hatten sie so angelegt, dass die Jungs den Weg nicht allzu weit verlassen mussten. Der Steinbruch war zu gefährlich und es gab im ganzen Wald immer noch genügend Stollen, die unvermittelt unter einem einbrechen konnten.

Mirko und Basti waren trotzdem nicht ängstlich und sie waren sich sicher, dass etwas weiter im Wald die besseren Tannenzapfen zu finden sein würden.

„Komm Alter, die spinnen doch, wir gehen hier mal weiter rein."

„Tschakka, Angst ist was für Weicheier! Würden mich echt mal interessieren, diese ollen Stollen."

„Ach, die gibt es doch gar nicht. Alles Märchen, um die Schnitzeljagd noch spannender zu machen. Aber wir fallen da nicht drauf rein auf diese Kinderkacke."

Mit einem Mal standen Mirko und Basti am Rand einer Lichtung.

„Guck mal Alter, ich glaube da hinten sitzt ein Rabe. Der scheint was zu fressen."

„Ja und, soll er doch!"

„Sieht aus, als ob der an einem Schwein pickt. Gibt es hier noch andere Schweine als Wildschweine?"

„Wo soll denn ein anderes Schwein herkommen?"

„Ausgerissen?"

„So ein Quatsch. Aber wenn es unbedingt sein muss, gucken wir mal nach deinem Schwein."

„Das ist nicht mein Schwein. Mich interessiert auch nur der Rabe."

„Der fliegt sowieso weg, wenn wir näher kommen."

Als sie auf halbem Weg die Lichtung überquert hatten, stockten ihre Schritte auf einmal und verlangsamten sich immer mehr.

„Ey, du ich glaube, wir sollten umdrehen. Das ist gar kein Schwein, das ist 'ne nackte Alte."

„Meinste echt? Könnte doch auch ein Kerl sein."

„Mit Titten?"

„Wo siehst du Titten?"

„Da links glotzt eine an der Seite raus."

„Stimmt, Alter!"

„Und ich glaube, die ist tot!"

„Klar, wieso sollte sonst der Rabe dran fressen?"

Basti fing sich einen bösen Blick ein.

„Wieso, du Hirni, das war doch sonnenklar, dass da was Totes liegt."

Der Rabe flog auf und verscheuchte mit seinem Flügelschlag kurzfristig eine Armee von Fliegen.

„Ihh, das ist ja ekelig. Wir sollten abhauen." Basti schüttelte sich.

„Willst du nicht näher ran?"

„Bist du bescheuert?"

„Kriegt man doch nicht so oft zu sehen, so 'ne Leiche!"

„Du kannst gerne hierbleiben, aber ich hau ab."

Basti machte kehrt und ging mit schnellen Schritten in Richtung Straße zurück.

Mirko wollte auch nicht mit dem Leichnam alleine bleiben und rannte hinterher.

„Ey, du kannst mich doch nicht alleine lassen. Und was sagen wir jetzt den Betreuern?" Mirko schnappte nach Luft.

„Na, die Wahrheit, was sonst."

„Die glaubt uns doch keiner."

„Dann müssen sie eben selbst nachsehen, bevor sie die Bullen rufen."

Es dauerte also einige Zeit, bis Bernhard Dickmann und Ulf Hofmann in ihrer Ostermontagsabendruhe gestört wurden. Die Betreuer, die Mirko und Basti mittlerweile gut kannten, dachten selbstverständlich an einen bösen Scherz und staunten nicht schlecht, als sich die Information bewahrheitete. Die Schnitzeljagd wurde sofort abgebrochen und die Jungen in die Freizeitstätte zurückbeordert. Dort gab es an diesem Abend kein anderes Gesprächsthema mehr.

Zwieback

Vollkommen erschöpft, aber glücklich war Peter mit Nadja die B65 in Richtung Bückeburg gefahren. Bei der Tankstelle Harting hielt er kurz an und kaufte eine Packung Zwieback, wie er es versprochen hatte. Nadja war schon während der Fahrt eingeschlafen. Er weckte sie sanft, als sie im Höppenfeld an Nadjas Haus hielten.

„Hallo Nadja, aufwachen, wir sind da!"

„Lass mich, ich will einfach nur schlafen!"

„Das kannst du ja, aber wir müssen erst reingehen."

Da schlief sie schon wieder. Er hatte das Gefühl, dass nichts auf der Welt sie jetzt wirklich wecken konnte. Es gab also zwei Möglichkeiten, entweder er warf sie sich über die Schulter und trug sie hinein oder er ließ sie hier im Auto weiterschlafen. Das Erste verwarf er wegen der Anstrengung und der Peinlichkeit, falls Nachbarn sie sehen würden. Die würden doch zu ganz falschen Schlüssen kommen. Also fuhr er ein bisschen weiter geradeaus und dann rechts um die Ecke, wo die Parkplätze für Friedhofsbesucher lagen. Da war es schön ruhig, fand er, drehte ihren Sitz in Liegeposition und ließ auch sich in die Waagerechte sinken. Schlaf dachte er, egal wie und am besten neben ihr. Wenigstens ein kurzes Nickerchen. Mit letzter Kraft stellte er beide Handys auf lautlos und schloss die Augen.

Hetzer war noch ganz in Gedanken, als er am Abend endlich wieder auf seinen Hof fuhr. Im Vorbeigehen pflückte er eine Hyazinthe und klingelte bei Moni.

Ah, er hat ein schlechtes Gewissen, dachte sie, als sie die Blume sah, und fast tat er ihr leid.

„Danke Wolf! Hast du schon gesehen, dass du Besuch hast? Sie sitzt auf der Terrasse."

„Echt? Nee, das habe ich eben nicht gesehen, ich bin sofort zu dir rüber."

Inzwischen war auch Gaga aufgestanden und wedelte ihn dreibeinig an.

„Eigentlich wollte ich dich ja zu einem leckeren Auflauf einladen, aber jetzt bist du anderweitig verplant, denke ich."

Wolf war völlig verdattert.

„Wer ist denn auf meiner Terrasse?"

„Ich glaube, da sitzt eine junge Dame, die auch gestern auf deiner Feier war. Du wirst sie doch nicht da vergessen haben?" Moni drohte ihm mit dem Zeigefinger.

„Lass Gaga ruhig noch hier!"

„Äh, das kann nur Mimi sein. Sie will bestimmt ihr Motorrad abholen. Ich gehe mal eben rüber. Bis später Moni. Ich melde mich nachher."

Wer's glaubt, dachte Moni mit einem Rest von Bitterkeit. Eigentlich kam sie mit ihrem Alter gut zurecht, aber manchmal – an einem Tag wie heute zum Beispiel – würde sie gerne zwanzig Jahre einfach mal abschmeißen.

Hetzer schlenderte nach nebenan. Sämtliche Energie hatte ihn verlassen. Er wollte nur noch etwas essen und dann ins Bett. Auf der Terrasse fand er Mimi.

„Ach, da bist du ja. Ist dein Hund gar nicht da? Ich habe mich schon gewundert, dass man mich so einfach aufs Grundstück ließ."

Wolf staunte nicht schlecht. Ihm blieben die Worte im Hals stecken. Falls Mimi mit dem Motorrad wegfahren wollte, war sie sehr unpassend angezogen. Sie trug hochhackige Schuhe und ein Sommerkleid, das nicht allzu viel von ihrer Figur verbarg.

„Hallo Mimi, hast du dich halbwegs erholt?", sagte er, als er einmal tief durchgeatmet hatte.

„Wie man's nimmt. Wenigstens war ich zwischendurch zu Hause, konnte duschen und mir etwas anderes anziehen. Da fühlt man sich doch wie neugeboren."

„Wenn du schon hier bist, kannst du mir vielleicht eine Frage beantworten. Ihr hattet doch den Rechner von dieser Silke Everding unter die Lupe genommen. Habt ihr da irgendwas gefunden, das auf Gewalt oder Sadismus schließen ließ?"

„Keine Ahnung. Ich habe nur eine Liste gesehen, wahrscheinlich von Freiern. Sie hat jedem ein Obst oder eine Frucht zugeordnet, damit man sie nicht erkennt. Wir versuchen noch, das zu entschlüsseln. Hinter jedem Namen steht eine römische Zahl. Manchmal sind sie identisch, die höchste hat den Wert V."

„Kommen alle Zahlen mehrfach vor, gibt es Abstufungen?"

„Du stellst vielleicht schwere Fragen. Wenn ich mich recht erinnere, fanden sich relativ oft die Zahlen I und II, gelegentlich die III, noch seltener die IV. Bei einem war die „V" vermerkt." Sie überlegte kurz. „Ja, nur bei einem. Zwei hatten einen Strich. Ich nehme an, damit ist der Wert null gemeint."

„Sie hat sie also in Kategorien aufgeteilt?"

„Ja, das könnte man vermuten. Nur in Kategorien für was?"

„Kannst du dich noch erinnern, welcher Frucht die V zugeteilt war?"

„Bei aller Liebe, Wolf, aber das ist ein bisschen viel verlangt. Ich habe schon ein photographisches Gedächtnis, aber daran erinnere ich mich nun wirklich nicht. Ich kann dich aber morgen anrufen."

„Ja, danke, mach das", sagte Hetzer zerstreut. Da war etwas, was er nicht fassen konnte, der Gedanke ließ sich nicht greifen.

„Wolf?"

„Ja, entschuldige bitte, ich war in Gedanken. Möchtest du etwas trinken?"

„Gerne! Hast du noch was von dem tollen Rotwein von gestern?"

„Du meinst den El Coto?"

„Ja, tiefrot, dunkel und exotisch, so wie ich." Sie lachte und ihr Busen wippte dabei.

Er tanzte noch virtuell vor seinen Augen auf und ab, als er sich im Hauswirtschaftsraum nach dem El Coto bückte.

Dabei dachte er trotzdem an Gewalt. Wie konnte man jemanden so sehr beißen?

Nur halb hörte er ihr zu, als sie beim Wein von sich erzählte, aber es war wohlig, sie so dahinplappern zu hören. Gelegentlich nickte er oder machte „Hmm" und dachte dabei über die römischen Zahlen nach. Als sie ein Glas zusammen geleert hatten, sagte Wolf zu ihr:

„Wir haben auch noch Salate. Möchtest du mit in die Küche kommen?" Wolf fragte sich, warum er „Wir" gesagt hatte. Es gab gar kein „Wir". Schon lange nicht mehr.

Sie folgte ihm. Als er den Kühlschrank öffnete, stand er hinter ihr und atmete ihren Duft ein.

„Hmm, das sieht alles so verlockend aus. Ich kann mich gar nicht entscheiden."

„Dann nimm doch von allem ein bisschen."

„Du meinst, ich soll hier und dort naschen?"

„Von mir aus gerne. Warte, ich hole dir einen Teller."

„Den brauche ich nicht!", sagte sie, drehte sich um und küsste ihn.

Wolf hatte ganz vergessen, dass er auch ein Mann war, aber sein Körper erinnerte ihn schlagartig daran. Hinfort waren die Zahlen alter Epochen und die Gedanken an das Böse. Er fühlte nur noch eins: Lust! und erwiderte den Kuss voller Verlangen.

Bis zum Schlafzimmer waren sie längst ausgezogen. Das Kleid hing über dem Treppengeländer, Wolfs Socke in der Fackel, die normalerweise den Flur beleuchtete. Ein Kater hatte sich den BH geschnappt und lief damit treppab, aber das entging den beiden völlig. Sie schafften es gerade noch, die Tür zuzuschmeißen, bevor sie sich auf dem Bett ineinander verkeilten und nur noch der Trieb existierte. Beim ersten Mal kamen sie ziemlich schnell, doch das war nur der Überdruck ihres Ventils. Sie hatten an diesem Spiel Gefallen gefunden und Wolf fragte sich, wie er hatte vergessen können, dass ein Frauenkörper in Extase so köstlich roch. Zwischen Mimis Brüsten verlor Hetzer das Gefühl für die Zeit, bis ihn irgendein Geräusch aus dem Traum riss.

Und das war gut so, denn es war derselbe Traum, den er schon oft geträumt hatte. Nur war er diesmal etwas weitergegangen. Wie immer hatte Wolf nackt in seinem Badezuber gesessen, nur das Wasser war viel zu heiß gewesen. Es war so heiß, dass ein hochtönendes Geräusch seine Ohren quälte und er fliehen wollte. Doch ein Schatten senkte sich über ihn. Als er aufwachte, war der hohe Ton immer noch da, aber die Hitze war fort. Er drang durch das Schlafzimmerfenster und hatte auch Mimi geweckt.

„Mist, mein Handy! Was ist denn nun schon wieder? Hast du einen Bademantel?"

„Hängt hinter der Badezimmertür!"

Mimi zog sich den Mantel aus Frottee über und ging auf die Terrasse, wo sie ihre Tasche stehen gelassen hatte. Im Vorbeigehen sammelte sie ihre Wäschestücke ein. Nur den BH fand sie nicht.

Der Blick auf das Display sagte ihr, dass der Anruf dienstlich gewesen war. Sie war versucht, das Handy einfach wieder in die Tasche zu schmeißen, so wütend war sie. Konnte man denn nicht mal einen Abend in Ruhe vögeln, fragte sie sich. Dann dachte sie an Seppi, der vielleicht ihre Hilfe brauchte, und hörte die Mailbox ab.

„Hi, Mimi, tut mir leid, dass ich dich schon wieder störe. Wir haben einen Leichenfund auf dem Bückeberg. Falls du das hier abhörst, wäre es schön, wenn du kommen könntest. Keiner hat deine Luchsaugen und deine Intuition. Du kannst ab Gasthaus Walter einfach die asphaltierte Fahrstraße nehmen. Die Schranken sind auf. Du siehst uns dann schon."

Mimi stöhnte. Das konnte doch nicht wahr sein. Sie rief Seppi an.

„Ja?"

„Ich bin's, Mimi. Du kostest mich den letzten Nerv."

„Das sehe ich, dass du es bist und da du zurückgerufen hast, weiß ich auch, dass du uns helfen willst."

„Aber nur unter Protest. Ich bin echt sauer, Seppi."

„Das kann ich verstehen, ich bin auch nicht zum Spaß hier."

„Ist es derselbe Täter? Ich frage nur, weil ich dann gleich Wolf mitbringen kann."

„Ah so, er ist bei dir!" Mimi hörte direkt, wie es in Seppis Gehirn ratterte.

„Nein, nicht so ganz, ich bin bei ihm, weil ich noch meine Maschine abholen musste."

„So spät am Abend?"

„Das geht dich echt nix an, Seppi. Hast du alles dabei?"

„Klar, ist alles dabei, und deinen Wolf kannst du ruhig zu Hause lassen. Es gibt keine Ähnlichkeiten mit den Fällen rund um die Schaumburg, außer dass diese hier auch nackt ist. Wir fanden sie mit ihrem Slip im Mund, aber sie ist wohl nicht missbraucht worden, meinte Dr. Althaus. Keine Bissspuren, sie wurde gefesselt und mit einem Stein erschlagen."

„Klingt wirklich nicht nach demselben Mörder. Gut, dann belästige ich den armen Wolf nicht auch noch damit. Er ist übrigens nicht gleich deswegen meiner, nur weil ich ihn einmal geritten habe. Oder bist du gleich Alkoholiker, wenn du ein Bier getrunken hast?"

Seppi war peinlich berührt.

Er wusste, dass Mimi kein Blatt vor den Mund nahm, aber so genau hatte er es gar nicht wissen wollen.

„Äh, gut, dann sehen wir uns gleich."

„So ist es, aber wie gesagt – widerwillig."

Sie legte auf.

In Windeseile stopfte sie Kleid und Pumps in die Tasche und zog die darin enthaltene Lederkombi an. Den Bademantel warf sie über den Gartenstuhl. Sie rief noch ein kurzes „Tschüs, bis bald mal!" die Treppe hoch, dann stieg sie auf ihre Maschine, die sie zum Bückeberg trug.

Wolf war etwas perplex aus dem Bett gestiegen und sah ihr nach. Diese Frau verstand er überhaupt nicht, dachte er und grübelte. In seiner Vorstellung wäre die Nacht mit Kuscheln und vielleicht einem Mitternachtsmahl weitergegangen. Zumindest ein gemeinsames Frühstück hatte er erwartet. Doch sie hatte ihn zu sich genommen wie einen Absacker, bevor sie nach Hause ging. Das hatte ihm erst gefallen. Doch im Nachhinein war es ein kaltes Erwachen nach dieser Hitze. Er fühlte sich benutzt. Aufreizend, verführerisch hatte sie ihn bezwungen und sofort vergessen, um dann als Schatten auf ihrem Neuzeitbesen davonzureiten. Wolf fühlte sich leer. Als er auf die Uhr sah, erschrak er.

Fast hatte er es nicht mehr ausgehalten in seinem Gefängnis. Als es zu dämmern begann, verließ Hannes die Räume seiner Kindheit und wollte wieder einmal nie mehr zurückkehren. Er ertrug das Eingesperrtsein nicht länger, aber er wusste nicht, ob sein Arzt das verstand. Er wusste auch nicht, wie er zurechtkommen sollte ohne ihn. Irgendwie würde er ihn vermissen, doch jetzt wollte er nur weg von hier.

Immerhin hatte er Wort gehalten und war nicht im Hellen hinausgegangen. Ein paar Sachen packte er in einen Beutel, schloss die Tür hinter sich und huschte über die kleine Straße hinweg in den Wald. Dort atmete er erst einmal durch und holte tief Luft. Der Duft der Freiheit strömte in seine Lungen und machte ihn stark. Er rannte bergauf, immer weiter nach oben, und hielt sich im Dickicht. Ganz oben war er schon einmal gewesen, dort auf der kleinen Plattform. Von dort war der Blick herrlich weit und zeigte ihm, wo er nie hinkam. Es war wie ein Bild – da und doch nicht greifbar. Trotzdem liebte er diese Aussicht, er dachte sich, dass es vielleicht eines Tages für ihn möglich sein würde, hinzugehen, wohin er wollte. Heute Abend würden es nur noch Lichtpunkte sein, die ihm aus der Entfernung wie Sterne zufunkelten.

Die letzten Meter waren beschwerlich. Es war ziemlich steil hier und forderte seine ganze Konzentration. Jetzt konnte er schon mit dem Kopf über den Rand schauen. Nun war es nur noch eine kleine Anstrengung, bis er auf dem Boden stand, aus dem die Paschenburg gewachsen war. Vorsichtig, mit einem Bein zuerst, hievte er sich wieder auf waagerechten Grund. Dort blieb er zunächst leise liegen. Schon mit dem letzten Schwung war ihm gewesen, als habe er etwas gehört. Und selbst wenn das Gehör ihn getäuscht hätte, sein Geruchssinn hätte ihm gesagt, dass etwas in seiner Nähe einen Duft ausströmte, den er in dieser Intensität nicht kannte.

Als die letzten Gäste die Schaumburg verlassen hatten, nahm Willi wie gewohnt auf der Bank im Garten des alten Torhauses Platz. Dort konnte er sie am besten sehen, wie sie kräftig wuchs und immer vollere Knospen bekam – seine Sissi. Eine Rose mit lila-silberner Farbe und einem atemberaubenden Duft. Man nannte sie in anderen Ländern auch Blue Moon. Viel lieber noch hätte er das kleine Mädchen aufwachsen sehen, durch das die Rose in den langen Jahren ihre Wurzeln getrieben hatte.

Er erinnerte sich noch gut an den Tag ihrer Geburt, die niemand erwartet hatte, am wenigsten ihre eigene Mutter selbst. Mit schweren Bauchkrämpfen hatte sich Sieglind an jenem Morgen ins Bad zurückgezogen. Als sie nicht zurückkam, hatte er an der Tür geklopft und nur ein Wimmern vernommen.

„Sieglind, mach die Tür auf, lass dir helfen. Soll ich einen Arzt rufen?"

„Nein, lass mich!"

Willi blieb stehen, bis ein ohrenbetäubender Schrei ihm durch Mark und Bein fuhr.

„Sieglind!", brüllte er, „was ist? Warte Kind, ich breche die Tür auf."

Doch das ging nicht so leicht.

Die Türen waren zwar alt aber stabil, und als es ihm endlich gelungen war, das Schloss herauszubrechen, versetzte ihn der Anblick von Mensch und Blut in bloßes Entsetzen.

Seine Tochter kniete auf dem kalten Fußboden. Um sie herum war alles voller Blut, der Boden, die Wände, die Schränke. Und in all dem Rot lag ein ebenfalls blut-beschmiertes Bündel, das keinen Laut von sich gab.

Sieglind saß noch da, die Nagelfeile in der Hand und krümmte sich in neuem Schmerz. Sie schrie und wollte damit gar nicht aufhören. Willi nahm sie in die Arme, nachdem er das blutige Werkzeug beiseitegelegt hatte.

„Nur ruhig, mein Mädchen, es wird alles gut. Nicht so schnell atmen. Sieglind, was ist?"

Nach einem letzten animalischen Stöhnen, mit dem ein weiterer Schwall von Wasser und Blut abging, drängte sich ein zweites Wesen ans Licht und ließ seine Mutter bewusstlos zurück.

Willi wusste nicht, was er zuerst tun sollte. Er stopfte Handtücher unter Sieglinds Kopf, wickelte den Säugling in ein Badetuch und suchte nach Sieglinds Haargummis. Während er mit ihnen die Nabelschnur abband, kam die Nachgeburt. Der Säugling schien lebendig zu sein, aber irgendwie sah er merkwürdig aus. Vorsichtig hob Willi den Jungen aus dem Badelaken und rubbelte ihn trocken. Er war ganz dunkel behaart, auch im Gesicht, und sah aus wie ein kleines Tier. Doch die Augen waren die eines Menschen und er gluckste auch so.

Schnell, er musste ihn fortbringen von hier, bevor Sieglind ihm auch etwas antat. Notdürftig legte er ihn in Decken und Handtücher gewickelt in sein eigenes Bett, damit er nicht herausrollen konnte. Noch müde von der anstrengenden Geburt schlief der Kleine schmatzend ein. Willi würde Nahrung besorgen müssen. Doch das musste noch einen Moment warten, jetzt schnell zurück ins Bad.

Sieglind stöhnte, war aber noch nicht wieder richtig wach. Willi ging zögernd zu dem Bündel, das dort in der Ecke lag und schlug das Handtuch zurück. In diesem Moment bestätigte sich seine grausige Vermutung. Das Kind – ein Mädchen – war tot. Es war ein schönes Kind mit hellem Flaum auf dem Kopf und rosigen Wangen, die gerade dabei waren zu erblassen.

Willi tat das Herz weh. Waren das seine Kinder oder die des Fremden, der seine Tochter an jenem Abend beglückt hatte? Er wischte die Gedanken weg. Nichts, was damals war, war jetzt wichtig, nur der Augenblick. Er musste Sieglind diesen Kummer ersparen. Vorsichtig hob er sie auf und trug sie in ihr Zimmer. Mit einem Waschlappen entfernte er einen Großteil des Blutes, das teilweise schon auf ihrem Körper getrocknet war. Er deckte sie zu und wollte eben den Raum verlassen, als sie hustend aufwachte.

„Mir ist so schlecht, Papa!"

„Ich weiß, mein Kind. Soll ich dir eine Schüssel bringen?"

„Ja, bitte."

„Bleib schön liegen, ich koche dir auch einen Tee. Du wirst sehen, bald ist es besser."

„Wieso sind meine Hände so blutverschmiert?" Sieglind starrte auf ihre Finger und streckte sie ihm entgegen.

„Ich glaube, du hast deine Monatsblutung dieses Mal sehr stark bekommen. Darum bist du auch ohnmächtig geworden. Wir waschen dich später. Es ist mir lieber, wenn du jetzt erst einmal liegen bleibst, solange dein Kreislauf so schwach ist."

Willi tätschelte ihre Wange und ging hinaus. Jetzt hatte er es eilig. Sie durfte nicht sehen, was im Bad oder in seinem Bett lag. Den toten Säugling wickelte er in mehrere Plastiktüten. Er konnte den Gestank des Blutes dabei nur schwer ertragen. Obwohl die Geburt noch nicht lange her war, tummelten sich schon Fliegen im Raum. Willi würgte. Wohin mit dem Kind, falls Sieglind kam? Er stopfte den Beutel in den Kondenstrockner und schloss die Tür. Sie war blickdicht. Die Kleine konnte er später im Garten vergraben und darauf eine der Rosen setzen, die er in der Baumschule gekauft hatte. Dann fiel die Grabstelle auch nicht auf.

Es dauerte lange, bis er alle sichtbaren Spuren beseitigt hatte, vor allem, weil er zwischendurch immer mal nach dem Baby in seinem Bett geschaut hatte. Wenigstens schlief der Junge ruhig, denn wie hätte er das Schreien erklären sollen? Er konnte nicht ahnen, dass der Kleine niemals schreien würde.

Als die Fliesen gewischt waren und sich die blutverschmierte Wäsche in der Trommel drehte, atmete Willi langsam auf. Die Nachgeburten hatte er zerschnitten und in der Toilette heruntergespült. Das war sicherer, als sie unter die Küchenabfälle der Gaststätte zu mischen.

Gerade, als er sich einen Kaffee kochen wollte, kam Sieglind ins Bad, um sich zu übergeben. Sie schien sich an nichts zu erinnern, und er wollte es dabei belassen.

„Wenn du wieder im Bett bist, muss ich noch mal in die Stadt. Ist das in Ordnung, kommst du zurecht?"

„Ja, Papa, das geht schon. Ich komme klar."

In seinem Nest aus Handtüchern und Decken begann der Kleine zu schmatzen. Die Augen schauten ihn keck aus dem behaarten Gesicht an. Zur Sicherheit schloss er seine Zimmertür ab.

Was mache ich nur auf Dauer mit dir?, dachte er bei sich und beeilte sich, damit er in der Stadt alle notwendigen Dinge besorgen konnte. Zur Sicherheit fuhr er weder nach Rinteln noch nach Hessisch Oldendorf, sondern nach Hameln, wo ihn kaum jemand kannte. In einem Supermarkt für Baby- und Kleinkindbedarf ließ er sich beraten und belud das Auto mit Flaschennahrung und Windeln.

Als er im Torhaus ankam, wusste er, dass sein Plan in gewisser Weise fehlgeschlagen hatte. Das Baby hatte zwar nicht geschrien, aber merkwürdige Laute von sich gegeben, und seine Tochter stand vor der Tür. Sie hämmerte dagegen und schrie: „Was ist das? Was ist das da drin?"

Er streichelte ihr sanft die Schulter und erklärte ihr, er habe einen kleinen Jungen an der Gerichtslinde vor dem Torhaus gefunden und zu sich genommen.

„Ich will ihn sehen!", sagte sie. Willi schloss die Tür auf und wollte eben erklären, dass er etwas anders aussah als andere Säuglinge. Doch da stürzte sie schon auf ihn zu, schrak jedoch zurück, als sie in sein Gesicht sah.

Kreidebleich sprach sie nur wenige Worte, die fast mechanisch aus ihr kamen: „Du hast den Teufel ins Haus geholt. Soll das meine Strafe sein für diese eine Mondnacht, dass ich Wand an Wand mit ihm leben soll? Ich will, dass es wegkommt."

„Beruhige dich, ich werde mir etwas einfallen lassen, Sieglind."

Behutsam führte er sie in ihr Zimmer. Sie ging wie in Trance und murmelte „Alle Mondkinder müssen weg. Der Mond ist böse."

„Jetzt schläfst du", sagte er zu ihr, „und wenn du wieder aufwachst, ist alles wie es immer war."

Willi war hin- und hergerissen. Sollte er den Jungen aussetzen? Er musste sicher sein, dass er gefunden würde. Aber wer würde ihn zu sich nehmen, den Wolfsjungen? Niemand würde so ein Kind adoptieren. Nein, er trug Verantwortung für ihn. Ein totes Kind war schon zu viel. Er wollte sicher sein, dass es dem Kleinen gut ging.

Und so hatte er damals, vor über dreißig Jahren, eine Kinderstube in den alten, beheizbaren Gefängniszellen des Torhauses eingerichtet und den Jungen, den er Hannes nannte, aufgezogen. Hannes, wie Hans im Glück, denn er hatte das Glück gehabt, nicht als Erster geboren worden zu sein.

Für Willi war es ein Segen gewesen, dass der Kleine nicht schrie. So fiel es nicht auf, dass er dort ein Kind versteckte, das es offiziell nicht gab.

Erst später bemerkte er, dass Hannes stumm war und niemals etwas anderes als gutturale Laute von sich geben würde. Auch deshalb hatte er ihm Lesen und Schreiben beigebracht. So konnten sie miteinander kommunizieren.

Es war eine schöne und intensive Zeit gewesen, die nur die beiden miteinander geteilt hatten. Sieglind mied diese Seite des Torhauses und wollte auch nichts wissen von Hannes, dem Dämon, wie sie ihn nannte. Dem Jungen hatte er erzählt, dass er eine unheilbare, ansteckende Krankheit habe, damit er sich von Menschen fernhielt, falls er einmal mit ihnen in Kontakt kam. So waren die Jahre ins Land gegangen, und alles hätte so bleiben können, wenn nicht zwei Dinge geschehen wären. Er selbst war unheilbar krank geworden und hatte an einem Abend vergessen, Hannes' Tür abzuschließen.

Damit waren Probleme entstanden, die sich nicht lösen ließen.

Und so beschloss Willi an Sissis Grab, seinen Plan in die Tat umzusetzen. Er wollte Hannes mitnehmen, wenn er seinem Leben ein Ende setzte. Er hoffte, dass die Menschen ihn später anhand seiner Tagebuchaufzeichnungen verstehen würden. Wenn nicht, konnte er es nicht mehr ändern.

Schwermütig erhob er sich von der Bank und ging hinüber zu seinem Wolfsjungen, doch dort fand er nur einen Brief.

„Lieber Doktor, ich habe es hier nicht mehr ausgehalten. So viele Stunden bin ich auf und ab getigert, wie der Panther in Rilkes Gedicht. Nun weiß ich genau, dass ich nie mehr eingesperrt werden will. Ich verlasse dich und die Burg traurig, weil ich weiß, dass du es immer gut mit mir gemeint hast. Oben bei der Paschenburg will ich nachsehen, wohin mein Weg mich führen könnte. Du brauchst dir keine Sorgen zu machen, ich kann mich auch im Hellen gut verstecken. Vielen Dank für alles!"

Nun musste Willi schnell handeln, und im Grunde war es dort oben ein guter Ort, um zu sterben. Die Schlucht war tief und hatte schon so manchen das Leben gekostet. Er stieg so schnell er konnte in sein Auto und fuhr in Richtung Paschenburg. Ein Stück weit unterhalb parkte er und ging den Rest des Weges zu Fuß.

Moni sah ihre Vermutung bestätigt, als Wolf länger als erwartet wegblieb und Gaga inzwischen auf ihrer Hundedecke eingeschlafen war. Der Herr Kommissar war mit anderen Dingen beschäftigt. Was für ein trüber Abend, nicht einmal der Auflauf wollte ihr so allein schmecken. Sie beschloss, beizeiten zu Bett zu gehen und rechnete auch nicht mehr damit, dass „Löwenzahn" im Chat auftauchen würde.

Gerade, als sie den Laptop zuklappen und ins Bad gehen wollte, poppte ein Fenster auf, in dem stand:

„Lavendelrose, bist du da?"

Ein Grinsen huschte über ihr Gesicht. Der Abend schien doch noch schön enden zu wollen.

„Ja, bin ich, Dieter, oder soll ich „Löwenzahn" sagen?"

„Wie du möchtest. Und wie willst du genannt werden?"

„Ach, nenn mich ruhig Moni, Lavendelrose ist so lang."

„Gerne, das ist doch auch ein wunderschöner Name. Bleiben wir dabei! Du Moni, ich habe ein riesengroßes Problem."

„Was ist denn passiert?"

„Du weißt doch, dass ich hoch bin zur Paschenburg, ein bisschen spazieren gehen und fotografieren wollte ich und anschließend dort oben Kaffee trinken."

„Ja, du hattest mich doch gefragt, ob ich mitgehen wollte. Bist du denn jetzt nicht zu Hause? Es ist doch schon dunkel!"

„Nein, das ist ja das Problem. Ich sitze hier oben auf einem Baumstamm und komme nicht weg. Mein Fuß ist dick wie ein Ballon. Ich bin umgeknickt und kann so unmöglich Auto fahren."

„Moment, wie kannst du dann chatten?", fragte Moni misstrauisch.

„Internetfähiges Handy! Ich habe ein I-Phone. Und trotzdem hat keiner meiner Freunde Zeit, mich hier abzuholen. Angerufen habe ich sie alle schon. Einige kann ich nicht erreichen."

„Oh je, das ist ja Mist. Du Armer!"

Sie sah auf die Uhr.

„Eigentlich bin ich ja nicht so gerne allein im Dunklen unterwegs."

„Nein, Moni, das kann ich auch nicht erwarten. Aber ich wollte wenigstens mit jemandem reden, bis mich irgendwer abholen kann. Darf ich dich denn anrufen? Es ist so mühsam, auf dem Handy zu tippen."

Moni dachte nach und überlegte, ob sie ihre Nummer herausgeben wollte.

„Du, ich kann dich doch anrufen. Du hast mir doch deine Handynummer im Chat geschrieben. Ich habe sie mir notiert."

„Das stimmt schon, aber das ist zu teuer. Wenn ich dich anrufe, kostet es dich nichts."

„Egal, ich rufe dich an. Wir müssen ja nicht drei Stunden sprechen."

„Na gut. Ich freue mich, gleich deine Stimme zu hören."

„Hallo Dieter, bist du es?"

„Ja, wunderbar, jetzt fühle ich mich nicht mehr so alleine. Du hast eine sehr sympathische Stimme, Moni."

„Danke, du aber auch. Sie ist irgendjemandem ähnlich, den ich kenne. Ich komme aber im Moment nicht darauf."

„Das gibt es bestimmt öfter als man denkt, vor allem übers Telefon. Ahhhhh."

„Was ist?"

„Du, ich glaube, mir wird schlecht vor Schmerzen. Warte mal."

Undefinierbare Geräusche drangen in Monis Ohr.

„So, da bin ich wieder."

„Soll ich dir einen Rettungswagen dort hochschicken?"

„Nein, um Himmels willen. Wegen eines verstauchten Knöchels? Die lachen mich doch aus. Es wird schon irgendwann einer kommen und mich holen. Ich versuche jetzt mal, das Bein hochzulegen."

„Nein, das kann ich nicht verantworten. Wo bist du genau?"

„Du kennst doch die Paschenburg. Ich bin, wenn du davorstehst, rechter Hand in den Wald gegangen, so circa hundert Meter. Bist du dir sicher, dass du das wirklich für mich tun willst? Nimm eine Taschenlampe mit! Und hast du vielleicht eine Art Stock, auf den ich mich stützen kann?"

„Hmm, mal sehen. Irgendwas werde ich schon finden. Ich könnte auch meinen Nachbarn bitten, aber der hat Besuch."

„Ach, das lass mal, ich will nicht die halbe Welt aufscheuchen, nur weil ich umgeknickt bin. Wir werden schon klarkommen."

„Okay, dann bis gleich. Und bleib da liegen, nicht, dass dein Kreislauf noch schlappmacht."

„Zu Befehl, Frau Doktor! Nein, im Ernst: Vielen Dank, dass du mir hilfst, Moni. Das ist sehr lieb von dir. Ich warte hier ganz brav."

„Gut, dann bis gleich."

Moni zog ihre Sportschuhe an, holte die LED-Taschenlampe aus dem Keller und stieg in ihren Wagen. Als Stockersatz nahm sie ihren Nordic-Walking-Stock. Besser als nichts, dachte sie. Sie hatte ein schlechtes Gewissen wegen Gaga, aber sie wollte die Hündin nicht nach drüben zu Wolf bringen. Im Dunklen war nicht zu erkennen, ob dieses Motorrad noch in seiner Einfahrt stand. Einen Wolf im Bademantel hätte sie nur sehr schwer ertragen. Also hatte sie einen Zettel geschrieben und an ihre Haustür geklebt, damit er sich keine Sorgen machte, falls er Gaga doch noch abholen wollte.

Ein bisschen aufgeregt fuhr sie in Richtung der Ortschaft Schaumburg. Es war ganz schön unheimlich, als sie von der B83 abgebogen war und den Berg hinauffuhr. Ohne den Mond wäre es hier komplett finster gewesen. Das Licht brannte noch im „Schaumburger Ritter", als sie das Torhaus der Burg links liegen ließ und weiter in Richtung Paschenburg fuhr. Sie parkte direkt vor der Gaststätte „Paschenburg", bewaffnete sich mit Stock und Lampe und ging in den Wald, durch den das Mondlicht nicht drang. Das Dunkel nahm sie mit offenen Armen auf.

Während Wolf am Fenster stand und über sich selbst nachdachte, fiel ihm auf, dass die meisten Zimmer in Monis Haus hell erleuchtet waren.

So ein Mist, dachte er, sie wartet noch auf mich wegen Gaga. Er hatte sofort ein schlechtes Gewissen und schämte sich, dass er zwei treue Freunde wegen eines plötzlichen Hormonschubs vernachlässigt hatte. Zerknirscht stieg er in Hemd und Hose, wusch sich einmal durchs Gesicht und hoffte, dass Moni nicht sofort roch, womit er in den letzten Stunden beschäftigt gewesen war.

Mit einer Flasche El Coto wollte er sich einerseits bei Moni entschuldigen, dass er sie hatte warten lassen, und andererseits den faden Beigeschmack des Techtelmechtels vertreiben.

Er war mit seinen Gedanken ganz woanders, als er vor Monis Haustür stand und klingelte. Gaga kam sofort zur Tür gehumpelt und wedelte hinter dem Glas. Da erst bemerkte er den kleinen Zettel, der über der Klingel klebte.

„Hallo Wolf,

falls du Gaga abholen willst, musst du mit dem Schlüssel reingehen. Ich bin nicht da. Ich bin zur Paschenburg hochgefahren, um einem Kumpel zu helfen, der im Wald umgeknickt ist. Sein Fuß ist stark angeschwollen, darum kommt er von dort alleine nicht mehr weg. Ich hoffe, dass ich ihn mit dem Stock bis zu meinem Auto bringen kann.

Liebe Grüße, Moni"

Hetzer riss den Zettel ab und las ihn nochmals durch. Das war merkwürdig. Die ganze Situation war komisch und ungewöhnlich. In ihm regte sich ein Bauchgefühl, das er nicht genau beschreiben konnte. Es war so eine unbestimmte Angst, die in ihm hochkroch. Er fragte sich, ob es davon kam, dass Moni nun ausgerechnet in das Gebiet des Mönchebergs gefahren war. Aber das war es nicht nur. Das Gefühl wurde stärker und durchdrang ihn jetzt ganz. Er hätte seine Hand dafür ins Feuer gelegt, dass ausgerechnet Moni niemals allein im Dunklen in den Wald gehen würde. Nicht ohne wichtigen Grund. Und da erkannte er das Perfide an der Situation. Der Fremde, angeblich ein Freund von Moni, hatte ganz genau den Knopf gedrückt, auf den sie ansprang – ihr Helfersyndrom.

Panik ergriff ihn, nackte Angst. Er rief Gaga ein paar beruhigende Worte zu. Es hatte wenig Sinn, sie in diesem Zustand mitzunehmen. Schnell lief er ins Haus zurück und holte seine Waffe. Die Lederjacke schnappte er im Vorbeigehen. Vom Auto aus versuchte er Kruse anzurufen, doch der ging nicht dran. Dickmann und Hofmann hatten ihn gleich abgewürgt. Sie waren unterwegs zu einem Einsatz auf dem Bückeberg und waren unabkömmlich.

Egal, dachte er, vielleicht ist ja auch nichts dran an meiner Vermutung, und ich mache die Pferde scheu. Dennoch fegte er die Serpentinen hinauf und schleuderte mittels Handbremse um die Kurven. Sein Bauchgefühl mahnte ihn zur Eile. Er wusste nicht, wie lange Moni schon fort war von zu Hause.

Der Aufstieg war anstrengender gewesen, als Hannes gedacht hatte. Einen kurzen Moment war er auf dem Hochplateau liegen geblieben, bis sein Herzschlag sich beruhigt hatte. Ihm war warm, schrecklich warm. Er musste das Hemd ausziehen. Ja, das war gut, dachte er und streckte seinen behaarten Oberkörper in die Nachtluft. Da drang ihm wieder dieser Duft in die Nase. Seltsam säuerlich irritierte er seine Riechzellen, und der Duft schien an Intensität noch zuzunehmen.

Hannes wollte der Sache auf den Grund gehen. Damit ihn niemand sah, hielt er sich im Dunkeln jenseits des Weges. Wieder und wieder blieb er stehen und hielt den Kopf still. So konnte er sich dem Geruch nähern und notfalls die Richtung ändern. Seine Augen hatten sich inzwischen schon gut an die Dunkelheit gewöhnt. Da er meist nur nachts draußen war, fiel ihm das Sehen der Umrisse von Grau auf Schwarz nicht schwer. Er war noch ein Stück abseits des Weges gegangen, der sich in westlicher Richtung von der Paschenburg entfernte, als er eine Gestalt auf einem Baumstamm sitzen sah. Von dort kam das, was ihm in die Nase stach.

Ganz vorsichtig hatte sich Willi an der Paschenburg vorbeigeschlichen. Er wollte nicht, dass Hannes ihn sah, aber er hätte ohnehin nicht schnell gehen können, da ihn sein unterer Bauch auch heute Abend wieder fast umbrachte. Zwischendurch krümmte er sich vor Schmerz. Seit Tagen schon pinkelte er Blut und bekam auch schlecht Luft. Wenn er sein Vorhaben noch in die Tat umsetzen wollte, dann musste es hier und heute sein, bevor ihn die Kraft verließ.

So leise er konnte, stieg er die Stufen zur Aussichtsplattform hinauf, doch da war niemand. Er wollte dem Jungen so gerne noch einige Dinge sagen, bevor er ihn packte und mit ihm ins Nichts sprang. Überraschen wollte er ihn, damit er auf keinen Fall etwas im Voraus ahnte. Wo konnte er nur sein? Vielleicht sollte er ein Stück den Weg entlanggehen. Ungefähr fünfzig Meter war er in Richtung Westen gegangen, da sah er links vom Pfad etwas Weißes baumeln. Er zwängte sich durch die Äste und fand Hannes' Hemd an einem Zweig hängend. Am Fuß des Baumes lag seine Tasche. Er bückte sich und wollte gerade hineinsehen, da hörte er auf einmal schnelle Schritte hinter sich auf dem Weg, die von einem Lichtkegel begleitet wurden.

Glücklicherweise war Moni durch Yoga, Sauna und ihr Lauftraining erstaunlich fit. Trotz ihres Alters konnte sie noch wie ein junges Mädchen aus dem Wagen springen. Zur Sicherheit hatte sie doch beide Walking-Stöcke mitgebracht. Die trug sie in der einen Hand, die Taschenlampe in der anderen. So schnell es die Sichtverhältnisse erlaubten, rannte sie den Waldweg entlang.

Willi und Hannes waren noch knapp außer Sichtweite voneinander entfernt. Sie zogen sich beide ins Dickicht zurück, als Moni an ihnen vorbeistürmte und folgten ihr dann. Es dauerte keine Viertelstunde, bis Moni den hilflosen „Löwenzahn-Dieter" erreichte, der mit gesenktem Kopf auf einem Baumstumpf saß und leise stöhnte.

„Mensch Dieter, wie geht es dir? Hoffentlich schaffen wir gemeinsam den Weg zum Auto zurück!"

Er hob den Kopf mit einem fiesen Grinsen und schlug ihr mit der Handkante auf die Schläfe.

In den Sekundenbruchteilen, bis der Schlag sie traf, erkannte sie, wer da vor ihr saß, und dass sie in eine Falle getappt war. Doch zum Wundern blieb ihr keine Zeit mehr. So hörte sie auch nicht, wie er sagte: „Oh, ich schaffe sicherlich den Weg zum Auto zurück, doch bei dir bin ich mir da nicht so sicher."

Mit quietschenden Bremsen hielt Wolf vor der Paschenburg. Es war ihm egal, dass er schief parkte. Er
riss nur schnell den Schlüssel, die kleine Taschenlampe
und die Waffe an sich und wäre fast über die erste
Wurzel gestolpert, die seinen Weg kreuzte. Leider
waren die vergangene Nacht und ihre Spätfolgen nicht
ganz spurlos an ihm vorübergegangen. Das merkte er
jetzt deutlicher, als ihm lieb war. Zwischendurch blieb
er stehen und lauschte in die Luft, aber er hörte nichts,
rein gar nichts. Überall waren nur Schatten. Er wusste
auch nicht genau, wohin Moni gegangen war. Nur ihr
Auto hatte er auf dem Parkplatz gesehen und war
froh, dass er wenigstens nicht ganz falsch war hier
oben.

Was hatte sie sich nur dabei gedacht, so allein in den
Wald zu gehen? Warum hatte sie ihn nicht um Hilfe
gebeten? Da fiel es ihm ein: Das Motorrad! Sie hatte
das Motorrad in seiner Einfahrt gesehen und eins und
eins zusammengezählt. Sie hatte ihn nicht stören wollen. Nun war sie möglicherweise in Gefahr, nur weil
er seinen Trieben gefolgt war.

Als er wieder stehen blieb, war es ihm, als habe er in
der Ferne etwas gehört, aber er konnte es weder orten
noch sicher sagen, was es gewesen war.

Die Erregung war jetzt schon sehr groß, als er ihren zierlichen Körper vor sich liegen sah. Endlich hatte er sie, diese Moni, die so freundlich zu ihm gewesen war. Ob sie wohl nackt auch noch eine so gute Figur machte wie ihre jüngeren Vorgängerinnen? Er streifte ihr die Schuhe von den Füßen und zog an ihren Hosenbeinen. Die Jogginghose ließ sich leicht von Ober- und Unterschenkeln ziehen. Mit Jacke und Shirt hatte er mehr Schwierigkeiten. Er besiegelte die Entkleidung mit dem Öffnen ihres BHs, den er flitschend auf den Rücken schnalzen ließ – in der Hoffnung, sie würde davon aufwachen.

Dann stand er vor ihr und fühlte seine Erregung in jeder Körperfaser. An ihr würde er sein Vorhaben vollenden. Sie konnte ein würdiges Opfer werden, das es wagte, zu fliehen oder sich wenigstens wehrte. Er wollte ihr Blut schmecken, doch es sollte endlich das richtige Blut sein, das wahre mit Sauerstoff angereicherte, helle Blut sein. Diesmal musste er seine Zähne so in den Hals schlagen, dass es aus der Arterie spritzte. Der Geschmack würde ein ganz anderer sein, so wie guter Wein, den man rechtzeitig degustiert hatte.

Es fachte seine Lust noch mehr an, als er merkte, dass sie sich wieder zu regen begann. Sie stöhnte leise und versuchte hochzukommen. Schnell legte er seine Kleider ab und befreite das Tier in sich von störendem Stoff. Es ging ihm nicht um Sex, auch wenn seine Erregung körperlich sichtbar war. Er wollte jagen, erlegen, besitzen, sie sich zu eigen machen, bis sie zuckend unter ihm verging. Erst dann würde seine Lust befriedigt sein, wenn das Pulsieren ihrer beider Säfte sich dem Ende zuneigte.

Als Moni erwachte, hatte sie sofort das Bild seines Ge-
sichtes wieder vor Augen. Der Kopf tat ihr weh, aber
die Angst war stärker. Sie hatte bemerkt, dass sie nackt
war. Und sie wusste instinktiv, dass sie sterben sollte.
Vorsichtig robbte sie sich, als ob sie noch nicht wieder
bei Sinnen sei, auf einen der Walking-Stöcke. Dabei
stöhnte sie leise. Er dachte, dass nun das Spiel begann
und dass er sie bald dazu bringen konnte, davonzu-
laufen. Doch er hatte nicht damit gerechnet, dass ihn
mit einem Mal etwas aus dem Dunkel ansprang – lautlos und schnell.

Er versuchte, sich freizukämpfen, doch das fremde
Wesen lag über ihm. Es war am ganzen Körper behaart. Selbst das Gesicht war durch dunkles Fell zum
großen Teil verdeckt. Ein Werwolf, durchfuhr es ihn.
Der Gejagte sollte zum Opfer werden.

Moni hatte ebenfalls einen Riesenschreck bekommen,
als sich die behaarte Gestalt auf ihren Peiniger stürzte,
doch sie begriff, dass ihr das Wesen helfen wollte. Inzwischen hatte sich die Situation jedoch gewandelt.
Der Yeti ähnliche Mensch lag auf dem Rücken. Es sah
so aus, als sei der Mörder unterlegen. Da nahm Moni
ihren Walking-Stock, an dessen Ende eine metallene
Spitze geformt war, und rammte ihn wie einen Speer
in die Schulter des Mannes.

Dann ging auf einmal alles ganz schnell, denn mehrere
Dinge passierten im selben Moment. Der Verletzte

bäumte sich auf und fiel auf die Seite, der Stock fiel zu Boden. Wolf Hetzer kam aus dem Nichts und sah die Nackten. Der Mann schien mit einer merkwürdigen Gestalt zu kämpfen. Als er sich umdrehte, fuhr es Hetzer durch Mark und Bein. Er kannte den Mann, der da von einem haarigen Wesen beim Stelldichein mit Moni überrascht worden war. Die Kreatur hatte sich wieder aufgerappelt und sah ihn mit großen Augen an – bereit zur Flucht.

Hannes erschrak und wollte fliehen. Der Engel war nicht länger in Gefahr, aber er musste weg, weg von den Menschen, die ihn so böse ansahen. Als Wolf sah, dass der Yeti davonlaufen wollte rief er: „Halt! Stehenbleiben oder ich schieße!"

Doch Hannes fuchtelte wie wild mit den Armen, schüttelte den Kopf und sprang mit einem Satz ins Dickicht.

„Halt!", rief Hetzer erneut und schoss in die Luft.

„Warte!", schrie Moni. „Es ist nicht, wie du denkst!"

Doch da löste sich der zweite Schuss und traf den Flüchtenden in den Unterschenkel. Sie hörten, dass er getroffen worden sein musste. Es gab einen kurzen Aufprall, dann liefen hinkende Schritte im Dunkel davon.

„Nein!" Moni kreischte, und das war Hetzers Glück, denn nur so drehte er sich im richtigen Moment weg, bevor der zweite Stock seinen Hals durchbohrte.

„Klüver, sag mal, spinnst du jetzt total? Ich bin's, Wolf, aber ich sehe nicht aus wie einer. Dein haariger Feind ist gerade davongelaufen."

Armin Klüver grinste süffisant. Moni schluchzte und verbarg ihre Brüste. Mit erstickter Stimme sagte sie:

„Er ist derjenige, der mir etwas antun wollte, Wolf, nicht das haarige Wesen."

Klüver schüttelte den Kopf.

„So ein Quatsch, Wolf, hör nicht auf sie. Wir wollten grade vögeln, da kam das Vieh aus dem Gebüsch gesprungen und wollte sich über deine Nachbarin hermachen. Sie hat das in ihrer traumatischen Situation verwechselt."

Moni begann zu weinen. Hetzer glaubte nicht eine Sekunde, was Klüver sagte. Er hatte ihn mit dem Stock angegriffen und dann war ihm Monis komische Nachricht mit dem Freund wieder eingefallen, dem sie helfen wollte, aber er tat so, als glaube er Armin und nickte. Er zog sein Handy aus der Tasche und wählte die Nummer des Diensthabenden: „Eberhard? Ich bin hier oben an der Paschenburg, nordwestlich vom Gebäude entfernt, circa zehn Minuten. Ich brauche sofort Unterstützung, auch die Hundestaffel. Wir suchen einen Flüchtigen. Und versuch bitte, Kruse zu erreichen. Notfalls soll einer bei ihm oder bei Nadja Serafin vorbeifahren. Ich brauche ihn auf der Wache. Die Spusi musst du aus Hameln anfordern, falls unsere auch zu diesem Einsatz auf dem Bückeberg gerufen worden sind." Er klappte sein Handy zu. Dabei sah er aus dem Augenwinkel, dass der nun wieder fast vollständig bekleidete Klüver eine Schulterwunde hatte.

„Du blutest ja. Wo hast du das denn her?"

„Das war ich", sagte Moni mit erstickter Stimme, „ich habe ihm den Stock in die Schulter gerammt."

„Nee, der Werwolf hat mich gebissen!" Klüver tickte sich an die Stirn und zeigte auf Moni. „Deine Nachbarin hat echt nicht alle Tassen im Schrank, und im Bett taugt sie auch nichts."

„Das hat sie öfter, dass sie sich was zusammenspinnt!", sagte Hetzer resigniert. „Das kommt davon, dass sie alleine lebt. Da geht die Phantasie mit ihr durch."

Moni glaubte ihren Ohren nicht zu trauen. Sie starrte verwirrt in Wolfs Gesicht und begriff dann.

„Ich glaube, wir fahren jetzt erst mal auf die Wache. Da besprechen wir alles Weitere. Ich muss das alles zu Protokoll nehmen."

„Muss das sein?", fragte Klüver. „Es ist doch nichts weiter passiert. Der Biss wird schon wieder heilen. Der Kerl hat auch sein Fett weggekriegt. Vielleicht ist er verletzt. Du scheinst ihn erwischt zu haben."

„Ja, das glaube ich auch, aber wir müssen das Monster kriegen und euch brauche ich wegen der Zeugenaussage. Das ist kein langer Akt, muss aber leider sein, Armin. Damit hast du doch kein Problem, oder?"

Klüver stöhnte. „Na, wenn es sich nicht vermeiden lässt. Morgen wäre doch auch noch ein Tag."

„Nein, ich will das heute Nacht noch zu Protokoll nehmen, während meine Kollegen nach dem Kerl suchen, der euch angegriffen hat. Schaffst du das auch, Moni, oder soll ich einen Arzt rufen?"

Moni schüttelte den Kopf, zog sich an und versuchte umständlich, mit Hilfe des Stocks aufzustehen. Wolf gab ihr die Hand und drückte sie heimlich. Sie stand noch immer unter Schock. Die Tränen hatten schmutzige Bahnen in ihr Gesicht gezeichnet, aber er wusste, dass sie seinen Schachzug verstanden hatte. Sie hatte den Händedruck erwidert.

„Na, dann lasst uns mal aufbrechen!" Hetzer gab Moni den zweiten Stock und ließ die beiden vorausgehen. Voran schleppte sich Armin mit Monis Taschenlampe. Die Schulter schien ihn zu schmerzen, wenigstens tat er so, bis er einen unbeachteten Moment nutzte, das Licht löschte und im selben Augenblick verschwand.

Der Schmerz hatte Willi auf dem Waldweg überwältigt. Nur gekrümmt war es ihm möglich gewesen, diese Welle auszuhalten, bis das Stechen abebbte. Darum hatte er auch nicht erkennen können, wer da mit der Taschenlampe an ihm vorbeigelaufen war. Das Einzige was er sicher wusste war, dass das nicht Hannes gewesen sein konnte, denn der kam im Dunkeln ohne Licht zurecht. Er hatte sich daran gewöhnt, im Diffusen sehen zu können.

Nur mühsam schaffte Willi es in Richtung Paschenburg zurück und lehnte sich an einen Baum. Der Parkplatz war schon in Sichtweite. Mit einem Mal hörte er Schritte, ohne etwas zu sehen. Das konnte nur Hannes sein. Er lauschte und hörte, dass die Tritte näher kamen. Als sie ganz dicht waren, sprang er mit letzter Kraft auf den Weg und stellte dem Jungen ein Bein, um ihn zu stoppen. Dann wollte er mit ihm in die Schlucht springen.

Hannes war humpelnd zu seinem Hemd und seiner Tasche zurückgekehrt. Sein Bein blutete ein bisschen, aber der Schuss hatte ihn glücklicherweise nur gestreift.

Er war zufrieden, denn er hatte erreicht, dass der Engel am Leben geblieben war. Gerne hätte er seinen Spiegel gehabt und das triumphierende Gesicht gezeichnet, das er in diesem Moment machte.

Mit einem Mal hörte er in der Nähe einen dumpfen Aufprall und einen Schrei. Panik ergriff Hannes. Er erkannte ihn. Das war die Stimme dieses Mannes gewesen, gegen den er eben noch gekämpft hatte. Mit flatterndem Hemd lief er in die Richtung, aus der die Geräusche gekommen waren. Seine Tasche ließ er am Baum stehen.

Es war nicht Hannes gewesen, dem Willi ein Bein gestellt hatte, sondern Armin Klüver. Den hatte die Situation so unvermittelt getroffen, dass er sich aus vollem Lauf das Bein verdrehte und hart auf den Boden stürzte. Klüver dachte, dass er noch nie solche Schmerzen verspürt hatte wie die, die jetzt aus seinem Knie in den ganzen Körper strahlten. Er schrie und erkannte, wer ihn da zu Fall gebracht hatte. Willi? Was wollte denn der hier?

„Mensch Klüver, entschuldige, ich wollte dir kein Bein stellen."

„Hast du aber, du hirnrissiger Idiot! Oh, mein Knie, ich glaube, das ist hin. Das ist jetzt schon so dick wie ein Fußball." Er stöhnte und hielt sich das Bein.

„Lass mal sehen!"

„Finger weg, fass das bloß nicht an, sonst hau ich dir was in die Fresse. Hilf mir mal hoch, du kannst mich ins Krankenhaus bringen."

Klüver fand, dass das eine gute Idee war. Im Auto konnte er Willi unter einem Vorwand irgendwo anhalten lassen. Dann wollte er ihn mit einem Handkantenschlag auf die Schläfe bewusstlos machen, wie all die anderen, und dann aus der Fahrerseite in den Graben schubsen. Es war zwar das rechte Knie, das verletzt war, aber er wusste, dass Willi einen Automatikwagen fuhr. Den konnte er zur Not auch mit dem linken Bein steuern.

Willi nahm Klüvers Arm und zog ihn vorsichtig auf das eine Bein, das verletzte belastete er nicht. Durch die Anstrengung geschah das Unvermeidliche. Willis vom Tumor zerfressene Blasenwand gab nach und riss ein. Blut und Urin suchten sich einen Weg ins Gewebe. Willi schrie auf, Klüver erschreckte sich. Sie konnten sich gerade noch aneinander festhalten, ohne umzufallen.

In diese Situation platzte Hannes, der das, was er da gerade sah, vollkommen falsch verstand. Sein Arzt war in Gefahr. Er warf sich auf die beiden vermeintlich Kämpfenden, deren Schmerz durch den Sturz nur schlimmer wurde. Während Willi wimmernd am Abgrund lag, was Hannes das Herz brach, wurde Armin Klüver wütend. Er stürzte sich auf den Jungen und brüllte: „Hau ab, du blöde Missgeburt, du hast mir eben schon den Abend versaut." Die Wut hatte seine Sinne betäubt. Er fühlte keine Schmerzen mehr in seiner Raserei und schlug auf Hannes ein. Mit letzter Kraft wand sich Willi auf die Knie und krabbelte seinem Schützling zur Hilfe. Alles geriet außer Kontrolle. In dem Handgemenge achtete niemand mehr auf die Schlucht. Es war später schwer zu sagen, was genau passiert war. Armin Klüver konnte sich gerade eben noch an einer Wurzel festhalten, während Willi und Hannes in die Tiefe stürzten. Doch Hannes hatte Glück. Ihn fing die Krone des Baumes auf, der Heinrich Schwone im Jahr 1907 den Arm gekostet hatte.

In diesem Augenblick erreichte auch Wolf Hetzer das Ende des Wanderweges.

„Hilfe!", brüllte Klüver, dessen Leben am seidenen Faden über der Schlucht hing.

Menschlich fiel es Wolf schwer, ihm die Hand zu reichen und ihn zu retten, aber er war auch mit Leib und Seele Kommissar. Selbstjustiz lehnte er ab.

Inzwischen hatte Moni den Rückweg geschafft. Sie kam fast zeitgleich mit den Streifenwagen an, die auf dem Parkplatz hielten. Schweigend übergab sie Hetzer die Taschenlampe. Der nickte dankend und leuchtete in die Tiefe, aber die Birne war schwach. „Hallo, ist da jemand?"

Doch niemand antwortete. Willi hatte mit dem Aufprall das Leben endgültig verlassen. Es blieb ihm erspart zu wissen, welch grausiges Ende seine Tochter auf dem Bückeberg gefunden hatte.

Hannes war noch benommen. Der stumme, junge Mann hing in der Baumkrone und war nicht in der Lage zu antworten.

„Da ist doch was, da, im Baum!", sagte Moni. Hannes war kaum zu erkennen. Nur sein Hemd wehte leicht im Nachtwind.

„Hallo, können Sie mich hören? Bitte bewegen Sie sich nicht. Sie könnten sonst abstürzen. Wir retten Sie gleich."

Sie brauchten die Feuerwehr. Während Armin Klüver in Handschellen weggebracht wurde, rief Wolf auf der

Wache an und bat um Bergungshilfe. Zwei Mitglieder der Hundestaffel schickte er auf die Suche nach Willi. Der war ein wenig weiter den Berg hinabgerollt als damals der junge Heinrich, weil kein Baum seinen Absturz gebremst hatte. Man fand ihn in leicht gekrümmtem Zustand auf der Seite liegend. Er sah fast so aus, als ob er friedlich schlafen würde. Es war jedoch kein Leben mehr in ihm. Auf einer Plane wurde er nach oben getragen und vom Leichenwagen abgeholt.

Für die Feuerwehr war es keine leichte Aufgabe, sich in die enge Schlucht abzuseilen, um dem schwer verletzten Hannes Hilfe zu leisten. Weil die Gefahr von Wirbelbrüchen bestand, ließ man zusätzlich einen Kranwagen kommen, der eine Trage hinabließ, damit Hannes in ein Luftpolster gebettet werden konnte. Vorsichtig fuhr man ihn bergab auf eine der Wiesen unterhalb der Schaumburg. Dort übernahm ihn der Rettungshubschrauber des Mindener Klinikums.

Als der größte Trubel vorbei war und einige Wagen bereits wieder abgerückt waren, ließen sich Wolf und Moni auf einer Holzbank nieder. Wolf schien um Jahre gealtert, Moni hatte sich wieder gefangen.

„Ich verstehe vieles nicht", sagte Hetzer und sah Moni an. „Was wolltest du mit Klüver?"

„Nichts, ich wusste doch nicht, dass er es war, dem ich hier helfen sollte."

„Wieso? Das verstehe ich noch weniger."

„Er war mein Chat-Partner. Er gab sich als ‚Löwenzahn' aus. Wir hatten schon eine ganze Weile geschrieben, aber ohne unsere Identität preiszugeben."

„Du warst im Internet auf der Suche nach Männern?" Wolf guckte ungläubig.

„Ja, glaubst du denn, ich bin ein Klumpen Eis? Ich habe doch auch Bedürfnisse, Menschen, mit denen ich reden kann, einen Arm zum Reinschmiegen, jemand zum Kuscheln. Kannst du das nicht verstehen?"

„Doch, schon, aber Sex mit Klüver?"

„Ich wollte keinen Sex mit Klüver. Er hat mich überfallen und bewusstlos geschlagen. Als ich wieder aufwachte, war ich plötzlich nackt. Das Schwein muss mich ausgezogen haben!"

„Hat er dir was angetan? Ich meine …"

„Nein, hat er nicht, aber hätte, wenn dieser besondere Mann nicht gekommen wäre. Ich weiß nicht, wie er heißt. Er ist dazwischengegangen, um mich zu beschützen. Aber Klüver war stärker. Als beide kämpften, und als Klüver oben lag, habe ich ihm mit dem Stock in die Schulter gestochen, und dann kamst du."

„Mensch, ich habe gedacht, der Haarige hätte euch in einem delikaten Moment überrascht und angegriffen. Du musst zugeben, dass man den Eindruck haben konnte."

„Es war aber nicht so. Ich bin hierher gelockt worden und sollte sterben, glaub es mir. Das weiß ich. Guck mal hier meine Beule an der Schläfe."

Hetzer nahm die Taschenlampe und leuchtete auf Monis Stirnseite.

„Du, da fällt mir was Wichtiges ein. Wo sind denn nur Kruse und Nadja? Ich müsste sie was fragen."

„Kruse oder Nadja?"

„Egal, beide waren bei den Obduktionen dabei."

„Bei welchen Obduktionen? Ich weiß nur von der einen Toten auf der Frankenburg."

„Wir hatten letzte Nacht noch zwei, aber das konnte ich dir doch noch nicht erzählen. Als du an meinem Geburtstag schon zu Hause warst – warum bist du eigentlich so früh gegangen? – mussten wir noch alle raus. Wir haben zwei tote Frauen hier in diesem Gebiet gefunden. Beide waren nackt, und wenn ich mich recht erinnere, hatten sie auch Hämatome an den Schläfen."

„Meinst du, Klüver war das, und ich sollte die Nächste sein?"

„Möglicherweise, das werden wir rausfinden."

Moni fing wieder an zu zittern.

„Soll ich dir meine Jacke geben?"

„Nein danke! Aber ich habe auch eine Frage: Was war denn das mit dieser Mimi? Ihr Motorrad stand die ganze Zeit bei dir. Seid ihr zusammen? Ich meine nur, weil sie vorhin bei dir auf der Terrasse war. Das musst du mir bitte sagen, damit ich nicht mehr so einfach mit dem Schlüssel bei dir reinkomme wegen Gaga oder so."

Hetzer lachte bitter und streichelte Monis Wange.

„Bist du etwa eifersüchtig?"

„So ein Quatsch. Nie im Leben!"

„Da bin ich mir nicht so sicher. Aber du kannst beruhigt sein. Ich bin nicht mit ihr zusammen, und das werde ich auch niemals sein." Seine Stimme wurde hart.

„Wie kannst du das wissen? Sie gefällt dir doch."

„Im ersten Moment ja, aber ich habe herausgefunden, dass es einige unüberwindbare Gräben zwischen uns gibt. Wir bleiben also Kollegen und Kumpel. Zu mehr bin ich nicht bereit", sagte er ein wenig zu vehement. Nie mehr bereit, dachte er bei sich, aber das musste er ja Moni nicht sagen.

„Wie müsste denn eine Frau sein, die dir gefallen könnte?"

„Müde!"

„Wie bitte?"

„Sie müsste einfach nur müde sein, denn ich falle gleich um. Ich kann einfach nicht mehr."

Moni gähnte und nahm seine Hand.

„Komm, lass uns nach Hause gehen."

„In welches genau?"

„Da wo der Hund ist."

„Gerne! Den Klüver werde ich auf jeden Fall erst morgen verhören. Von mir aus kann das auch Kruse machen, falls er wieder auftaucht."

„Wieso, ist er denn verschollen?"

Sie waren fast beim Wagen angekommen, als ein Auto mit hoher Geschwindigkeit auf den Parkplatz brauste. Heraus stieg ein ziemlich zerknirschter Peter.

„Entschuldige Wolf, ich bin eingeschlafen. Das Handy war auf lautlos."

„Schön, das mache ich jetzt auch."

„Bist du etwa sauer? Mann, ich hatte frei. Da kann ich doch wohl machen, was ich will. Und wenn du es

genau wissen willst: Ich habe in einer sehr unbeque-
men Liegeposition im Auto neben dem Friedhof geschlafen."

„Schön für dich, dann bist du ja jetzt ausgeruht. Lass
dir von den Kollegen schon mal das Wichtigste erzählen. Ich haue jetzt ab. Gute Nacht!"

Hetzer stieg zu Moni ins Auto und ließ seinen Kollegen an der Paschenburg stehen. Er war nicht wirklich sauer, nur einfach etwas enttäuscht. Das würde
sich aber bis morgen gelegt haben. Jetzt wollte er nur
schlafen.

Gaga stand schon an der Haustür und wedelte, als
Moni ihre Tür aufschloss.

„Ach Mist, ich muss Gaga noch das Antibiotikum
holen und gucken, ob die Kater noch was zu fressen
haben."

„Weißt du was, Wolf? Gehen wir zu dir rüber. Ich
hole nur eben meine Zahnbürste."

In Hetzers Kopf begann es zu rotieren. Auf keinen
Fall konnten sie ins Bett. Das musste erst neu bezogen
werden.

„So, da bin ich, auf geht's!"

Gaga humpelte die eine Treppe hinab, machte am
Wegrand ein Pipi und stieg die andere langsam wieder
hinauf. Dort begrüßte sie die Kater und legte sich zufrieden in ihren Korb. Hetzer ließ sich aufs Sofa fallen.
Sein Blick fiel auf den BH, der dort auf dem Boden lag.
Dezent schob er ihn mit dem Fuß unter die Chaiselongue, und Moni tat so, als habe sie es nicht gesehen.
Wie schon vor einigen Tagen, schliefen sie dicht ne-
beneinander ein, ohne dass einer ein Wort sagte. Als
Moni in der Nacht kurz erwachte, schmunzelte sie,
denn Wolf hatte wieder seinen Arm um sie gelegt.

Bei der Vernehmung von Armin Klüver stellte sich heraus, dass er sich zu dem Mord an der jungen Frau aus Bayern ebenso bekannte wie zu denen an Iris Grimm und Sieglind von der Schaumburg. Den an Silke Everding bestritt er vehement und konnte auch ein Alibi nachweisen. Zu seinen Motiven hatte er wenig zu sagen. Ein Gutachter bestätigte später seine Mordlust und seinen Blutdurst. Für die Zeit nach seiner Haftstrafe wurde Sicherungsverwahrung angeordnet.

Sieglind war nicht wie geplant im Obernkirchener Stift angekommen. Das war und wäre auch eine weitere Zeit lang im Verborgenen geblieben, weil Klüver ihren Besuch bei der Äbtissin abgesagt hatte. Sie, die Mörderin und Opfer zugleich war, hinterließ keine Spur in irgendjemandes Leben.

Willi hatte genau Tagebuch geführt. Es dauerte eine Weile, bis sich Wolf durch die Jahre gelesen hatte. Was er erfuhr, erschütterte ihn zutiefst. Zeitgleich wurde das Torhaus der Schaumburg untersucht. Man fand Hannes' Räume und versuchte zu rekonstruieren, was sich hier über die Zeit zugetragen hatte. Wolf ließ auch unter der Rose „Sissi" graben, sorgte allerdings dafür, dass die Pflanze wieder an denselben Platz gesetzt wurde. In einem halben Meter Tiefe fanden die Beamten eine halbverwitterte Tasche mit einer Plastikplane darin. Es konnte nachgewiesen werden, dass das kleine Mädchen eindeutig Sieglinds und Willis Tochter gewesen war. Eine Haarprobe von Hannes bestätigte allerdings, dass Willi nicht als Vater des zweiten Zwillings infrage kam.

Hannes, der den Sturz mit einigen Knochenbrüchen überlebt hatte, war inzwischen auf dem Weg der Besserung.

Moni und Wolf, die ihn oft in Minden besucht hatten, waren auf die Idee gekommen, dass Hannes zunächst zu Moni ziehen sollte, damit sie ihn mit dem normalen Leben vertraut machen konnte. Er hatte eine besondere Beziehung zu ihr entwickelt. Es war sicher auch hilfreich, dass sie Heilerziehungspflegerin war, denn aus den Tagebüchern von Willi wussten sie, dass der Junge vollkommen isoliert gelebt hatte.

Kruse und Nadja hatten zwar die Nacht miteinander verbracht, aber Peter war mit seinen Bemühungen um die Pathologin noch nicht recht weitergekommen.

Besonders jedoch wurmte Hetzer und Kruse die Frage nach dem Mörder von Silke Everding, genannt Mathilda. Hier würden die Ermittlungen weitergehen müssen.

Einige Tage nach dem turbulenten Osterwochenende kam bei Wolf Hetzer ein offizielles Schriftstück des Bückeburger Notars Matthias Werth an. Der Inhalt stimmte ihn traurig und froh zugleich. Besonders der handgeschriebene Brief bewegte ihn, ohne dass er dessen Inhalt kannte. Er beschloss, ihn in einem ruhigen Moment zu lesen, wenn er dazu bereit war.

Darüber hätte er fast die Feder übersehen, die ebenfalls im Umschlag steckte. An ihr hing ein Zettel, auf dem stand:

Kein Tier soll für Menschen leiden müssen – das hast du doch hoffentlich auch nicht von mir gedacht, Wolf! M.

Darunter stand die Adresse eines Hofes in der Bückeburger Kornmasch.

Er atmete erleichtert auf. Jetzt konnten es ein paar ruhigere Tage werden unter der Frankenburg, dachte Hetzer.

Mein besonderer Dank gilt dem polizeilichen Fall-analytiker des LKA Niedersachsen Carsten Schütte und meiner Freundin Sabine Semrau, die *SchattenWolf* von Anfang an kritisch begleitet haben.

Ein herzliches Dankeschön möchte ich auch dem Team vom Verlag CW Niemeyer, Hameln, und insbe-sondere Verlagsleiter Carsten Holzendorff für die Un-terstützung meiner schriftstellerischen Arbeit sagen. Ich freue mich auf die weitere gemeinsame Zeit.

Mit einem Augenzwinkern danke ich außerdem von Herzen meinen beiden Kindern Lisa Kristin und Peter Anselm Krüger. Sie wissen schon, warum.

Bei allen lieben und nahen Freunden möchte ich mich bedanken, die *SchattenHaut* gelesen und mich zum Weiterschreiben ermuntert haben. Es sind zu viele, um sie alle nennen zu können.

Zuletzt danke ich einer Kollegin, die in mir plötzlich und unerwartet die Idee für den nächsten Krimi mit Wolf Hetzer und Peter Kruse entstehen ließ:

SchattenGift

Im Verlag CW Niemeyer bereits erschienen ...

Direkt gegenüber von Oma Puschs Kiosk macht Backfisch-Bolle einen Stand mit Frittiertem auf. Ein erbitterter Streit entbrennt zwischen den Konkurrenten, bis Bertil Bolle eines Morgens tot zwischen seinen Fischen liegt. Dass er dort ausgerechnet von Oma Pusch gefunden wird, macht die Sache nicht besser, denn sie hätte durchaus einen Grund gehabt, ihn loswerden zu wollen. Als dann auch noch Schlick-Schorse leblos im Klärbecken des Küstenortes treibt, gerät unsere Hobbyermittlerin zunehmend ins Visier der Ermittler, denn auch mit diesem Kerl hatte sie ein Hühnchen zu rupfen. Nur mit schlauer Kombinationsgabe gelingt es den Freundinnen, das Rätsel zu lösen.

Nané Lénard. FriesenBiss
432 Seiten. Klappenbroschur. ISBN 978-3-8271-9346-9
E-Book   978-3-8271-8450-4 (ePUB)

Im Verlag CW Niemeyer bereits erschienen ...

Oh weh, so'n Schrick! Eine Rauchsäule auf Langeoog, und das am frühen Morgen ...

Oma Pusch weiß sofort, dass das ein schlechtes Omen ist. Und sie soll recht behalten, denn nur kurze Zeit später muss sie am Hafen Erste Hilfe leisten.

Dass es der Camper vom Stellplatz dann doch nicht schafft und seine Ehefrau verschollen bleibt, wundert die Hobbyermittlerin ebenso wenig wie die Leiche im Sieltief. Doch das ist nur der Anfang einer unglaublichen Geschichte, in der ihre Freundin Rita und sie alles geben, um den schrecklichen Ereignissen auf die Spur zu kommen.

Nané Lénard. FriesenGlut
432 Seiten. Klappenbroschur. ISBN 978-3-8271-9322-3
E-Book   978-3-8271-9773-3 (ePUB)

Folgt uns auf

#niemeyerbuch